라일락
피편

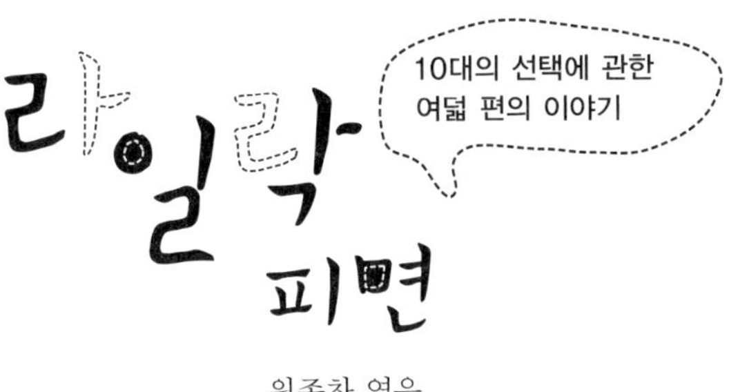

라일락 피면

원종찬 엮음

공선옥 | 방미진 | 성석제 | 오수연

오진원 | 조은이 | 최인석 | 표명희

창비

차례

공선옥

큰형은 지난주에 아버지와 싸우고 아예 집을 나간 모양이다. 하기야 큰형은 평소에도 집에서 거의 살지를 않으니 집을 나갔어도 나갔다는 표시가 안 나긴 하지만, 하여간 이제 큰형은 그나마 들락날락하던 집에 발도 들여놓지 않을 거라 선언하고 집을 나갔다. 엄마와 큰형이 아버지를 상대로 싸우는 이유는 똑같다. 엄마는 왜 큰놈한테 좀 잘 해주지 못하느냐 싸우고 큰형은 아버지가 엄마한테 잘 해주지 못한다고 싸운다. 이래저래 큰형만 왔다 하면 집에서 큰소리가 나게 되어 있다. 작은형은 듣자 하니 고등학교 때부터 쫓아다니던 청과물 도매시장 순댓국밥집에서 일하는 여자애하고 드디어 살림을 차렸다고 한다. 이제 겨우 스물두 살인 형이 살림을 차렸는데도 엄마, 아버지는 아무렇지 않은 모양이었다. 한술 더 떠 아버지는 싱글벙글 웃기까지 했다.

"그놈이 날 닮아서 말이여, 일찍 결혼허는 것도 집안 내력인게로 클클."

아무리 이른 나이에 결혼식도 치르지 않고 여자와 살림을 차렸다고 해도 집에 와서 분란을 일으키지 않는 작은형이 그나마 큰형보다 낫기는 나은 것 같았다. 집에 올 때마다 큰소리가 나게 하는 큰형이 집을 나간 것은 차라리 잘된 일인지도 모른다. 스물네 살이면 솔직히 집을 나갈 때도 되었다. 큰형이나 작은형이니 어차피 미래에 대한 기대를 걸 만한 인간들은 아니다. 남은 것은 나뿐이다. 결론은 그러니까, 나, 이석진이가 이 집의 기둥 노릇을 할 수밖에 없다는 것이다. 아버지까지는 몰라도 엄마만은, 평생 호강 한번 못 해본 내 불쌍한 어머니만은 기필코…… 세수를 하는 손에 절로 힘이 들어갔다. 소리가 너무 컸나 싶어 문간방 쪽을 흘낏 돌아보았다. 어느 순간, 문간방의 불이 꺼져 있었다. 내 방에서 나오는 불빛만이 마당을 고요로이 비추고 있었다. 그리고 우식이 녀석의 라디오 소리. 나는 세수를 마치고 담장 너머로 조용히 우식이를 불렀다.

"야, 라디오 좀 꺼라."

우식이 라디오를 끄고 창문을 열었다.

"수피아 방 불 꺼졌지?"

수피아여고에 다니는 윤희를 우식이는 늘 수피아라고 부른다.

“신경 꺼, 임마.”

“아니, 꼭 신경을 쓴다기보다. 그냥.”

우식이 불쑥 담배를 꺼내 물었다. 나는 솔직히 놀랐지만 놀라는 내색을 하지는 않았다. 담배 피우는 녀석들이 어디 한둘인가. 우식은 하늘을 향해 담배 연기를 훅 불었다.

“야, 느그 학교에는 그런 선생 없냐?”

“뭔 선생?”

“담배 달란 선생. 우리 학교 윤리 주임이 나보고 그런다. 야, 김우식, 담배 남은 거 있으면 좀 주라, 내가 첨에는 없다고 딱 잡아뗐지. 만약에 달란다고 진짜로 줬다가 너 담배 피우는 놈이구나, 하고 귓방맹이 얻어맞을 수도 있거든. 아, 짱구 겁나게 돌아가데.”

“줬냐?”

“안 주길 잘했지, 내 뒷놈이 그래갖고 윤리한테 작살이 났다는 거 아니냐, 비열하더라 진짜. 그런 식으로 하려면 차라리 첨부터 담배 가진 놈들 조사해서 정정당당히 벌을 주든지, 카악.”

우식이 뱉은 침은 저희 집 담장이기도 하고 우리 집 담장이기도 한 블록담에 달라붙었을 것이다.

“야, 학생이 뭔 담배는 담배냐, 마.”

“고민은 어른만 하냐? 까놓고 말해서 우리 때가 가장 고민 많을 때 아니냐? 진학 문제도 그렇고 애정 문제도 그렇고 나라의 장래 문제도 그렇고. 고민의 친구는 담배 아니냐.”

"애정? 나라의 장래?"

"진짜 너랑은 말 안 통한다. 수피아하고는 통할라나. 자라, 마."

"잘 자라."

나는 내 방으로 들어와 불을 끄고 자리에 누웠다. 마루의 괘종시계가 열두 점을 치고 있었다. 문간방에 다시 불이 켜졌다. 내 방 불을 끈 상태에서 문득 마당이 훤해지는 느낌이 들면 그것은 윤희 방에 불이 켜졌다는 것을 의미한다. 내가 나갔을 때는 껐던 불을 내가 들어오니 다시 켠 윤희. 윤희 방에서 나오는 불빛은 마당 수돗가 절반쯤까지 번진다. 그쯤까지 번진 불빛으로 우리 집 마루 또한 절반쯤이 은은하게 밝을 것이다. 윤희 방의 불빛은 수돗가뿐 아니라 내 마음에까지 번지고 있었다. 나는 알지 못할 부끄러움에 이불깃을 턱 밑으로 조용히 잡아당겼다.

고픈 배를 부여잡고 대문을 쑥 들어서는데 엄마가 윤희 방 문턱에 걸터앉아 있었다. 엄마는 장사를 하다 점심을 먹으러 왔던 것인지, 점심을 먹고 장사를 나가려던 것이었는지 하여간 늘상 차고 다니는 앞치마 같은 전대를 차고 있었다. 나는 못 본 척하고 얼른 마당을 가로질러 내 방으로 가려고 했다. 바로 그때 엄마가 나를 불렀다.

"아이 석진아, 부엌케 가서 양재기 한나만 갖고 오니라."

엄마가 부르는 소리에 나는 햇빛이 쏟아지는 마당 한가운데 우뚝 멈춰 섰다.

"윤희가 만든 무생채 가져다 밥 비벼 묵어라, 어뜨케나 손끝이 야문지 내가 감탄을 허고 있다 시방. 작년에 살든 이미잔가 오미잔 가 허는 가시내는 뭣을 갖다 줘도 통 해 묵을지를 모르더니만."

그러니까 엄마 말인즉슨 나보고 윤희가 만든 음식을 가져다 먹 으라는 것이다. 세상에 얻어먹을 데가 따로 있지, 엄마는 지금 자취 생 음식을 얻어먹으려 하고 있다. 그리고 엄마가 그냥 얻어 오면 될 것이지 하필 나한테 시킬 것은 뭔가. 나는 내키지 않는 걸음이지만 꾸역꾸역 양재기를 들고 문간방 쪽으로 갔다. 차마 방문 앞에 정면 으로 마주 설 자신은 없어서 그냥 양재기만 불쑥 내밀고 내 방으로 와버렸다. 드디어 무생채를 얻어 왔는지 엄마가 거의 악을 쓰듯이 나를 불렀다.

"석진아, 밥 처묵어라."

엄마는 그 말을 남기고 대문 밖으로 사라졌다. 아니, 사라진 줄 알았는데 아직 완전히는 안 사라졌다. 시멘트 담장 밖으로 고개를 쑥 들이민 엄마가 사족을 달았다.

"아부지 것은 냉겨놔라."

얻어 온 것도 모자라 얻어 온 음식 다 먹지 말고 남겨놓으란다. 나는 그만 까무러치고만 싶은 심정이었다. 어쨌든 나는 마루에서 윤희가 만든 무생채를 듬뿍 넣고 참기름을 쳐서 밥을 비벼 먹었다. 그때 윤희가 수돗가로 나왔다. 순간 낭패스러워졌다. 그렇다고 갑자기 윤희 안 보이는 데로 밥상을 옮겨 갈 수도 없었다. 나는 고개를 푹 수그리고 밥만 퍼먹었다. 아무리 그래도 엄마 대신 인사는 해야 할 것 같았다. 맛있다고 해야 하나, 고맙다고 해야 하나, 아니면 미안하다고 해야 하나. 윤희는 수돗가에서 교복을 빨고 있었다. 주말이면 늘 시골집에 가곤 하던 윤희는 오늘도 교복을 미리 빨아놓고 시골집에 가려는 모양이었다. 그것을 알면서도 나는 참을 수 없는 어떤 간절함에 이끌려 나도 모르게 말을 붙이고 말았다.

"저기, 저기요."

윤희가 움찔 놀라면서도 돌아보지는 않았다.

"시, 시간 있으면 타, 탁구 치러 갈래요?"

인사를 하려 했던 것인데 불쑥 나도 예상치 못한 말이 튀어나왔다. 윤희가 우리 집 문간방에 자취를 하러 들어온 이후 처음으로 말을 거는 셈이었다. 윤희한테서는 아무 대답이 없었다. 난감했다. 한참 만에 윤희가 다 빤 교복을 세숫대야에 담아 들고 일어서며 말했다.

"다음 주부터 시험이라서요."

나도 다음 주부터 중간고사 기간이다.

"시험이요? 시험이라면 우리도 마찬가진데요."

나는 내가 시간이 남아돌아서 혹은 놀기 좋아하는 사람이라서 탁구 치러 가자고 한 것은 아니라는 뜻이 윤희에게 전달되기를 바랐다. 그런 내 바람이 통했던 것일까. 내가 밥상을 치우고 방에 들어와 있는데 문간방 옥상에 빨래를 다 널고 온 윤희가 나를 불렀다.

"탁구 치러 가요."

엄마는 청과물 도매시장에서 야채를 판다. 엄마가 팔다 남은 배추, 무 같은 것을 윤희한테 갖다 주면 윤희는 그것을 하나도 버리지 않고 겉절이와 무생채와 나물로 해 먹는다. 엄마는 그런 윤희가 '이뻐다'고 했다.

"이뻐다, 이뻐, 느그 촌집에서도 니가 요렇게 해 묵었던개비다 잉?"

나는 사실 엄마가 팔다 남아서 너덜너덜하거나 시들시들한 채소들을 씻내 나는 전대도 안 끄르고 "아이 문 열어봐라." 하면서 윤희한테 쑥 내미는 그 품새가 너무도 맘에 안 들었다. 무엇보다 우리 주인집 아줌마는 청과물 도매시장 야채 장수라고 윤희가 저희 친구들에게 말했을지도 모른다는 것에 생각이 미치면 나는 말갛던 머릿속이 갑자기 장마철 하늘만큼이나 뿌옇고 무거워지곤 했던 것이다. 더군다나 술고래 아버지에 말썽 많은 형들 문제까지. 그러나 나는 오늘 알았다. 그녀 윤희가 결코 자취하는 주인집 흉이나 보는 그런 '발랑 까진 축'들하고는 근본적으로 다르다는 것을. 음악 선생님은 말했다. 노래 부르기 좋아하는 사람 중에 나쁜 사람은 없다고. 그래서일까. 윤희가 그 어떤 부류하고도 다르게 느껴졌던 것은.

지난 3월 윤희가 문간방에 세 들어와서 자취 살림을 정리하며 허밍으로 콧노래 부르는 것을 맨 처음 들었을 때, 나는 심장이 얼어붙는 것만 같았다.

봄의 교향악이 울려 퍼지는 청라 언덕 위에 백합 필 적에 나는 흰 나리꽃 향내 맡으며…….

잊어버리자고 잊어버리자고 바다 기슭을 걸어보던 날이 하루 이틀 사흘…….

바위 고개 언덕을 혼자 넘자니 옛 님이 그리워 눈물 납니다…….

작년에도 우리 집 문간방에는 여학생이 세 들어 살았었다. 영암에서 광주로 유학 온 미자도 노래를 부르긴 불렀었다. 이름이 가수 이미자와 같은 미자라서였는지 몰라도 미자는 주로 이미자의 노래를 불렀다. 해애다앙화아 피이고오 지이지이느은 서엄마아아으으을에, 하면서 미자는 빨래를 빨고 쌀을 씻고 세수를 했다. 이따금 엄마가 미자의 노랫소리에 화답하기도 하는 것을 나는 본 적이 있었다. 그때 나는 미자의 노랫소리에 결코 가슴 설레지 않았다. 그러나 나는 윤희가 미자처럼 유행가를 부른다 해도 가슴 설렐 것을 알았다. 그 이유가 무엇인지를 생각하다가 나는 그만 진저리를 쳤다. 아무도 모르게 내 방 이불 속에서.

우리는 탁구장에서 탁구를 쳤다. 윤희는 탁구를 별로 잘 치진 못했다. 그래서 나는 윤희가 잘 받아칠 수 있도록 평소 내 실력을 최대한 자제하면서 조심스럽게 치지 않을 수 없었다. 탁구를 다 친 뒤에 그냥 집으로 오기가 아쉬웠다.

"저기, 대학교에 갈래요?"

우리 집은 전남대학교에서 가깝다. 데모가 있는 날은 최루탄 연기 때문에 힘들기도 하지만 숲이 많은 전남대학교는 우리 동네 사람들의 휴식처이기도 했다. 윤희는 머뭇거렸다.

"아하, 시험 공부 때문에 그래요?"

"사실은 오늘 시골집에 가려고 했거든요."

"시골집요? 맨날 가는 시골집 다음 주에 가도 되잖아요, 더구나 다음 주부터 시험이라면서……."

윤희는 조금 망설이다 겨우 말했다.

"그래요, 그럼."

나는 윤희와 나란히 전남대학교 안으로 들어갔다. 그런데 뜻밖에 전남대학교 안 숲 속에서 우식이 패거리를 만났다. 우식이는 전남대학교 앞 사레지오고등학교에 다닌다. 그래서 걔네들도 전남대학교에 자주 놀러 온다. 더군다나 전남대학교 안에는 대학 부속고등학교에 다니는 여학생들이 있다. 어쩌면 오늘 우식이네는 부고 여학생들하고 미팅을 하러 왔는지도 모른다.

"야, 이석진, 그림 조타아."

나는 급한 상황에서는 더 여유 있어야 한다는 것을 안다.

"너도 알지, 우리가 한집에서 산다는 거."

우식이 친구들이 낄낄 웃었다.

"벌써 우리가 됐구나, 자식. 뭐? 한집? 그래 너희는 한집에 살지."

"그런데 너는 여기 웬일이냐?"

"이 난세에 우리는 너처럼 한가할 새가 없다아."

알쏭달쏭한 말을 남기고 우식이 패거리들은 대학교 정문 앞으로 몰려갔다. 우리는 전남대학교 숲 속 벤치에 앉았다. 우리가 앉은 벤치 맞은편 나무둥치에 '신현확아 울지 마라 전두환이가 있다'라고 쓰인 종이쪽지가 붙어 있었다. 신현확은 국무총린데 전두환은 누군지 나는 알 수 없었다.

"전두환이 누군지 알아요?"

"박정희 대통령 시해 사건 수사본부장이요. 작년에 텔레비전에 나온 사람이잖아요."

윤희는 또렷하게 말했다. 그러나 나는 그 사람 이름이 전두환이라는 사실을 잊어버렸다.

"그런데 왜 국무총리더러 수사본부장이었던 사람이 있으니 울지 말라고 할까요?"

"그건 몰라요."

"대학생들이 맨날 데모하니까 장사도 안 되고 걱정이네요."

나는 제법 의젓하게 말했다.

"계엄령 해제하라고 그러는 거예요."

"언제 계엄령 떨어졌어요?"

"몰랐어요? 지금 제주도 빼놓고 우리나라 전체가 계엄령 상황이라는 거."

나는 화제를 돌리고 싶었다.

“문학 중에 어떤 작품 좋아해요?”

“박경리의 『토지』요.”

박경리 『토지』는 책으로는 못 읽고 드라마로는 본 기억이 났다.

“나는 헤밍웨이를 좋아합니다. 『노인과 바다』, 와아, 생각만 해도 가슴이 뛰는 작품이죠.”

사실 나는 『노인과 바다』 또한 읽지 않았다. 하지만 읽지 않았어도 내용이 어떤 건지 아는 유일한 작품이었다. 이왕 문학 얘기가 나왔으니 음악 얘기로 넘어가는 것이 자연스러울 것 같았다.

“음악 좋아해요? 나는 베토벤의 「운명」을 좋아하는데.”

윤희는 그냥 가곡을 좋아한다고 했다. 나는 헤밍웨이의 작품을 읽어본 적이 없는 것처럼 베토벤의 음악 또한 들어본 적이 없었다. 아니 들었어도 그게 베토벤 것인지를 모르고 들었을 수도 있다. 하여간 헤밍웨이와 베토벤을 좋아한다고 말해놓고 나니까 나는 정말로 헤밍웨이의 작품을 읽어봐야겠다는 생각이 들었다. 베토벤도 들을 것이다. 국어 선생님은 사랑을 하면 사람이 고귀해진다고 했다. 나는 어쩌면 윤희를 만나 정말로 고귀한 사람이 될 수 있을지도 몰랐다. 햇빛이 숲 속 깊숙이까지 찰랑거리는 오월의 토요일 오후를 오래 잊지 못할 것 같은 예감이 들었다.

나는 잠들지 못했다. 아버지는 역시나 술에 찌들어서 들어와 거의 실신을 했다. 엄마는 자면서도 아구구 소리를 낸다. 옛날에는 비 오는 날만 내던 소리를 이젠 멀쩡한 날도 낸다. 불을 끄고 누운 지가 한참 됐지만 갈수록 정신이 또렷해진다. 나를 잠 못 들게 하는 주범은 '햇빛이 찰랑거리는 오월의 토요일 오후에 들었던 예감'이 었다. 때마침 꽃 냄새가 풍겨왔다. 라일락 향기다. 지난가을에 아버지가 쓸데없다고 베어내려는 것을 내가 온몸으로 사수했던 나무. 그때는 이 봄밤의 향기를 위해서 그랬던 것은 아니었다. 라일락조차 베어내면 화단은 그야말로 더 이상 화단이 아니게 될 것이 뻔했기 때문이다. 그러나 지금 나는 그때 라일락을 베지 못하게 한 게 꼭 이 밤을 위해서인 것도 같았다. 라일락 향기는 윤희에게서 풍겨오는 향기인 것만 같았다. 윤희야말로 라일락 향기다. 아니, 윤희가 지금 내게는 라일락이다.

우식이 방에서는 어김없이 라디오 소리가 들려왔다. 밤을 잊은 그대에게. 나도 라디오를 틀었다.

"중간고사 준비에 여념이 없는 친구들, 특히 수피아여고 박윤희 양과 함께 듣고 싶어요. 사레지오고 2학년 김우식 군이 신청한 곡입니다. 블랙 샤베쓰 「쉬스 곤」."

나는 문을 벌컥 열었다. 동시에 우식이 방 창문도 열렸다. 우식이 나를 향해 손을 흔들었다.

"들었냐?"

"나는 들었지."

"문간방에서 소리 나냐?"

"자나 봐."

“으윽.”

우식이 머리를 감싸 쥐었다.

“야 근데 오늘 너희들 대학교에 왜 왔어? 부고 여학생들하고 미팅했냐?”

“난세에 미팅은 짜샤. 데모하러 갔다.”

나는 조금 놀랐다. 그리고 왠지 좀 내가 꿀리는 느낌이 들었다. 그러나 윤희와의 데이트를 결코 후회하는 것은 아니다.

“야, 데모는 대학교 가서 해라. 지금은 열심히 공부할 때다.”

“지금 너는 시국이 어떻게 돌아가는지를 잘 모르는구나. 지금 너처럼 한가하게 여학생이나 만나고 이기적으로 공부만 할 때냐, 마.”

“그러는 넌 왜 라디오에 엽서 보내는데?”

“너 이거는 모르는구나. 사랑과 혁명이라는 말. 혁명은 사랑에서 시작되고 사랑은 혁명으로 완성된다!”

사랑과 혁명. 어디서 들은 말 같기는 했다. 그러나 사랑과 혁명은 가까이 있는 것 같기도 하고 이제 겨우 고등학교 2학년생인 우리에겐 닿을 수 없는 먼 나라 혹은 먼 시간 속의 이야기인 것 같기도 했다.

다시는 집에 들어오지 않겠다고 하고 집을 나갔던 큰형이 거친 숨을 몰아쉬며 집 안으로 뛰어 들어왔다. 아버지는 수돗가에서 머리에 염색을 하고 있었다. 형은 정신없이 뛰어 들어오다가 그만 아버지의 염색약통을 밟아버렸다. 아버지가 검은 물이 뚝뚝 떨어지는 와중에도 형의 등짝을 후려쳤다. 형은 신발을 제대로 벗지도 못하고 방 안으로 달려 들어갔다. 나는 라일락 그늘 밑에서 아령을 하고 있다가 그 사태를 맞았다. 문간방은 조용했고 엄마는 교회에 갔다. 윤희는 어쩌면 오늘 아침 일찍 시골집에 갔는지도 모른다. 아무튼 여느 때와 다름없이 평화로운 일요일이었다.

"야야, 문 닫아라. 대문 닫아."

누가 형을 잡으러 오나? 혹시 밖에서 사고를 치고 도망쳐 오는 길인가? 웬만해서는 겁을 안 내는 형이 부들부들 떠는 것을 보니 보통 상황은 아닌 것 같았다. 그러나 사고를 쳤으면 응분의 대가는 치러야 하는 법, 나는 천천히 슬리퍼를 찍찍 끌고 가서 대문 밖을 한번 살펴본 다음 대문을 닫았다. 골목에는 아무 이상이 없었다.

"형, 대문 닫았어."

"잠가!"

"잠그라고?"

형은 그새 벽장으로 기어 올라가고 있었다.

"형, 집에 다시는 안 온다며? 근데 무슨 일이야?"

"너도 안 죽을라면 들어와, 자식아."

"나를 누가 죽여? 나는 죄진 거 없잖아."

"시내 나가 봐라, 자식아. 니가 지금 그렇게 살랑거릴 수가 있나.

군인들이 지금 총 들고 곤봉 들고 사람들 잡아 족치고 있다."

　나는 형의 말을 믿을 수가 없었다. 나는 내 눈으로 확인해보고 싶었다. 무엇보다 만약에 군인들이 진짜 사람을 죽이고 있다면 엄마를 구해야 한다. 나는 쏜살같이 골목을 빠져나왔다. 골목을 벗어나 하천길에 나와서야 내가 슬리퍼 바람인 것을 알고 후회가 됐으나 급한 마음에 어찌해볼 수가 없었다. 아침 햇살이 퍼진 지 얼마 되지 않아 거리의 공기는 아직 촉촉했다. 골목을 빠져나와 하천길을 따라 내려가면 전남대학교 정문이 있는 큰길이 나온다. 그리고 나는 보았다. 총을 든 군인들을. 그냥 총이 아니라 칼을 꽂은 총을 겨누어 든 얼룩무늬 군복의 군인들을. 총뿐 아니라 곤봉도 들고 있었다. 나는 그 군인들이 공수부대원들이라는 것을 알고 있었다. 대학교 정문 앞에는 대학생으로 보이는 남자들이 손은 위로 들어 올리고 꿇어앉아 있었다. 군인들이 칼을 꽂은 총으로 꿇어앉은 학생들을 쿡쿡 찌르는 시늉을 하며 위협하고 있었다. 학생들 중에는 더러 속옷만 입고 있는 사람도 있었다. 무슨 일이 나긴 난 것이 틀림없었다. 엄마가 다니는 양림교회로 가는 버스를 타려면 대학 정문 앞으로 가야 한다. 그러나 나는 갈 수가 없었다. 아니 오히려 그곳을 도망쳐 와야만 했다. 철모를 단단히 조여 쓴 군인이 곤봉을 휘두르며 바로 나를 정조준하여 달려오고 있었기 때문이다. 정신없이 집을 향해 달려오는데 동쪽에서 떠오른 해가 어찌나 눈부신지, 눈을 바로 뜰 수가 없었다. 햇빛과 땀 때문에 눈앞이 뿌예져서 익숙한 골목이 자꾸 낯설게만 느껴졌다. 이윽고 군인들이 부는 호각 소리와 군화 소리와 날카로운 고함 소리가 골목 안으로 들어오기 시작했다. 자꾸만 눈앞을 가로막는 것이 땀인지 눈물인지 알 수 없었지만 그것을 닦아낼 여유는 없었다. 나는 오직 라일락 향기가 나는 쪽을 향해 달렸다.

나는 대문을 넘어서자마자 푹 쓰러져버렸다. 아버지가 급히 대문을 걸어 잠근 후 나를 끄집다시피 해서 방으로 밀어 넣었다. 나는 형이 있는 벽장으로 들어갔다. 그때 문득 윤희가 걱정되었다. 정작 엄마는 생각나지 않았다.

"아버지, 윤희는요?"

"누구?"

"윤희요. 문간방 학생."

아버지는 나와 형을 벽장에 숨겨놓고 방 한가운데 좌정하고 앉았다. 그것은 네 이놈들, 죽일 테면 나를 죽여라, 하는 자세에 다름 아니었다.

"뭣이 온다, 조용히 혀라."

아버지 목소리는 착 가라앉아 있었지만 음산하게 떨리고 있다는 것을 나는 직감적으로 알아챘다. 이윽고 골목 안이 누군가 툭하고 벌집을 건드려놓은 듯 수선스러워지고 있었다. 우리 집 대문을 세차게 두드리는 소리가 났다. 아버지는 방 안에서 꼼짝도 하지 않았다. 군홧발 소리가 우리 집 뒤로 돌아갔다. 그리고 골목 뒤쪽 어디

선가 날카로운 비명 소리가 길게 꼬리를 끌며 골목 밖으로 빠져나
갔다. 우두두두 하는 군홧발 소리, 철커덕 하는 총신 부딪치는 소
리, 획획거리는 곤봉 휘두르는 소리, 잡으라고 외치는 군인들의 짧
은 외마디 그리고 누군가 퍽 하고 쓰러지는 소리. 아버지가 낮게 부
르짖었다.

"북한 괴뢰 도당들이 쳐들어와 부렀는갑다. 허어, 그때나 지금이
나 피의 일요일이로다!"

골목이 좀 조용해진 틈을 타 형이 답답해 죽겠다는 듯 가슴을 쥐
어뜯었다.

"아부지, 테레비라도 한번 틀어봐요."

아버지는 아무 말 없이 툭 텔레비전을 틀었다. 텔레비전에서는
일요일 오전에 하는 장학퀴즈가 나오고 있었다.

"뭐야, 저거? 염병하네."

형이 아무 일 없다는 듯이 태평한 텔레비전 방송을 향해 욕설을
내뱉었다.

엄마가 숨을 헐떡이며 돌아왔다.

"야야, 뭔 놈의 군인들이 천지에 쫙 깔려갖고 젊은 애들을 다 잡
아간다냐. 버스를 타고 오는디 버스 안까지 들어와서는 젊은 애들
을 어뜨케나 치고 때리는지 난리가 아니다 시방. 사방이 피가 낭자
혀. 내가 우리 새끼들 어치케 된 중 알고 집에 오는 동안 그냥 숨이
목구멍에 찰싹 달라붙어 부렀다. 거가 숨어 있응게 이삐다. 느그들

은 절대로 나가지 마라 잉?”

엄마는 우리를 지켜야 한다고 시장에도 나가지 않았다. 형과 나는 다시 꼼짝없이 벽장 신세를 지지 않을 수 없었다.

“엄마, 윤희는요?”

“윤희가 뭣을?”

“윤희는 지금 어디 있냐고요?”

“글씨, 조용헌 것이 촌 즈그 집에 갔는갑다.”

“가서 확인해봐요.”

“없당게. 신발이 없으면 없는 것이제.”

벽장 안에서 형이 담배를 피웠다.

담배는 겁날 때 피우면 좀 안정이 되니라, 하면서 아버지가 넣어준 것이다. 엄마가 벽장에 대고 평소에도 하는 잔소리를 했다. 때가 때이니만큼 엄마 목소리는 잔뜩 오그라붙어 있었다.

“존일 헌다고 담배 조깐 피우지 마라. 글다가 들키면 어쩔라고 그러냐. 불이라도 나면 꼼짝없이 들켜붙제.”

“일단은 겁이 나서 도망을 오긴 왔제마는 펄펄 끓는 젊은것이 벽장 안에 들어백혀 있을라니 오직 심심허겠는가. 그래서 내가 너준 것이여. 아이, 술도 조깐 너주끄나?”

아버지는 어떤 식으로 들어왔건 다시는 안 들어오겠다고 나간 자식이 들어온 것이 그래도 고마운 모양이었다.

“이참에 몸에 안 존 것은 모다 너줘 붓쇼. 군인한테 맞아 죽으나 벽장서 담배 묵고 술 묵어 죽으나 뭣이 다르겠소잉?"

"자네는 한 가지는 알고 두 가지는 몰라서 그러는디, 안 그러면 답답증 나서 기어 나와 분당게."

그렇게 해서 벽장 안으로 아버지의 일용할 양식이나 다름없는 막걸리가 들어왔다.

형과 나는 하루 낮밤을 그렇게 벽장 속에서 보냈다. 밤에 마당에서 엄마가 누군가를 나무라는 소리가 들렸다.

"아야, 너는 가시내가 어디를 끼댕기다가 인자사 들오냐?"

윤희를 나무라는 소리가 틀림없었다.

"아줌마, 지금 병원에 다친 사람들 천지예요."

"그렇게, 내 말이 다친 사람들 천진디 어찌 너는 겁도 없이 돌아 댕기냐고. 니가 아무리 내 자식이 아니래도 니가 우리 집 사는 동안은 내가 느그 부모 한가진디 니한테 뭔 일이라도 나면 내가 느그 부모 얼굴을 어치케 보라고 니가 시방 시상 무선지 모르고 돌아댕기 냐고오."

"죄송해요. 하지만 다친 사람들을 두고 그냥 올 수가 없어서……."

형이 말했다.

"문간방 애가 우리보다 낫다. 우리는 겁쟁이다."

월요일 아침이 밝았다. 어제 일은 악몽 같았다. 학교는 가야 했으므로 엄마는 형은 벽장 안에 그대로 두고 나만 내려오라고 했다. 윤희는 언제나 나보다 먼저 학교에 갔다. 골목을 나와 찻길에 나섰는데 윤희가 버스 정류장에 서 있었다.

"오늘도 병원 갈 거예요?"

"네, 우리 담임선생님이 지금 전남대 병원에 있어요."

"다쳤어요?"

"네, 어제 도서관에 가려고 나왔다가 우리 선생님이 군인들한테 맞는 걸 봤어요. 그래서……."

윤희는 그래서 병원에 갔던 것이다.

학교에 가자마자 선생님이 무겁게 휴교령을 선언했다.

"너희들도 어제 일은 잘 알 것이다. 지금 시국은 비상시국이다. 모두들 자중자애하고 일단 학교에서 오라고 할 때까지 집에서 자습을 하기 바란다. 시내에는 되도록 나가지 말도록."

몇몇 아이들이 환호성을 질렀다. 선생님이 교탁을 내리쳤다.

"철없는 것들. 지금 너희들이 그렇게 좋아할 때가 아니다. 다른 지역 아이들은 공부에 여념이 없을 시간에 너희들은 오직 광주에 산다는 이유만으로……."

갑자기 선생님 눈이 충혈되면서 목소리가 갈라져 나왔다. 환호성을 질렀던 아이들이 모두 고개를 숙였다. 그때서야 여기저기서 낮은 한숨 소리가 새 나왔다.

"선생님 그런데요, 군인들이 지금 광주서만 그리는 거예요?"

"더 이상 묻지 마라. 나도 괴롭다."

여기저기서 웅성거리던 아이들이 모두 입을 다물었다. 학교를 나온 아이들은 모두 곧장 집으로 갈 기미를 보이지 않았다.

"야, 금남로에 가보자."

누군가의 선창에 아이들은 와아, 시내를 향하여 질주하기 시작했다. 나도 천천히 그 뒤를 따랐다. 나는 솔직히 겁이 났다. 그러나 호기심 또한 누를 길이 없었다.

나는 지난 며칠이 어떻게 흘러갔는지 일일이 기억할 수가 없었다. 그날, 학교 끝나고 겁에 질린 채로 친구들을 따라 시내로 나왔던 나는 집에 돌아가는 길에 방송국이 불타는 것을 보았다. 집에 돌아왔을 때, 마루에서 엄마가 가슴을 치고 있었다.

"내가 눈 깜빡할 새에 썩을 놈이 나가 부렀다."

형도 나만큼이나 겁에 질렸고, 나만큼이나 호기심을 억누를 길이 없었던가 보았다.

"아버진요?"

"느그 아부지는 느그 성 찾으러 간다고 나가고, 너는 안 오고, 느그 작은성은 완도 가서 안 오고."

"완도요?"

"결혼 승낙 받으러 처갓집 갔디야. 산달이 낼모렌디, 애 나오기 전에 승낙을 받긴 받아야제. 아이, 근디 워째 테레비가 먹통이다냐?"

"테레비 안 나와요? 방송국이 불타서 그럴 거예요."

"뭣이라고? 방송국이 불탔다고? 워미워미, 진짜 난리가 나긴 났는개비다아. 그런디, 문간방 가시내는 또 워찌 안 들온다냐?"

"지금 병원이 다치고 죽은 사람들로 만원이에요. 헌혈할 사람도 필요하고 도와줄 사람도 필요하고 할 일이 많아요."

"그런디 그것을 왜 윤희가 혀?"

"누구라도 해야 하잖아요. 저 내일부터 학교 안 가요."

"학교는 왜 안 가? 난리는 난리라도 학교는 가야제."

"학교에 휴교령이 내려졌어요. 모든 학교가 다 문 닫았어요."

"참 별놈의 일이다. 6·25 때도 학교는 문을 열었는디이."

나는 왜 그런지 몰라도 썰물이 빠지듯 온몸에서 힘이 쭉 빠져나가는 기분이었다. 나는 죽음을 보았다. 형이 했던 말은 가짜가 아니었다. 죽은 사람의 몸에서 나온 것이 틀림없는 핏덩이를 보았다. 핏덩이는 역전에 선지처럼 굳어 있었다. 시체는 리어카에 2구가 실려 있었다. 사람들의 분노는 극에 달했다. 누군가가 외쳤다.

"세상 천지에 요런 법이 없당게."

또 누군가가 외쳤다.

"백주 대낮에 나라 지키라는 군인이 아무 죄 없는 사람들을 요렇게 쥐개놨어. 세상 사람들아 요것 좀 보씨요, 군인들이 사람을 쥐겠소. 사람을 쥐겠어어 어어어."

외친 사람이 억장이 무너지듯 울음을 토해냈다. 울음은 군중들 속으로 빠르게 번져나갔다.

"아니여, 요러고 울고만 있을 때가 아니여. 뭔 수를 내야 헌당게. 가만있으면 우리 모다가 죽게 생겼어, 시방."

"옳소오."

사람들이 도청을 향해 물밀듯이 몰려갔다. 나는 어지러웠다. 생전 처음 본 시체 때문이었다. 시체의 제대로 감기지 않은 눈두덩이 퉁퉁 부어 있었다. 몸에서 열이 났다. 어디선가 총소리가 들렸다. 우식이 방에서는 라디오 소리가 들려오지 않았다. 우식이도 시내에 나갔을 것이다. 밤에 돌아온 윤희가 마당으로 들어서며 외치듯 말했다.

"아줌마, 공수부대가 도망갔대요."

시장이 서지 않아 엄마는 집에 있었다.

"뭣이여? 그 악독헌 공수부대가 도망갔다고?"

"예. 그래서 지금 시내는 온통 시민들 차지가 됐어요."

"아이고 인자 살겠다아. 아이 석진아 나와 봐라, 공수부대가 도망갔단다."

앓아누워 있던 동안의 일들을 나는 알지 못한다. 다만 마당에서 나는 소리로만 알 뿐이다. 아버지가 자전거를 때릉거리며 흥분이 돼서 대문을 들어섰다.

"야는 왜 이 벌건 대낮에 방구석에 처백혀 있는 것이여?"

"아프다요."

“약은 멕였는가?”

“약 묵고 자는개비요.”

“아프단 놈은 냅두고 어이, 시방 시내가 아조 시민군들 천지가
되야부렀네.”

“시민군이 뭣이다요?”

“응, 그것이 말이여.”

아버지가 엄마 귀에 대고 속닥였다.

“워미워미, 그래라우? 용진이가 그래서 별 탈이나 없을란가 모리
겄네.”

“아조 멋져부러, 자네도 한번 가서 보소.”

“아이, 석진아, 느그 성이 시민군이 되야부렀단다, 거 뭣이냐, 시
민군 대장은 아니여도 그 아래 대장이 되았단다.”

하루는 윤희가 뭔가를 마루에 쏟아내고 있었다.

“아이, 요것이 뭣이다냐?”

“예, 시민들이 나눠준 빵이랑 음료수예요, 여기 김밥도 있어요.”

“어디서 요런 것을 다 얻어 왔다냐? 나도 한번 묵어보끄나, 앗따
아 맛있다잉?”

“시민군 차 타면 먹을 것이 넘쳐나요. 저는 시장에 가서 시민군
밥 해줘야 해요.”

윤희는 다시 오던 길로 나가면서 외쳤다.

“아줌마, 시민군 차 타면 얼마나 신나는지 몰라요.”

엄마가 내 방 문을 왈칵 열었다.

"아이, 너는 시방 뭣 하냐, 사내 새끼가. 못나디 못나서 아프다고 처누워 있기나 헐 것이여?"

나는 벌떡 일어나 앉았다. 그리고 조용히 말했다.

"엄마, 윤희가 왜 자꾸 밖으로 나가는지 알아요?"

"시민군 차 타면 신나서 그러는 모냥인디?"

"그것이 아니란 말이에요. 엄마, 윤희는 어쩌면 먹을 것이 없어서 그러는지도 몰라요. 윤희는 지난 주말에 집엘 못 가서 지금 먹을 것이 하나도 없는지도 모른단 말이에요. 윤희한테 맨날 얻어먹지만 말고 엄마도 좀 줘봐요. 집주인이 되어가지고 부끄럽지도 않으세요?"

다다다다닥, 갑자기 머리 위에서 헬리콥터 소리가 났다. 차라리 다행이었다. 말을 하다 보니까 목구멍 깊은 곳에서 뜨거운 울음이 치밀어 올라왔기 때문이다. 헬리콥터에서 뭐라고 뭐라고 하는 방송 소리도 나는 것 같았다.

"뭔 삐라를 저리 뿌려싼다냐? 어디 보자, 사람 그리 처쥐개놓고 집으로 돌아가라고 허네잉, 헤리꼽타가 참말로 양심도 없따아, 끙."

엄마는 느닷없는 내 질타에 딴청을 부리고 있음에 틀림없었다.

"아이, 윤희가, 윤희가 죽었단다, 윤희가, 죽어부렀디야, 이것을 어찌를 헐끄나아, 윤희가 헌혈허러 가다가 병원 입구서 날아오는 총 맞고 죽어부렀디야아. 시방 도청 앞 상무관이라는 디가 있단다, 느그 성이 죽은 가시내가 윤희란 것을 알았단다. 시상에 요런 날베락이 있다냐아 아이고오……."

엄마의 비명에 가까운 통곡 소리가 온 집 안을 뒤흔들었다.

"엄마아, 누가 죽어요?"

"윤희 말이여, 문간방 가시내 윤희이. 아니, 요러고 있을 때가 아니다, 느그 성은 어쩐지 모르겠다아, 느그 성 찾으러 간 느그 아부지는 또 어쩐가 모르겠다아, 아이고오 윤희야아…… 아이, 너는 어디를 가냐? 아프단 애가 어디를 가는 것이여어? 아이, 아이…… 갈라먼 느그 성이랑 느그 아부지랑 찾아서 델꼬 오니라아……."

내가 어떻게 집을 뛰쳐나왔는지 나는 알지 못한다. 큰길에 나서자 유리창이 다 깨어져 나간 시민군 차들이 지나갔다. 나는 아무 차에나 손을 들었다.

"어디로 가요?"

"도청이요."

"타시오."

도청이 가까워올수록 내 몸은 와들와들 떨려왔다. 윤희야, 윤희야……. 눈물이 비 오듯 쏟아지기 시작했다.

"가족 중에 누가 죽었소?"

머리에 흰 수건을 두른 시민군이 물었다.

"윤희가 죽었대요. 상무관에 있대요."

시민군은 더 이상 묻지 않았다. 나는 상무관 앞에 내렸다. 윤희는 수많은 관들 속에서 아직 뚜껑이 덮이지 않은 관 속에 누워 있었다. 윤희는 교복을 입고 있었다. 교복의 하얀 칼라에 피가 얼룩져서 흰 칼라는 더 이상 희지 않았다. 군인들의 체육관이기도 한 상무관 안은 통곡의 바다 같았다. 통곡 소리는 끊임없이 몰려드는 파도 소리 같았다. 나는 도대체 어떻게 해야 할지 알 수 없었다. 윤희의 부모님한테 윤희의 죽음을 알려야 할 테지만 지금 광주 시내는 전화가 불통이었다. 버스도 기차도 끊어졌다. 윤희의 시골집에 연락할 길은 막혀 있었다. 숨이 너무 답답해서 나는 상무관을 나왔다. 그대로 있으면 나도 정말 숨이 막혀 죽을 것만 같았다. 내가 숨이 막힐 만큼 답답한 것은 윤희를 위해 할 수 있는 것이 아무것도 없었기 때문이다. 윤희를 다시 살려낼 수도, 윤희의 죽음을 윤희의 가족들에게 알릴 수도 없었다. 그렇다고 그냥 집으로 다시 갈 수도 없었다. 윤희가 죽었지 않은가. 만약에 내가 집으로 가버린다면, 나는 나 자신이 싫어 정말 죽어버릴지도 모른다. 나는 상무관 앞 계단에 쭈그리고 앉았다. 다시 눈물이 고장 난 수도꼭지처럼 줄줄 흘러내리기 시작했다. 상무관 건너 도청에서는 총을 들거나 멘 시민군들이 부산스럽게 움직이고 있었다. 나는 눈물 속에서 그들을 멍하니 바라보았다. 저들은 왜 총을 든 것일까. 겉으로만 젠체하지 속으로는 겁쟁이인 형은 어떻게 시민군이 될 생각을 했을까. 혹시 형도 형의 여자친구가 공수부대나 계엄군의 총에 맞아 죽은 것일까. 나는 형을 알 수 없었고 도청 안에서 총을 든 사람들을 알 수 없었다. 나는 다만 윤희의 죽음만을 확실히 알 수 있었다. 그러나 한편으로 생각해보니 나는 윤희가 왜 죽었는지 내가 모르고 있다는 것을 알았다. 윤희는 왜 죽었지? 윤희를 누가 죽였지? 윤희는 왜 헌혈을 하러 갔지? 다친 사람이, 피가 필요한 사람이 자기 가족도 아닌데 왜? 내가 알 수 없는 이유로 형이, 시민군들이, 윤희가, 총을 들고 싸우고 죽어가고 있을 때 내가 했던 일은 신열에 들떠 어두운 방 안에 누워 있던 것뿐이었다. 윤희의 죽음 앞에서 숫구쳐 오르던 분노와 슬픔의 감정 너머로 언뜻 부끄러움이 고개를 들고 있었다. 그 순간 나는 계단에 쭈그리고 앉아 눈물을 흘리고 있는 것조차 부끄러워지기 시작했다. 부끄러움의 감정이 목덜미 뒤에서 홧홧거리며 일어나고 있었다.

　도청 입구에 총을 메고 서 있는 그가 누군지 나는 사실 진작에 알아보았다. 교련복 차림의 그는 우식이였다. 우식이는 내가 앓아누워 있는 동안에도 저기 있었던 것일까. 우식이 들고 있는 총신이 햇빛을 받아 반짝 빛나고 있었다. 나는 계단에서 일어나 도청을 향해 성큼 길을 건넜다. 도청으로 가는 것이 집으로도 갈 수 없는 내가 선택할 수 있는 유일한 길이라는 걸 나는 그 순간 깨달았다.

*

라일락 향기가 흐드러진 골목 안으로 아기를 안고 들어서던 젊은 아빠가 이제 갓 태어난 아기한테 말한다. 아기한테 대고 하는 말이지만 꼭 아기한테 하는 말만은 아니다. 그 옆에는 자태 고운 아기 엄마가 아기 아빠의 팔짱을 끼고 걸으며 아기 대신 고개를 끄덕이고 있다.

"내가 태어나던 그날, 삼촌은 돌아가셨지. 바로 오늘이 그 삼촌의 제삿날이지. 너한테는 작은할아버지가 되겠구나. 할머니, 저 왔어요오."

젊은 아빠가 담장 너머에 대고 소리친다. 집 안에서 꼬부랑 할머니가 맨발로 뛰어나온다.

"아이고, 이것이 누구냐, 느그 아부지가 그렇게 일찌거니 애를 낳더니 너도 그렇구나, 아조 집안 내력이로구나. 아이고, 석진아, 느그 조카가 애를 낳아서 왔고나아. 너는 저세상 사람이 돼부렀는디 이 세상에는 새 생명이 자꼬자꼬 태어나는고나아…… 올해도 나이락은 피었는디 너는 어찌 돌아오지를 않느냐아, 나이락 피면은 돌아올 줄을 알았는디, 어찌 돌아올 줄을 몰러…… 내년에는 돌아오너라, 나이락 피는 오월에, 이 좋고 좋은 봄날에 제삿밥 묵게 돌아오너라, 내 아들 석진아아……."

해마다 반복되는 할머니의 통곡 소리다. 해마다 들어도 해마다 눈물 나는 할머니의 애끓는 소리다. 할머니 손을 토닥이는 아기 아

빠의 눈매에 이슬이 맺힌다. 아기 아빠 옆에 앉아 있는 머리 희끗희
끗한 중년의 아저씨 눈에도 금방 눈물이 차오른다. 아기 아빠가 아
기 엄마한테 아저씨를 소개한다.

"옆집 아저씨 알지? 석진이 삼촌 친구 우식이 아저씨."

제사상에는 앳된 얼굴의 석진과 윤희의 영정이 나란히 세워져
있다. 라일락 향기 짙은 오월, 봄밤이다.

영희가 O형을
선택한 이유
방미진

지루해.

학년이 바뀌고 교실이 바뀌고 번호가 바뀌어도, 그 학교가 그 학교고 이 교실이 그 교실 같고 저 얼굴이 그 얼굴 같은.

밀려드는 지루함의 압박. 답답.

내가 있는 곳이 좁디좁은 우물 안이라는 사실이 새삼 느껴지는 순간이 있다.

"다 자냐? 꿈도 희망도 없는 이 식상한 표정들은 무어란 말이지? 이거 이거 교실 분위기가 왜 이래?"

자칭 열린 선생인 담임이 너스레를 떤다. 같은 반이 된 지 한 달밖에 안 됐건만 30년은 된 듯한 교실 분위기. 담임은 아침저녁으로 들어오는 것도 지겨운데, 수업까지 들어오신다. 가출을 결심한, 한 청소년의 비행 의지마저 잠들게 했다는 선생의 수학 수업 중, 참 재미없는 네모난 건물, 네모난 교실, 반듯반듯 구역을 나눈 1분단, 2분단, 3분단, 4분단 중 2분단에 앉은 누군가가 자다 일어나서 말했다.

"샘. 분위기도 바꿀 겸, 혈액형별로 나눠 앉아보면 어때요? A, B, O, AB 딱 맞는데."

누구야? 짜증 나는 얼굴이나 보자. 오, 깜찍한 지민이! 혈액형 얘길 하는 거 보니, 애는 O형이겠군. O형은 뭐든 네 편 내 편 나누는 걸 좋아한다니까. O형은 툭하면 혈액형 얘기를 꺼낸다. 혈액형은 O형이 대세니까.

혈액형별로 앉자는 의견에 찬성과 비난이 쏟아지는 동안, 담임은 전혀 엉뚱하고 유치하기까지 한 결론을 내린다.

"남녀 짝꿍은 어때? 그럼 수업 시간에 조는 일이 줄지 않을까?"

누가 뭐라 할 새도 없이 뚝딱 뚝딱 남자, 여자 나눠서 쪽지를 만들어 뽑게 하더니 순식간에 자리를 새로 정했다. 아, 이 추진력! 당신은 무슨 형이십니까?

나는 여자랑 앉는다는 사실에 내심 흥분해서는 기대에 부풀어 있었다. 이 기회에 나도 여자친구를 사귀어보는 거야!

깜찍한 지민이도 좋고, 청순한 소연이도 좋고, 신비로운 보라도 좋다. 통통 튀는 매력녀들이 왜 이렇게 많은 거야! 내 짝은…… 두

구두구두구두구!

젠장!

영희라니.

도영희. 무난함의 대명사. 우리 반 부반장. 무난한 성적과 무난한 리더십과 둥글둥글 무난한 교우 관계! 거기다 무난하게 생긴 얼굴과 몇 시간을 쳐다봐도 욕망이 전혀 꿈틀대지 않을 것 같은 길기만 긴, 지루한 몸매까지 두루 갖추셨다. 혈액형, 단연 O형 되시겠다.

영희는 한마디로 교과서 같은 애다. 뭐, 딱히 흠잡을 데 없는, 하지만 재미도 없는.

그나마 다행인 건 영희 앞에 지민이가 앉게 되었다는 것! 짓밟힌 청소년의 꿈이 이렇게 숨통을 틔우는구나!

"이렇게 앉으니까 분위기가 한결 낫네. 참, 아까 혈액형 얘기가 나왔으니까 말인데, AB형은…… 알 수가 없어. 우리 작은어머니가 AB형인데."

담임이 틈만 나면 늘어놓는 넋두리의 주인공 작은어머니. 이젠 내 일가친척같이 느껴지는 그 중년 여인은 담임 말에 의하면 돈귀신에 배신자, 이중인격! 인간 같지 않은 인간! 말종이었다.

"내가 우리 작은엄마 욕하는 건 절대 아니야. AB형 친구 둔 사람들은 뒤통수 조심해. 언제 배신 때릴지 모르니까."

"우리 엄마 AB형인데 안 그런데."

소연이가 분위기 파악 못하고 말했다.

"저것 봐. 저것 봐. 선생님 말 오해하지 말라니까! 다 그렇다는 얘기가 아니란 말이지! 뭐, AB형은 가족까지도 철저하게 속이는, 죽을 때까지 가면을 벗지 않는 인간이라 자식은 평생 자기 엄마가 악인이란 걸 모르고 사는 경우가 허다하지만. 오죽하면 천사의 탈을 쓴 악마라고 하겠냐, 응? 하지만 AB형이 나쁘다는 얘기는 절대 아니란 말이지! 그런 특성이 있다는 거지."

나쁘든지 말든지. 아, 그분이 B형이 아니라니 정말 다행이야. 만약 B형이었다면 학교 생활 험난할 뻔했다. 상상만 해도 오싹해지네.

"혹시 우리 반에 AB형 있냐? 손들어봐."

너 같으면 들겠냐?

"음."

담임이 고개를 끄덕끄덕. 뒤를 돌아보니 형기가 순진한 표정으로 손을 들고 있다! 쟤가 미쳤나? 야, 넌 일 년 내내 찍힌 거야! AB형은 바보 아니면 천재라더니, 우리 반에 바보가 있었다.

"더 없어? O형, O형! 손들어봐."

O형들이 손을 번쩍번쩍 들었다. 내 옆에 앉은 영희도 엉거주춤하게 손을 들었다.

선생님은 역시, 하는 표정으로 미소를 띠며 교실을 둘러보더니 다시 수업을 시작했다.

A형, B형은 관심도 없다는 거냐? 갑자기 자존심 팍, 상하네. 소심

한 A형은 몰라도 개성 만점 B형 정도는 물어봐야 하는 거 아니니?

쉬는 시간이 되자, 지민이와 늘 붙어 다니는 청순 소연과 신비 보라가 지민이 자리로 왔다. 그리고 영희 쪽을 돌아봤다. 어라? 도영희도 지민이 패거리였나? 그러고 보니 그랬던 것 같다. 어쨌든 나에겐 횡재가 아닐 수 없다.

"나랑 영희는 O형이고 소연이 넌 무슨 형이야?"

"응, B형이야."

어쩐지. 하소연.

그녀의 청순한 외모와 천사 같은 성품, 애잔한 목소리는 아름다움을 넘어서 "정말 사람인가?" 하는 의문마저 일게 한다. 그리고! 그녀의 거리낌 없는 행동거지 또한, 그렇다! 학년 초에는 모든 남학생의 우상이자 여학생의 적이지만 한 달, 아니 일주일만 지나면 남학생의 반이 떨어져 나가고 대신 여자친구들이 그 반을 채우는 하소연. 청순한 외모에 맞춰 몸이 약한 것까진 좋으나 하필이면 기관지가 안 좋아 걸핏하면 가래를 크악거리며 뱉고, 천사 같은 마음은 좋으나 방귀 뀐 것까지 사과하며—그렇게 미안하면 꾹! 참으란 말이다!—온 학교에 장염 걸린 걸 광고하고 다니는 등, 푼수를 넘어 팔푼이에 가까운 너의 그 행동들은 남의 시선을 의식하지 않는 솔직한 B형이라 그런 거였구나!

"보라는 A형이지?"

"……"

맞아 맞아. 딱 맞아. 신보라는 왕소심 그 자체다. 목사 사모님 같은 옷차림이며 매사에 조심하는 태도가 얼핏 평범해 보이지만, 보면 볼수록 정상이 아니다. 자꾸 남을 의식하고 자신을 숨기려다 보니 행동이 어색하기 짝이 없고 어설퍼, 오히려 속이 다 들여다보인다고나 할까? 늘 남이 이상하게 생각하지 않을까 조심에 조심을 하느라—그러는 게 더 이상하단 말이다!—교실 속의 은둔자로 살아가는 A형. 말도 안 되는 일을 가지고 혼자 끙끙대는 모습을 지켜보고 있노라면 웃기려고 저러나 싶다. 다른 사람에 민감해서 그런지 가끔 깜짝 놀랄 정도로 교실 안 학우들을 속속들이 알고 있다. 안 친한 애들에 대해서조차도 그 애들의 단짝 친구보다 더 잘 안다. 그래서 그런지 보라에게는 뛰어난 관찰력을 넘어 묘한 신기까지 느껴진다.

"넌 무슨 형이야?"

갑자기 나에게 화살이 날아왔다. 여자애들이 일제히 나를 본다. 가슴이 쿵쾅쿵쾅.

"나? 난 C형인데."

"A형?"

에이, 설마.

"음~ B형인가 보네."

역시, 신보라는 못 속인다. 그래, 내가 그 유명한 B형 남자다!

뭐, 솔직히 겉으론 싫은 척해도, 내가 B형이라는 걸 은근히 뻐기고 싶을 때도 있다. 여자들은 바람둥이니 어쩌니 해도 B형이라는 이유 하나만으로 매력적이라고 여기니까.

"바람둥이들은 밥맛이야."

도영희! 두고 보자. 억울해! 억울해! 아직 여자친구 한번 사귀어본 적이 없는 순결한 나한테 바람둥이라니! 그나저나 올해는 기필코 여자친구가 생겼으면 좋겠는데. 누구랑 사귀지? 누가 나를 선택해줄까? 난 영희만 빼고 다 좋아.

"매력 있지 않아?"

역시 B형은 B형을 알아보는구나.

"남자 하나 잘못 만나 팔자 망치는 것도 생각해야지."

A형, 걱정 걱정하다가 혼자 늙어 죽어라!

"인생 뭐 있어? 연애는 뜨겁게, 결혼은 안정적으로. 사귀다 먼저 차버리면 되지 뭐."

지민아! 난 그렇게 쉬운 남자가 아니라구!

이때쯤 B형 남자다운 액션 하나 취해줘야 할 것 같은 느낌이 팍팍 드는데. MP3 들으면서 리듬에 맞춰 머리와 다리를 까딱여볼까? 남의 시선을 의식하지 않는 자유인처럼 보이겠지? 좀 더 반항적으로 책상 위에 다리를 올려볼까? 너무 연출한 것처럼 보이려나? 발냄새 나면 어쩌지? 다리 짧아 보이면 어째? 심각하게 고민하고 있는데 뜬금없이 소연이가 물었다.

"영희는 혈액형이 뭐야?"

어이구! 아까 O형이라고 했잖아! 누가 B형 아니랄까 봐 뒷북은.

갑자기 보라가 눈을 가늘게 뜨고 영희를 봤다. 뭐야? 저 묘한 눈빛은? 보라의 눈동자는 영희를 뚫어져라 보고 있지만 이 세상이 아닌 저 너머의 어딘가를 보고 있는 것처럼 초점이 없었다. 기이한 눈빛이었다. 이윽고 보라가 입을 열었다.

"너, O형 아니지?"

역시! A형은 의심이 많아.

하지만 신보라로 말할 것 같으면 수시로 그분을 만나는 무당에 가까운 인간 아닌가? 보라가 눈을 가늘게 뜨고 이건 아니아, 라고 하면 아닌 것이다. 어디 그뿐인가? 보라가 허리가 아프면 다음 날 어김없이 비가 온다.

"나 O형 맞는데."

"영희는 전형적인 O형인데. 우릴 봐. 둥글둥글 딱, O형이잖아."

지민아, 둥근 건 네 얼굴뿐이야. 이런, 영희는 얼굴도 네모났잖아! 그러고 보면, 같은 O형이지만 지민이와 영희는 너무나 다르다. O형이라서 무난해 보이는 영희와 O형이라서 튀어 보이는 지민이. 깍쟁이에 톡톡 쏘아대고 입만 열면 자기 자랑인 욕심 많은 지랄공주 깜찍 지민과 무난무난무난한 영희. 이건 달라도 너무 다르잖아?

'너, O형 아니지아니지아니지……'

한마디 말에 모든 것이 변하기도 한다.

솔깃해.

나는 의미심장한 눈빛으로 영희를 바라봤다. 몇 분이나 보았을까? 앗! 지루해. 그렇게 호기심은 네모난 벽 너머로 싹 사라지는가 했는데, 며칠 뒤!

"영희는 확실히 O형이 아니야."

또, 신보라였다.

"뭐야? 아직까지 의심하고 있었던 거야? 정말 A형 아니랄까 봐. 징글징글하다."

지민이가 진저리를 쳤다.

보라는 그동안 영희를 집요하게 조사, 영희 동생이 다니는 학교를 알아내, 동생과 같은 반 아이 한 명을 돈으로 매수, 가족들의 혈액형을 알아오라는 임무를 내렸다 한다.

"동생에게서 알아낸 정보에 따르면 부모님 혈액형은 두 분 다……."

"설마! 어쩜 좋아!"

소연이가 입을 틀어막았다.

"O형이야!"

"뭐야? 깜짝 놀랐잖아."

지민이가 짜증을 냈다.

"동생 혈액형이 O형이 아닌 거냐!"

흥분해서 그만 나도 끼어들고 말았다!

"O형이야!"

보라가 단호하게 말했다.

"뭐야? 가족 다 O형인 거네."

지민이 말에 보라가 기묘하게 웃었다. 그 웃음을 보는 순간, 내 마음속에도 어떤 확고한 느낌이 서서히 들어차기 시작했다.

"설마, 영희 혈액형만 O형이 아닌 거야? 어머, 어떡해! 그럼 친딸이 아니야?"

"아닐 거야. 혈액형 검사가 잘못된 경우가 10%가 넘는다잖아."

"맞아. 얼마 전 뉴스에서 Cis(−)AB형은 혈액형 검사에서 A형이나 B형으로 나오기도 하고, 결혼해서 O형을 낳을 수도 있다고 했어. 그리고 입양할 땐 가족이랑 혈액형을 맞춰. 우리 엄마가 위탁일 해서 알아. 아기들이 얼마나 예쁜지 몰라. 입양 안 되는 애들 보면 안쓰러워 죽겠어."

소연이 때문에 이야기가 입양 쪽으로 빠졌다.

"야, 우리 옆집은 아저씨가 대리모랑 눈 맞아가지고 난리도 아니었잖아. 그렇게까지 해서 자기 자식을 낳아야 하냐? 꼭 피가 섞여야 자기 자식인가? 내 핏줄이니, 내 새끼니 피 따지는 사람들 진짜, 딱 싫어."

똑 부러지는 지민이~ 응. 나도 너랑 같이 그런 사람들 딱 싫어할래.

"영희는 무슨 형이래? 제발 B형만 아니었으면 좋겠다. 난 B형이랑 안 맞아. B형이랑 친구 해서 좋았던 적 한 번도 없어. 속으론 안 그러면서 쿨한 척 폼 잡는 거 진짜, 딱 싫어."

지민아! 피 따지는 사람들 딱 싫다며? 혈액형은 피 아니니? 어?

"그래서? 무슨 형인데?"

하소연! 넌 B형 욕하는데 기분도 안 나쁘냐? 어, 또 딴생각하고 있었나 보구나.

"……O형."

다들 어안이 벙벙해서 보라를 쳐다보았다. 보라는 왠지 오싹해지는 미소를 지으며 말을 이었다.

"하지만 난 확신할 수 있어. 영희는 절대 O형이 아니야."

영희 동생은 그 질문을 받고 혈액형을 묻는 이유가 뭔지, 왜 궁금한지, 혹 누가 시킨 것은 아닌지 꼬치꼬치 되물었다 한다. 게다가! 영희네 가족은 삼 년 전에 이곳으로 이사를 왔다는 것이다! 이상한 느낌이 확 오지 않는가?

"난 네가 더 이상해. 정말, 뭐라 할 말이 없다."

지민이가 혀를 차며 영어 단어를 외우기 시작했고, 소연이는 긴 한숨과 함께 기도라도 하듯 보라의 손을 꼭 잡았다. 나는, 나는 신보라를 존경하기 시작했다. 보라는 뛰어난 육감을 가진, 아니, 그 이상의! 그래! 제7의 감각! 칠감의 소유자야! 나 역시!

도영희는 O형이 아니라고 확신할 수 있다.

비로소 칠감이 눈을 뜬 것이다.

그날 이후로 나는 영희를 감시, 아니 관찰하기 시작했다. 그건 보라도 마찬가지! 영희가 화장실에 갈 때면 지민이에게 놀러 온 척, 영희 자리에 앉아 범행 현장을 살피듯 예리하게 이것저것 살펴보곤 했다.

영희 책상을 살피던 보라의 눈이 반짝, 했다. 책상에 쌓인 교과서와 문제집 틈에서 겉표지를 싼 책 한 권 발견. 왜 저 책만 표지가? 예쁜 포장지가 아닌 달력으로 대충 싼 걸 보면 특별히 좋아하는 책이라 그런 건 아닌 것 같은데. 책을 살펴보던 보라가 씩 웃더니 자리로 돌아갔다. 난 얼른 그 책을 펼쳐 보았다.

이럴 수가! 과연 신보라야.

그 책은 혈액형 책이었다. 혈액형 책을 보는 건 이상한 일이 아니다. 다들 그런 쪽에 관심이 많으니까. 하지만 몰래 보는 건 이상하다. 이게 바로 영희가 O형이 아닌 확실한 증거가 아니고 뭐란 말인가? 더욱더 놀라운 사실은 O형 내용이 나오는 곳에 책갈피가 꽂혀 있었다는 것!

나는 짬짬이 혈액형 책을 훔쳐보면서 영희의 혈액형을 둘러싼 미스터리를 파헤치기 시작했다.

파헤치면 파헤칠수록 뻔할 뻔 자 도영희가 낯설게 느껴졌다. 눈꺼풀을 덮고 있던 뻑뻑한 껍질이 확 떨어져 나가는 이 느낌은 뭘까?

"야, 그게 뭐가 이루어질 수 없는 비극적인 사랑이야? 그 선생 대학생이라며? 몇 살이나 차이 난다고."

"그래도 그 사람은 선생님이고, 난 학생인데?"

"미술학원 아르바이트 강사가 무슨 선생이냐? 좀만 있음 걔나 너나 똑같은 성인인데."

"그래도 지금 현재 그분은 분명 선생님이고, 난 학생인걸."

"어우, 답답해. 네가 그러니까 연애를 못하는 거야. O형들은 너무 순진해서 탈이라니까!"

지민이가 깔깔 웃어대고 영희가 입을 헤벌리고 연신 고개를 끄덕이고 있었다. 많이 모자라 보이는 표정으로. 그렇다. 좋게 말하면 순수함, 나쁘게 말하면 백치미가 O형에겐 있다.

하지만! 영희한테 바보 같은 구석이 있다고 해서 O형이라고 속아 넘어가서는 안 된다. 그 옆에 서 있는 보라와 소연이를 보라! 역시 어리벙벙한 표정으로 고개를 끄덕이고 있다. 꾸밈없는 B형 또한 순수한 구석이 있다. A형은 자폐적이다 보니 세상 물정 모르는 바보 같은 면이 있다. 어쨌든 다 바보다. 그렇다면 영희는 A! 아니면 B! 둘이 합쳐 AB! 엇? 바보＋바보라서 AB형이 천재 아니면 바보인가?

정리를 해보면 B형 여자는 이미지가 나쁜 편이 아니니까 영희는 A형 아니면 AB형일 가능성이 높다. 점점 도영희의 실체가 보이는군. (잠깐! 영희에게 출생의 비밀이 있다면 B형도 빼놓을 수 없다. 아악! 머리가 터질 것 같아!)

"누가 나와서 풀어볼 사람."

내가 이렇게 미궁 속을 헤매고 있는 동안, 영희는 칠판 앞에 나가 딱 떨어지게 수학 문제를 풀었다.

"오~~~~"

아이들의 환호성. 짐짓 거만한 표정으로 자리에 돌아와 앉는 영희. 훗. 나서기 좋아하는 것은 O형의 특징. 하지만 A형도 남에게 인정받기 위해 부단히 노력하지.

영희가 부반장 역할을 열심히 하는 것도 O형의 리더십으로 보이지만, 실은 A형의 성실함과 봉사 정신일 수 있다. 그렇다면 과연!

"너, A형이지."

쉬는 시간, 보라의 뜬금없는 말에 영희가 뺑한 표정을 지었다.

"으하하하하하하하!"

웃음이 터져나왔다. 과연 신보라! 나와 똑같은 생각을 했구나. 훌륭한 추리였다. 하지만 헛! 짚으셨소! 함정이 있었어! 역시나 내가 한 수 위인가? 크하하학! A형이라니? 당치도 않지! 부분을 보면 쓰나, 전체를 봐야지!

영희는 미술부인데도 불구하고 공부면 공부, 체육이면 체육, 친구 관계며 부반장 역할까지 모두 무난하게 잘해내고 있지! 여러 가지 일을 동시에 잘하는 혈액형은 단 하나! 영희는!

영희가 화장실로 도망가고 지민, 소연, 보라가 머리를 맞댔다.

"A형 같기도 하다."

소연이가 멍하니 말했다. 지민이가 반대하고 나섰다.

"넌 왜 자꾸 멀쩡한 애를 의심하고 그래? 영희는 전형적인……"

"AB형이야!"

앗! 나도 모르게 끼어들고 말았다.

"아까는 기분 나쁘게 웃지를 않나, 왜 자꾸 끼어들고 난리야? 미친 거 아냐?"

지민이가 짜증을 내자 보라가 말했다.

"내버려 둬. B형은 원래 저래."

소연이 표정이 확 굳었다. 하지만 옆 반에서 바퀴벌레가 출몰했다는 비명 소리를 듣고는 얼른 달려갔다. 잡으러. 바퀴벌레 사냥꾼 하소연. 그녀는 왜 바퀴벌레나 쥐, 그 외 기타 등등만 보면 신이 나서 잡아대는 걸까? 이러한 소연이의 야성적인 취미 활동은 너무나도 순수해 나의 본능 깊은 곳을 건드려 애잔한 인간애까지 느끼게 만든다. 하지만 식욕은 급격히 떨어뜨린다. 그 길고 하얀, 아름다운 손으로, 게다가 맨손으로 순식간에 바퀴벌레를 덮치는 장면은 너무도 기이해서 한번 보면 잊혀지지가 않는다.

"너도 소연이 엄마 봤지?"

지민이가 소곤거리며 말을 꺼냈다.

"전에 소연이가 자기 엄마 AB형이라고 했을 때, 나 소름 돋았잖아."

"어머, 너도? 나도 좀 그랬는데."

소연이 엄마는 아줌마라고는 믿어지지 않을 정도로 청순하고 상냥해 보이는 미인이어서 딱 한 번 학교에 왔을 뿐인데도 인상에 강하게 남았다.

"설마 천사의 탈을 쓴 악마……."

"맞아. 딱이야. 그때도 돈봉투 주러 온 거 아닐까?"

보라와 지민이가 목소리를 한껏 낮추며 속삭였다.

야! 그때 소연이 책가방 주려고 온 거잖아! 학교에 책가방을 안 들고 오다니…….

소연이 엄마가 그런 사람으로 보이지는 않았는데. 머리를 벅벅 긁으면서 말하는 품이 영락없는 소연이였다.

"소연이 엄마 봉사 활동도 열심히 한다면서."

"어쩜. 딱 맞네. 딱 맞아. 앞에서는 봉사 활동, 뒤에서는 돈봉투."

그때, 이젠 익숙해진 풋풋한 생똥 냄새가 풍겨왔다. 퍼뜩 뒤를 돌아보니 뒷문 쪽에 소연이가 서 있었다. 소연이는 "얘들아, 미안해. 장이 좋지 않아서."라고 사과하는 것도 잊고 멍하니 자기 자리로 돌아갔다. 얼굴이 창백했다. 들었구나. 바퀴벌레 사냥꾼이라도 마음이 여린 아이인데. 내가 AB형 얘길 꺼낸 것이 지민이, 보라 수다에 불을 지핀 것 같아 괜히 미안하네. 매점에서 우유라도 하나 사서 넣어줘야지. 난 정말 섬세해.

하지만 우유를 사러 갈 수가 없었다. 예기치 않게 쉬는 시간마다 영희가 칠판 앞에 나와 이상한 짓을 하는 바람에 관찰 겸 구경을 해야 했기 때문이다.

이른바, '부반장 긴급 회의'.

갑자기 부반장 직을 은퇴하겠다나? 여기가 연예계도 아니고 은퇴는 무슨 은퇴야?

영희는 작년에 부반장을 해봤다는 이유로 임시 부반장을 맡게 되었는데, 선생님도 학우들도 선거니 뭐니 귀찮아서 임시 반장, 부반장을—마침 혈액형도 임원에 제격인 B형, O형이라, 계속 부려 먹기로 합의한 지 일주일이 갓 지난 터였다. 다행히 반장은 그간 관직 생활이 몸에 배었는지 권력을 마구 휘두르며 기쁨을 느끼고 있는 눈친데 영희는 이제 회의를 느낀다나?

"처음부터 내가 정말 원해서 선택한 것도 아니었고. 물론 별생각 없이 떠맡은 내 책임도 있지만, 이 길은 내 길이 아닌 것 같아. 새로 부반장 뽑을 테니까, 협조 좀 해줘."

다들 귀찮아서 그냥 네가 하라고 야유를 보냈다. 아이들의 냉담한 반응이 계속될수록 영희도 점점 거칠어졌다.

"하고 싶은 사람 손 좀 들지? 후보 추천해라! 안 해? 야! 거기 떠드는 27번, 정수영! 누구 추천할 거야? 빨리빨리, 좋게좋게 하자. 어?"

보통 성질머리가 아니었다. 그동안은 뭔가를 숨기느라 일부러 성질 죽이고 있었던 게 틀림없다!

영희는 쉬는 시간도 모자라 자율학습 시간까지 공포 분위기를 조성하며 우리를 협박하고 들들 볶았다. 결국 영희는 성공적으로 부반장 직을 은퇴할 수 있었다.

시킬 때는 짐짓 아무 말 않다가 갑자기 은퇴라니, 변덕스럽긴. 변덕! 설마 B형?

다음 날, 소연이한테 줄 우유를 사러 매점에 갔다. 솔직히 어찌어찌 잘 해보고 싶은 마음이 컸다.

소연이와 데이트하는 내 모습을 그려보았다. 아, 정말 선남선녀가 따로 없구나. 그 상황에서 소연이가 가래침만 안 뱉으면 딱 좋은데. 소연이한테 우유를 사주는 게 잘하는 짓일까? 차라리 매력 만점 지민이를 찔러볼까? 하지만 극성맞고 뚱뚱한 아줌마들 중에 O형이 많다던데 쟤도 나중에……. 그럼 보라? 보라도 섬세하고 좋지만 너무 의심이 많아. "5시 35분에서 6시 5분까지 왜 전화 안 받았어? 어디 있었어? 거기 있었다는 증거 있어? 목격자는?" 이렇게 날 들들 볶겠지? 아, 구속받고 싶지 않아. 여, 영희? 영희도 뭐…… 거친 성격이 은근히 끌리긴 해. 하지만 정체를 알 수 없어!

머리 아프다. 그냥 아무하고나 사귈까? 안 돼! 안 돼! 처음 사귀는 여자친군데. 자칫하다 뽀뽀하게 될지도 모르는데. 내 순결을 아무한테나 줄 수 없어! 어쩌지 어째.

"딸. 기. 우유! 요우!"

매점에 가니 낙훈이 자식이 거침없이 딸기우유를 외치고 있었다.

"주위의 무슨 소리 관심 없으~ 신경 꺼으~ 이제부터 듣는 음악 모두 니~ 꺼 그냥 니~ 꺼 요요~ 주위의 목소리 신경 꺼으. 네 멋으로 사는 거야으."

딸기우유 하나 사는 동안 별짓을 다하는구나.

이 자식은 음정 박자 안 맞아도 제 홍에 겨우면 노래하고, 춤도 잘 못 추면서 제 홍에 겨우면 흔들어댄다. 우주적인 외모에—외계인의 신체 사이즈와 얼굴을 갖고 있다는 소리다—정신 또한 지구에 살고 있지 않다. 그럼에도 불구하고, 불구하고! 이 자식은 왜 이렇게 멋진 거야? 난 이놈이 정말 싫다. 솔직히 말하면 시기하는 거다.

이런 B형 같은 놈.

"딸기우유 다섯 개!"

이런! 잠깐 사이에 녀석한테 물들었다. 딸기우유를 내 여자친구 후보들에게 하나씩 나눠주고 나도 하나 먹었다. 달다. 난 단 건 질색인데.

"역시 B형이야."

"딸기우유 먹는 남자 은근히 귀엽지 않냐?"

의외로 뜨거운 여자애들의 반응. 갑자기 막 딸기우유가 좋아지려고 한다. 내 피 속에 딸기우유를 좋아하는 유전자가 깊숙이 숨어 있는 게 틀림없어. 난, B형이니까.

"하낙훈도 딸기우유만 먹잖아."

영희 말에 보라가 홍분했다.

"난 개처럼 특이한 애는 처음 봐. 자유로워 보이지 않아? B형이라서 그런가?"

이래서 내가 그 자식을 싫어한다니까. 같은 B형인 내가 비교되잖아.

"낙훈이 B형 아닌데."

응? 소연아! 또 무슨 엉뚱한 소리야? 그 자식이 B형이 아니면 누가 B형이야?

"에이. 설마."

마침 낙훈이 자식이 건들거리며 교실로 들어오고 있었다.

"야! 너 B형이지?"

지민이가 뛰어가서 큰 소리로 물었다.

"나? 에이~"

그 순간, 교실 안에 싸한 분위기란. 다시 여자애들이 속닥속닥.

"A형 중에는 괜히 B형인 척하고 다니는 애들이 많더라. 진짜 짜증 나."

지민이 말에 A형인 보라가 고개만 끄덕이고 있는데 소연이가 조심스레 입을 열었다.

"얘들아, 있잖아. 혈액형이 꼭 맞는 건 아닌 것 같아. 별자리를 보면 별자리가 맞는 것 같고, 소양인 태음인 하는 사상체질을 보면 또 그게 맞는 것 같잖아. 같은 A형이라 하더라도 소양인, 태음인이 다를 거고, 같은 A형에, 같은 소양인이라 해도 별자리에 따라 12가지로 나눌 수 있잖아. 그럼 결국 같은 A형이라도 다 제각각이란 얘기가 되잖아? 같은 혈액형이라고 해도 이렇게 다를 수 있는데 굳이 A

형 B형으로 나누는 건 좀 의미가 없⋯⋯."

"얘 또 정신 나갔다. 혈액형 얘기하다 갑자기 별자리가 왜 나와? 하여튼 엉뚱해."

지민이가 소연이 말을 잘랐다. 내가 듣기엔 꽤 논리적인 것 같은데, 같은 B형이라서 그렇게 들리는 건가? 어쨌든 자기 엄마 혈액형의 실체 때문에 소연이가 충격이 컸나 보다.

"하낙훈, 딸기우유도 제일우유 것만 마시잖아. 입 짧은 게 딱 A형이야. 그러고 보면 좀 집요한 구석도 있는 것 같아."

지민이가 낙훈이 얘기 하는데 왜 내가 식은땀이 나는 거지? 왠지 나를 반성하게 되는데. 좀 더 B형다워져야겠다는 이상한 결심이 불끈불끈 드네. B형 아닌 척한다고 오해 사면 곤란하잖아?

"B형인 척 속이기나 하고. A형들 진짜 비호감이야. O형 봐. 솔직하니 얼마나 좋아. 둥글둥글."

지민이 말에 보라가 눈이 가늘어지더니 O형에 대한 비난을 조심스럽게 시작했다.

"미국인은 거의 절반이 O형이래. 그건 그렇고⋯⋯ 전쟁은 나쁜 것 같아."

"야! 그렇게 극단적으로 생각하면 안 되지! 미국이 전쟁을 일으켰다고 해서, 미국인이 다 나쁜 사람들이야? 전쟁 반대한 미국인도 얼마나 많은데. 국가가 꼭 국민을 대표하는 건 아니잖아! 그리고 미국 여자랑 한국 여자랑 같아? 당연히 미국 O형이랑 한국 O형이랑 비교하면 안 되지. 어쨌든 한국에선 다들 O형 좋아하잖아. 안 그래?"

"그거야 O형이 많은 곳에서는 A형 지도자가 인기가 있고, A형이 많은 곳에서는 O형이 인기가 많으니까. 우리나라는 A형이 많……."

"아무리 그래도 소심하고 집요한 A형보다는 O형이 낫지. 그건 객관적인 거 아냐? 안 그렇냐?"

지민이가 영희에게 도움을 요청했다.

"꼭 어떤 게 더 좋다 하는 건 좀 아닌 것 같은데. 다 장단점이 있잖아. O형이 좋다는 시각도 만들어진 경향이 있는 것 같아."

훗. 자기가 O형이 아닌 걸 몸소 증명하는군. 지민이 눈빛이 싸늘해졌다.

"맞아. 그런 경향이 있어."

소연이가 영희의 말을 받아 혈액형 강의를 시작했다.

"혈액형 성격에는 B형 열등론이 깔려 있어. B형이 섞인 AB형도 덩달아……. 왜냐하면 그건 백인의 우수성을 입증하기 위한 연구였으니까! 동양계로 갈수록 B형이 많거든. 급기야 그 미친 연구는 나치의 유대인 학살까지 정당화해. 그런데 한동안 묻혀 있던 혈액형을 일본의 한 방송 작가가 연애니 성격이니 좀 더 흥미롭게 포장해 책으로 내놓은 거야. 그게 그만 대박까지 나면서 혈액형은 다시 부활하게 되었어! 사람들이 혈액형을 믿는 데는 틀에 자기를 끼워 맞추는 자기 암시 같은 사회심리가 작용했다고 하지만 내 나라 내

자식, 핏줄을 중요하게 여기니까 피로 분류된 혈액형도 통할 수 있었던 거 아닐까? 나랑 같은 피, 나랑 같은 혈액형. 사람을 피에 따라 나누는 거 어쩐지 무섭지 않니?"

소연이가 하루 사이에 혈액형 박사가 돼서 돌아왔네.

"그렇다 해도! 그게 혈액형이 가짜라는 말은 아니잖아!"

"하지만 우리가 아는 혈액형이란 건 적혈구 특성만 따진 혈액형의 일부일 뿐이야. 우리 피 속에서 적혈구만 중요한 건 아니잖아. 혈액형은 구분하는 방법에 따라 수십, 수백, 수억까지 나올 수……."

"어쨌든 내가 아는 사람들은 다 혈액형에 들어맞거든!"

"믿으니까 그렇게 보이는 거야. 세상에 소심한 면 없는 사람이 어딨고 가식적이지 않은 사람은 또 어딨어? 코에 걸면 코걸이, 귀에 걸면……."

"그건 네 생각이고!"

서로 치겠다. 치겠어.

"네 말대로 그렇게 잘 맞는다면 영희 혈액형도 한번 맞혀봐!"

갑자기 화살이 영희한테 확 꽂히네.

지민이가 머뭇거리다 결단을 내렸다.

"A……B? AB형!"

호오, 똑똑한데. 영희가 A형이나 B형이라 해도 AB형에 조금씩 섞여 있으니 대충 우기면 된다는 속셈이로군!

"그래. 영희야. 너 진짜 무슨 형이야?"

영희가 혈액형을 밝히는 게 자기 의견에 별 도움이 될 것 같지도 않은데, 소연이는 무척 긴장했다.

"O형이라니까."

영희가 귀찮아하며 말했다. 이상하네. 거짓말하는 것 같지는 않은데…… 이거 진짜, O형인 거 아냐? 그럼 우리 모두 쇼 한 거야?

드디어, 보라가 입을 열었다. 굳은 표정과 차가운 눈빛에서 살벌한 기운이 풍겨왔다.

"골수 이식이라도 했나 보지? 혈액형이 바뀌게. 내가 이 말까지는 안 하려고 했는데, 너 이사 오기 전에는……."

"……정말!"

갑자기 영희가 책상을 쾅 치며 벌떡 일어났다. 나왔다! 성질머리.

"짜증 나 죽겠네! 나한테 왜 이렇게 관심이 많은 건데? 정작 나는 잘 알지도 못하면서 내 혈액형은 뭐가 그렇게 궁금한 건데? 네가 진짜 하고 싶은 말이 뭐야? 쟤는 뭐라서 소심하다. 쟤는 뭐라서 가식적이다. 그따위 말을 나한테 들이대고 비교하면! 너희가 나보다 좀 더 나은 인간이 되는 거야? 혈액형 따라 나도 달라지는 거야? 너는 무슨무슨 형이니까! 너는 그렇고 그런 애야! 라고 손가락질하고 싶어서 입이 근질근질하지?"

그러게? 듣고 보니 그도 그렇네.

왜 영희가 아니라, 영희 혈액형을 알려고 안달을 한 거지?

난, 도대체 왜 그런 거니?

결국, 도영희란 인간을 손쉽게 판단하기 위해서가 아닌가! 보이는 그대로가 아닌, 혈액형이란 틀에 맞춰서.

출신, 학력, 성별, 나이, 종교, 인종 따위의 차별과 고정관념은 지긋지긋해하면서, 혈액형이란 또 다른 틀 속에 처박히려는 이유는 뭘까?

"한마디만 더 하겠는데, 내가 O형을 선택했든 말든 제발 신경 꺼!"

선택? 어우~야! 혈액형을 어떻게 선택해! 정해져 있는걸.

순간, 신보라의 입가에 번지는 미소.

"선택?"

도영희 완전 걸려들었군. 어유. 화나더라도 시치미 딱 떼고 참았어야지. 마지막 한마디는 하지 말지. 늘 한마디가 문제야.

"선택은 무슨 선택이야? 거짓말이지."

영희가 자리를 박차고 나가자, 지민이가 샐쭉거렸다.

"그러게. 쟤 그렇게 안 봤는데, 진짜 웃긴다."

"어쩐지 영 재수 없다 했어."

주위에 있던 아이들까지 모여들어 한마디씩 하고 나섰다.

"뭐, 저런 게 다 있어?"

내 머리를 때리는 누군가의 한마디.

'저런 게?'

선택할 수 없는 혈액형을 선택했다는 게, 그렇게까지 비난받을 일인가?

혈액형의 틀을 반대로 이용하려고 한 영희도 자신에게 당당하지 못한 거긴 하지만, 선택이 끼어들 수 없는, 이미 꽉 막힌 틀로 영희를 재단하는 것도 폭력적인 거 아닐까? 아닌가?

무난함의 대명사 도영희가 만약 A형이라면 사람들은 영희가 가진 특징들 중 어떤 것을 선택해서 영희를 정의 내릴까? 만약 B형, AB형이라면?

선택할 수만 있다면 나는, 무슨 형을 선택했을까?

"잠깐, 그럼 친자식이 아닌 거야?"

지민이가 말했다. 보라가 대답을 하려 입을 벌렸다. 설마? 안 돼! 저 입을 틀어막아야 해! 영희가 그 집 핏줄이든 아니든 우리가 그걸 만천하에 공개할 권리는 없어! 뻗어대는 내 손을 살짝 피하며, 보라가 말했다.

"그건 모르지. 동생이 한 말도 거짓말일 수 있으니까."

휴~ 보라도 거기까진 모르는군.

"그럼 다른 식구들도 O형이 아닐 수 있는 거네. 설마 온 식구가 혈액형을 선택한 건 아니겠지? 친자식이야, 아니야? 어유, 궁금해 죽겠네!"

지민아, 섞였니 안 섞였니 피 따지는 사람들 딱 싫다며?

"그래서? 그래서 영희는 무슨 형이야?"

소연아~ 사람을 피로 나누는 거 무섭다며?

“몰라.”

보라가 말했다!

“몰~라?”

앗. 너무 놀라서 끼어들고 말았다.

“그냥 찔러본 거야. 심리 수사라고나 할까?”

“뭐야? 그럼 결국은 무슨 형인지 모른다는 거야? 아유, 궁금해! 궁금해! 궁금해 미치겠다.”

지민이가 안달을 했다.

“난 별로. 처음에 혈액형 얘기할 때, 눈빛이 흔들리더라고. 역시나 내 직감이 맞았어. 이걸로 사건 해결! 끝~ 아, 오랜만에 공부나 좀 해야겠다.”

보라가 모든 걸 털어버린 가벼운 발걸음으로 자리에 돌아갔다. 이 인간은 진짜 뭐냐? 우리를 여기까지 몰고 왔으면서 정작 자기는 쏙 빠져버리다니! 이 배신자! 배신자? 혹시 이 인간도 A형이 아닌 거 아냐?

“도대체 무슨 형인 거야! 소연아, 너도 궁금하지? 이왕 밝혀졌으니까 솔직하게 말하지 않을까? 우리 가서 물어볼래?”

“그, 그럴까?”

애들이 정말 일내겠네.

“애들아! 세상에는 말이야. 겨울마다 눈이 내리잖아? 아름다운 눈송이를 보며 한강 물이 증발해 생긴 건지 미시시피 강에서 넘어

온 수증기가 언 것인지 따질 필요가 있을까? 먼지처럼 수없이 흩날리는, 똑같아 보이는 저 눈송이를 봐! 자! 하나하나 그 결정을 들여다보라구. 하나, 둘, 셋, 넷! 수십, 수백, 수천, 수억, 수조, 헉! 여하간 아무리 들여다봐도……."

내 말을 자르는 지민이.

"이건 또 왜 이래? 그래서 뭐?"

"세상에…… 똑같은 눈송이는 하나도 없어."

아악! 너무 멋진 말을 하고 말았다!

"너…… 진짜 미친 거 아냐?"

"오뉴월에 더위 먹은 거 아닐까?"

지민이와 소연이는 나에게 이 말을 남기고 나갔다. 영희 찾으러.

그래서 영희 혈액형은 밝혀졌냐고? 영희는 도대체 무슨 놈의 혈액형이냐고? 출생의 비밀이 있긴 있는 거냐고?

아직도 그걸 묻고 싶니?

그러나저러나 나는 누구랑 사귀지?

내가 그린
히말라야시다 그림
성석제

0

　그때 말해야 했을까? 아니, 모르겠어. 다시 그때가 된다면 내 입
으로 말할 수 있을까. 아니 그것도 몰라. 내가 아는 건 내가 말할 수
있었지만 말하지 않은 그 일 때문에 내 삶이 달라졌다는 거야. 그
래, 달라졌어. 그 일이 아니었다면 나는 다른 직업을 가졌겠지. 남
을 속이는 교활한 장사꾼? 명령에 충실하게 따르는 군인? 뭘 했을
지는 몰라도 지금처럼 그림을 그리고 있지는 않겠지.
　그 일이 일어난 건 내 탓이 아냐. 그건 확실히 그렇다고 말할 수
있어. 우연이야. 아니 누군가의 실수지. 내 실수는 아니라구.

나는 그림에 천재적인 재능이 있어. 겉으로 보면 그래. 지금 내가 그린 그림이 우리나라에서 가장 유명한 화랑의 벽을 장식하고 값비싸게 팔리고 있는 것만 봐도. 이런 척도를 속물적이라고 해도 할 수 없어. 사실이 그러니까. 내가 재능이 없으면 내 그림을 산 사람들이 엄청나게 손해를 보게 되겠지. 그러니까 아무도 의심하지 않아.

나 혼자 내 재능을 의심하지. 나를 의심해왔지. 그날 그 일이 있은 뒤부터. 혼자서만, 조용히, 아무도 모르게, 그 누구도, 나를 미술의 길에 들어서게 한 아버지도 모르게, 만난 이후 수십 년 동안 내가 그림을 그릴 때마다 격려하고 내가 벽에 막혀 더 나가지 못하고 서성거리거나 좌절할 때마다 나를 위로해준 내 아내도 모르게. 내게 이런저런 상을 안겨준 평론가들, 원로들, 스승들이라고 알 수 있었겠어? 나는 이런 내 마음속을 들키지 않으려고 무진 애를 썼지. 내가 타고난 재능을 한 번도 의심해본 적이 없는 것처럼 말하고 다녔지. 고개를 쳐들고 상대의 눈을 쏘아보며.

생각해봐야겠어. 왜 그 일이 생겨났는지. 그 일은, 그 사건의 싹은 초등학교 3학년 때 자라기 시작했어. 그래, 천수기 선생님. 천 선생님이 내 담임선생님이 되면서부터야. 선생님은 아버지의 초등학교 동창이었어. 졸업생이 스무 명도 안 되는 학교의 동창. 두 사람은 그 졸업생 중에서도 가장 친한 친구였지. 한 사람은 교사가 되었지만 한 사람은 그렇게 되고 싶어 하던 화가가 못 되고 농사를 짓는 사람이 되었어. 졸업한 이후 각자 서른 살이 되기까지 만나지 못했지만 서로를 잊지 않고 있었지.

아버지는 염소를 팔러 나갔다가 장터에서 선생님과 마주쳤어. 두 사람은 십수 년 만에 만난 어린 시절 친구를 금방 알아보지는 못했어. 선생님은 밀짚모자를 쓰고 흙탕물이 튄 옷을 입은 농부에게서 어린 시절 친구의 모습을 떠올리면서 그의 행동을 유심히 바라보고 있었지. 선생님이 지켜보는 동안 아버지의 염소가 팔렸고 아버지는 돈을 손에 든 채 읍내에 하나밖에 없는 화방으로 갔다지. 그걸 보고 선생님은 아버지가 어린 시절 친구라는 걸 확신했지. 군 전체 인구가 20만 명, 읍내에 사는 인구가 5만 명 정도밖에 안 되는 작은 도시에서 화방까지 가서 그림 재료를 살 사람은 흔치 않았지. 미술 선생님이라면 그럴 수도 있겠지만 아버지는 장화를 신고 염소의 목에 달려 있던 방울을 손에 쥔 농부였어. 선생님은 아버지를 뒤따라 화방 안으로 들어갔고, 두 사람은 거기서 서로에게 남아 있는 어릴 때의 옛 모습을 찾아냈지. 다가서서 손을 맞잡았어.

"자네는 공부를 잘하더니만 결국 공부를 가르치는 선생님이 되었군. 양복과 자전거가 잘 어울려. 어디 사는가?"

선생님이 근무하는 초등학교 근처에 산다고 말하고는 아버지에게 아직도 그림을 그리느냐고 물었어.

"어, 내 아들놈이 지금 열 살이야. 난 아버님의 유언 때문에 그림을 포기한 대신 장가는 일찍 갔다네. 그 애가 그림에 재능이 있는지는 모르겠지만, 내가 그래도 한때 그림을 좀 그렸던 사람으로서 재료는 좋은 걸 써야겠기에 우리 형편에는 좀 과분하지만 이리로 온 걸세."

아버지는 화방에서 권하는 크레파스와 스케치북을 집어 들었어. 선생님은 아들이 어느 학교에 다니느냐고 물었어. 아버지는 내가 다니는 학교를 말했고 그 학교는 바로 선생님이 막 전근 온 학교였어. 선생님은 마침 3학년 담임을 맡은 터였지.

"그럼 자네 아들 이름이?"

"선규일세. 백선규."

선생님은 소리 내어 웃었지. 선생님 반에 우연히 내가 있었기 때문에. 이 우연 때문에 내 인생이 달라진 걸까. 아니야. 자신이 담임을 맡은 반에 친구의 아들이 있다는 게 흔한 일은 아니라도 있을 수 있는 일이지. 문제는 그다음이야. 그날 저녁 집에 온 아버지는 내게 말했어.

"읍에서 네 담임선생님을 만났다. 그 사람이 아버지의 친구더라. 그렇다고 너를 다른 아이들보다 잘 봐줄 거라고 생각하지는 마라. 오히려 이 아비의 얼굴에 먹칠을 하지 않으려면 다른 아이들보다 훨씬 더 노력해야 한다."

다음 날 아침, 조회가 끝난 뒤에 선생님이 나를 부르고는 복도에 세워놓은 채 말했어.

"네 아버지가 내 친구라는 걸 들었겠지? 그렇지만 선생님은 친구의 아들이라고 봐주지는 않는다. 뭐든지 더 열심히 해야 해. 알았느냐?"

나는 두 사람 모두에게 고개를 끄덕이며 "예." 하고 대답했지만 두 사람의 마음에 들기 위해 뭘 어떻게 열심히 해야 할 줄은 몰랐어. 내가 그때 열심히 하고 싶은 건 딱 한 가지, 열심히 공을 차는 거였어. 나는 축구를 좋아했어. 아이들과 공을 차며 날이 어두워질 때까지 운동장에서 놀다가 집까지 십 리나 되는 길을 여우를 만날까 도깨비를 만날까 무서워하며 달려가는 일이 거의 매일 반복되고 있었어.

1

난 그림을 좋아해. 오늘도 미술관에 나와서 전시된 그림을 보았어. 유명한 전시회가 열리는 미술관이나 박물관은 어쩌다 한번 가지만 일주일에 한두 번은 화랑과 작은 미술관이 즐비한 거리를 돌아다니지. 걷고 또 걸으며 돌아다니다 눈과 다리가 아프면 찻집 '고갱과 고호'로 가곤 해. 여기서 따뜻한 커피를 마시면서 창문 밖으로 걸어가는 사람들의 옷차림과 얼굴빛과 하늘의 색깔을 비교해보지. 사람의 배경이 되는 나무줄기의 빛깔과 나뭇잎을 흔드는 바람에서 무슨 느낌을 얻기도 해.

바람을 그릴 수 있을까? 바람은 보이지 않아서 그릴 수 없어. 하지만 바람 때문에 휘어지는 나뭇가지, 바람에 뒤집히는 우산을 통해 바람을 표현할 수는 있어. 그런 일이 그림이 할 수 있는 영역이라고 나는 생각하곤 해. 그림에 대한 정의라고 할 수는 없지만, 나는 학자도 비평가도 화가도 아니니까, 그냥 그림을 좋아하고 좋은 그림을 바라보고 있으면 기분이 좋아지는 애호가로서 내 마음대로 생각할 거야.

물론 진짜 예술가라면 이 세상에 존재하는 모든 것을 표현할 수 있겠지. 바람도 붙들어서 화폭 안에 고정시키고 구름도 악보 안에 잡아놓고. 시간도 그렇게 하는 거지. 시간, 시간도 무대와 음악과 화폭 속에 붙들어 영원하게 만들겠지. 좋은 그림을 보고 있으면 시간 가는 줄 몰라. 화가는 가는 시간을 화폭에 담아서 잡아놓고 다른 사람의 시간은 마냥 흘러가도 모른 척하는 사람일까? 그럴지도 몰라. 내가 아는 사람이라면, 그렇게 하고도 시치미를 뚝 떼고 “난 잘못한 거 없소.” 할 인물이지. 그 사람, 백선규. 나와 같은 고향 출신이고, 같은 초등학교를 나왔는데 어릴 때부터 상이란 상은 다 받고 다니더니 자라서도 한국을 대표하는 화가가 됐어.

‘고갱과 고호’에도 백선규의 작품이 걸려 있지. 진품은 아니고 몇 년 전 어느 대기업의 달력에 인쇄된 그림을 오려서 액자에 넣은 거지. 그 사람 작품, 저만 한 크기에 진품이라면 몇천만 원을 할지 몰라. 그런 작품이 이런 가게 벽에 걸려 있다가 누군가 재채기를 하는 바람에 콧물이 튀기라도 한다면 어떻게 해. 누가 코딱지를 문질러 붙이면 어떻게 하겠느냐고. 그 사람 작품은 몽땅, 작업실 바깥으로 나오는 대로 특수하게 설계된 수장고로 모셔지고 그 안에서 적당한 온도와 습도가 유지되는 가운데 편안히 잠들어 있게 된다지, 아마.

인쇄된 작품이라도 얼마나 정확하게 그린 선인지 보여. 악마가 그려준 것처럼 동그랗고 선명한 저 원. 원과 원을 연결하는 실낱같은 저 선. 더없이 흰 바탕, 너무나 희어서 마치 없는 듯한 바탕. 흰 눈보다 더 희고 흰 구름보다 더 희고 흰 거품보다 더 흰 저 흰색. 영혼을 팔아서 그 대가로 도깨비가 가져다준 물감을 쓰는 것일까. 그 사람은 어떻게 저 흰색을 만들어내는지 말하지 않았지. 원과 선을 그리는 저 검정색은 또 얼마나 검은지. 물감의 검정색보다 검고 숯보다 더 검고 천진무구한 소녀의 눈동자보다 더 검은 저 검정색. 여우귀신이 그에게 검정색 물감을 가져다주는 것일까. 그는 말한 적이 없어. 그에게는 비밀이 많아 보여.

세상에서 가장 검은 검정색과 세상에서 가장 흰 흰색이 만나, 그의 그림은 보석처럼 벽을 빛나게 하지. 저런 게 예술이 아닐까. 인쇄된 작품이라도 그렇게 보이니 진품은 정말 어떨지 상상이 안 가. 진품이 생산되고 있는 작업실은 아마도 무균실 같을 거야.

0

　내 어린 시절 고향 읍내에서는 5월이면 온 군민이 모두 참여하는 군민 체전이 열렸지. 공설운동장 주변에는 임시로 장터가 만들어지고 사방이 잔칫집처럼 떠들썩하지. 풍선이 하늘로 날아오르고 솜사탕 만드는 자전거 바퀴가 윙윙 돌고 어디선가 브라스밴드의 연주 소리가 쿵쾅쿵쾅 울려 나오고 있어. 브라스밴드의 연주는 어쩌면 우리들 가슴속에서 대회 기간 내내 울려 퍼지는지도 몰라.

　공설운동장 안에서는 예선을 거쳐 올라온 선수와 팀 들이 경기를 벌여서 우승자를 가리지. 그렇게 사흘 동안 경기가 벌어지고 내가 좋아하는 축구 결승전은 체육대회 마지막 날, 토요일 오전에 열렸어. 운동장 곁을 지날 때 사람들의 함성만 들어도 내 가슴이 쿵쾅쿵쾅 뛰었지. 내 발은 스펀지가 들어간 듯이 푹신거리고 어서 달려가서 경기하는 걸 보고 싶다는 마음으로 주먹을 꼭 쥔 손바닥이 아팠지.

　하지만 초등학교 3학년이던 해 나는 거기에 갈 수 없었어. 선생님이 가지 못하게 했기 때문이지. 내가 축구를 얼마나 좋아하는지 모르니까 그랬겠지만. 몰라서 잘못한 게 잘한 게 되지는 않아. 그 축구 경기를 못 봐서 얼마나 가슴이 찢어질 것 같았는지, 지금도 그 느낌이 생생해. 내가 그걸 얼마나 기다렸는데. 그때 우리 집에는 텔레비전도 없었고 영화를 보러 손을 잡고 극장에 가자는 사람도 없었어. 라디오에서 농촌의 어느 군민 체전 축구 경기를 중계하는 것도 아니었어. 그때 축구 결승전은 한번 보지 않으면 영원히 못 보는, 세상에 단 하나밖에 없는, 단 한 번밖에 상영하지 않는 영화 같은 거였어. 그런데 선생님이 그걸 볼 기회를 빼앗아간 거야.

"넌 이번에 군 학예대회 초등부 사생 대표로 나가야 한다. 반에서 두 명씩 나가서 학교를 대표하는 거다."

군민 체육대회가 있는 그 주간에 군 전체의 초중고 학생들이 참가하는 학예대회가 열리고 그 안에 사생(그림) 경연대회가 있는 건 맞아. 일 년 중 가장 큰 문예 행사어서 교장 선생님부터 좋은 성적을 낼 수 있게 조바심을 내며 닦달을 하는 대회야. 선생님들은 말할 것도 없이 각 분야별로 좋은 성적을 내게 하려고 노력을 했지. 그림 외에도 서예, 합창, 밴드, 글짓기까지 여러 분야가 있는데 그거야 어떻든 간에, 어디까지나 학예대회는 4학년 이상만 나가는 대회였어. 그런데 선생님은 자신의 친구 아들이 자신의 친구처럼 그림에 대단한 소질이 있다고 믿었어. 친구는 재능을 살리지 못하고 농사를 짓고 있지만 그의 아들에게 최대한의 기회를 주어야겠다고 생각한 거야. 그런데 그 방법이라는 게 정상적인 게 아니었어. 4학년 담임선생님 중에 자신과 친한 5반 선생님에게 말해서 그 반의 대표로 나를 내보내기로 한 거야. 물론 나는 대회에 나가서 내 이름을 쓸 수가 없지. 4학년 5반 대표 중 하나로 나가는 거니까. 하긴 대회

장에 가서 보니까 이름을 쓸 필요도 없고 써서도 안 되었지. 혹시 심사 과정에 부정이 있을지도 몰라 대회에 참가하는 사람들에게 번호를 미리 주고 참가자는 자신의 작품 뒤에 이름 대신 그 번호를 적게 되어 있었던 거지.

그거야 어떻든 상관없었어. 나한테 중요한 건 그 대회가 열리는 날이 축구 결승전을 하는 날이었다는 거야. 내가 좋아하는 경찰 대표가 결승전에 올라왔고 결승 상대는 진짜 축구 선수가 여섯 명이나 들어 있는 전문학교 대표였어.

사생대회는 공설운동장에서 그리 멀리 떨어지지 않은 교육청 마당에서 열렸어. 큰 플라타너스 나무 아래에 연못이 있었고 거기에 군의 14개 초등학교에서 대표로 나온 아이들 수백 명이 모여서 그림을 그렸어. 플라타너스와 연못 주변의 풍경을 그리라는 게 과제였어.

나는 공설운동장에서 함성이 들려올 때마다 목이 메었어. 함성이 되풀이되다가 누군가 골을 넣었는지 크고 긴 함성이 들려왔을 때 눈물을 흘리기까지 했어. 얼른 그림을 그려서 제출하고 공설운동장에 가려는 생각도 했지만 시간이 너무 없었어. 결승전이 사생대회하고 같은 시간에 시작되었으니까 말이야. 최대한 빨리 그려내고 운동장까지 뛰어간다고 해봐야 결승전이 거의 끝날 시간이었지. 심사 결과는 그날 오후에 나올 예정이었지. 결국 나는 그해의 축구 결승전을 보지 못했어. 눈물을 훔치면서 집으로 돌아가야 했어.

이상한 일은 그날 저녁 무렵에 일어났어. 선생님이 자전거를 타고 읍에서 십 리쯤 떨어진 우리 집에 찾아온 거야. 가정 방문을 온 게 아니야. 선생님은 손에 술병을 들고 왔어. 선생님은 아버지를 만나서는 어깨에 손을 얹더니 이렇게 말했어.

"축하하네. 자네 아들이 사생대회에서 장원을 했어. 열 살짜리가. 보라구. 겨우 열 살짜리가 저보다 몇 살 더 많은 아이들을 다 제치고 일등을 했다 이 말이야. 그 애들 중에는 따로 그림을 과외로 배우는 애들도 있어. 자네 애는 이번에 크레용을 처음 잡은 거라면서?"

아버지는 땀 냄새가 푹푹 나는 옷을 젖히면서 친구의 손에서 살그머니 떨어졌어. 그러고는 쑥스럽게 웃는 듯했는데, 그게 내가 그 눈물을 흘린 사생대회에서 장원한 것에 대한 반응의 전부였어.

1

내 아버지는 읍에서 제일 큰 제재소를 운영했어. 그 시절은 한창 집을 많이 지을 때여서 제재소를 드나드는 차와 사람 들로 문짝이 한 달에 한 번은 떨어져 나갈 지경이었지. 나는 고명딸이었어. 아버지는 오빠들이 정구를 친다고 하자 정구장을 집 안에 지어줬지. 나는 피아노를 배웠는데 피아노가 싫다고 하니까 바이올린을 사다

줬어. 그런데 바이올린 선생님이 무슨 일로 못 오게 된 뒤로 나는 그림을 배우겠다고 했어. 아버지는 언제나 내가 원하는 대로 해주었지.

읍내에서 유일한 사립중학교에서 미술을 가르치는 선생님이 집으로 와서 나에게 그림을 가르쳐주었어. 선생님은 내가 그림에 재능이 뛰어나다고 계속 공부를 시키면 훌륭한 화가가 될 수 있을 거라고 했어. 비싼 과외비를 받으니까 그냥 해본 말인지도 몰라. 그 말을 들은 아버지는 "딸내미가 이쁘게 커서 시집만 잘 가면 됐지, 뭐 그림 그려서 돈 벌 것도 아니고 결혼해서 식구들 먹여 살릴 것도 아닌데 힘들게 공부할 거 뭐 있나."라고 했대. 그 말을 전해 듣고 나는 그렇게 열심히 할 생각이 없어졌어. 원래 열심히 하려던 것도 아니고 말이야. 그래도 배운 게 있어서 그림을 남들보다 잘 그리게는 됐을 거야.

4학년이 되어서 나는 특별활동반으로 문예반에 들었어. 그런데 막상 들어가고 보니 글짓기는 아무나 하는 게 아닌 것 같았어. 내가 하고 싶은 말은 이런 건데 막상 글을 써놓고 보면 저런 게 돼버리고, 그것도 여기저기 틀리기도 하고 그래. 정말 아버지 말대로 내가 남자고 결혼하고 아이 낳아서 글로 벌어먹고 살아야 된다면 엄청나게 힘들 것 같았어. 그래도 문예반이 좋았어.

문예반 선생님은 동시를 쓰시는 분인데 아주 유명하기도 했고 참 잘생겼지. 가까이 가면 기분 좋은 냄새가 났어. 그 냄새가 좋았고 그 냄새의 주인인 선생님은 더 좋았어. 나는 동시를 잘 쓰지 못하지만 선생님이 쓴 동시를 보면 무슨 뜻인지 잘 알 것 같고 참 좋았어. 그런 게 진짜 문학이 아닐까. 잘 모르는 사람도 좋아지게 만드는 게 예술작품이지.

그해 봄에 나는 군 학예대회에서 글짓기 백일장에 나가지 못했어. 그건 당연하지. 내가 읍에서 몇 번째 안에 드는 부잣집 딸이라고 해서 누가 봐도 재능이 없는데 글짓기 대표로 내보낼 수는 없지. 그 대신 나는 사생대회 대표로 뽑혔어. 그때 우리 학교는 한 학년이 다섯 반이고 4학년 이상 한 반에 두 명씩 대회에 나가니까 우리 학교에서만 서른 명이 참가하는 거야. 대개는 미술반에 있는 애들이었어. 문예반에 있는 애들은 학교에서 십 리 이십 리 떨어진 데 사는 농촌 애들이 많은데 미술반 애들은 거의 다 읍내 애들이고 좀 잘사는 애들이었어. 글짓기는 연필하고 지우개, 원고지만 있어도 되지만 미술은 크레용, 화판, 스케치북이 필요하고 그것들을 빨리 써버리게 되니까 돈이 좀 들거든. 그런 게 나하고 무슨 큰 상관이 있는 건 아니지만.

사생대회는 토요일 오전에 우리 학교에서 열렸어. 우리가 다니는 초등학교가 군에서 가장 오래된 학교라서 그랬던 것 같아. 건물도 오래됐고 나무도 커서 그림 그릴 게 많았는지도 몰라. 우리 학교 다니는 애들한테 유리한 것 같긴 했지.

우리는 주최 측이 확인 도장을 찍어서 준 도화지를 한 장씩 받아서 그림을 그리기 위해 여기저기로 흩어졌지. 그런데 내 뒤에서 그림을 그리던 녀석, 옷도 지저분하고 검정 고무신을 신은 데다 간장 냄새가 나던 녀석이 기억에 오래 남았어. 그 냄새며 꼴이 싫어서 자리를 옮기려고 했지만 이미 노란색 크레파스로 그 앞의 나무와 갈색 나무 교사(校舍)의 밑그림을 그린 뒤라서 그럴 수도 없었어. 참 그 냄새, 머리가 아프도록 지독했어. 그건 한마디로 하면 가난의 냄새였어.

0

4학년이 되고 나서 나는 미술반에 들어갔지. 천수기 선생님은 문예반을 맡았는데 미술반을 맡은 주은희 선생님에게 나를 특별히 부탁했다고 했지. 아버지 이야기를 했는지도 몰라. 천 선생님은 자신이 직접 본 사람 중에 가장 그림에 뛰어난 재능을 가진 사람이 아버지라고 했어. 그림과 동시는 분야가 다르지만 천 선생님은 다른 예술에 대한 평가 기준도 상당히 높았지.

아버지는 한때 그림을 그리겠다고 했다가 할아버지에게 혼이 났어. 입에 풀칠하기도 힘든 가난한 농사꾼의 자식이 도시의 여유 있는 사람들이 즐기는 예술인 미술을 평생의 직업으로 삼겠다니 할아버지는 이해를 못 했겠지. 그래도 아버지는 고등학교까지는 미술반에서 활동을 했고 같은 또래에서는 제일 그림을 잘 그리는 걸로 인정을 받았던가 봐. 서울에 있는 국립 미술대학에 합격까지 했다니 그 당시 고향에서는 일 년에 한두 명 나올까 말까 한 일이었다지. 할아버지가 그 사실을 알고 아버지를 호되게 나무랐지. 그때 아버지는 집을 나가려고 가방까지 쌌었는데 그만 할아버지가 쓰러지신 거야.

할아버지를 달구지에 싣고 병원에 모시고 가니까 곧 돌아가실 것 같다고 준비를 하라고 했대. 그때 할아버지가 유언으로 "네 어미와 동생들을 단 한 끼라도 굶게 해서는 안 된다."고 하셨고 아버지는 그리겠다고 맹세했어. 할아버지는 이웃 동네에 살던 친구의 딸을 데려오게 해서 그 자리에서 아버지와 약혼을 하게 했어. 지금은 이해가 잘 안 가는 일이지만 그땐 스무 살에 결혼하는 게 그렇게 이상한 일은 아니었다지. 아버지는 할아버지 간호를 하고 생계를 꾸려가기 위해 대학 진학을 미뤘어. 그런데 할머니가 그해 봄에 쓰러져서 곧 돌아가셨고 그 바람에 어머니는 주부가 된 거야. 할아버지는 가을쯤에 병석에서 일어나셨지. 그해 겨울에 내가 태어난 거고 말이야. 그래서 아버지는 할아버지와 함께 농사를 짓게 된 거지.

나는 미술반에 들어가서 그림을 많이 그리지는 않았어. 한 해 전 3학년 때에 학교 대표로 나간 건 비밀이었지. 주은희 선생님은 알았어. 그러니까 내가 연습을 안 해도 못 본 척해준 거야. 군 학예대회에서 사생 부문 장원을 하면 48색짜리 크레파스 다섯 통하고 스케치북 열 권이 상품인데 내가 그걸 받을 수는 없었어. 상품이 아이들 나무할 때 쓰는 작은 지게로 한 짐이나 되니 열 살짜리가 무거워서 못 받은 게 아니라 나에게 이름을 빌려준 4학년 5반 대표가 받고는 입을 싹 씻어버린 거야. 그게 알려지면 자기도 망신이니까 비밀은 지켰어.

그래서 나는 그림을 그릴 때 몽당연필처럼 짤막한 크레파스하고 이미 그린 그림이 있는 스케치북 뒷면으로 그림 연습을 할 수밖에 없었어. 우리 집 형편에 크레파스와 스케치북을 자꾸 사달라고 하기도 힘든 일이고 아버지에게 염소가 많은 것도 아니었어. 게다가 내 동생이 넷이나 됐지.

미술이 별것 아니라는 생각도 들었지. 내 아버지는 동시로 전국적으로 유명한 천수기 선생님이 인정하는 화가의 재능을 타고났어. 내가 그 아버지의 아들이 틀림없는데 다른 평범한 아이들처럼 죽어라 연습할 필요는 없잖아. 나는 미술반 아이들과 함께 주 선생님을 따라 산과 들을 다닐 때 열에 여덟아홉은 스케치북을 펴지도 않았어. 가끔 주 선생님이 "관찰도 공부다."라고 하면서 자연과 주변의 물건들을 세세하게 봐두라고 했지.

아버지, 아버지는 나한테 별 관심이 없는 것 같았어. 염소를 팔아서 크레파스와 스케치북을 사주던 때, 그때는 아버지한테 좀체 잘 없는 특별한 순간이었던 것 같아. 다시 병석에 누운 할아버지와 우리 식구들 굶기지 않으려면 정신없이 일을 해야 했지. 생각하긴 싫지만 내가 태어나는 바람에 아버지가 화가가 되려는 꿈을 버려야 했는지도 몰라. 그래서 일부러 그림 쪽으로는 모른 척하는 건지도.

그러다가 다시 군민 체전이 열리는 5월이 돌아왔어. 군 전체 초중고 학생들이 참가하는 학예대회도 당연히 함께 열렸지. 모든 게 작년하고 비슷했어. 내가 떳떳이 반 대표로 사생대회에 참가하게 되었다는 것이나 대회 장소가 우리 학교라는 게 달랐지. 이번에 장원 상을 받으면 상품으로 그림 연습을 마음껏 할 수 있게 될 거라고 생각했어. 크레파스 다섯 통과 스케치북 열 권을 다 쓰기도 전에 다음 대회가 열리게 되겠지.

지금 생각하면 참 우스워. 상으로 그림 도구를 받아서 그림을 제대로 잘 그릴 생각을 하다니. 그땐 전혀 우습지 않았어. 좀 긴장이 됐지. 차상, 차하도 돼. 크레파스하고 스케치북이 상품으로 나오긴 하니까 모자라는 대로 어떻게 되겠지. 그냥 특선이나 입선은 곤란하지. 공책이나 연필밖에 안 주니까. 상장 뒷면에 그림을 그릴 수도 없고.

나는 아버지가 사준 크레파스를 들고 학교로 갔어. 한 해 전과는 다르게 크레파스 뚜껑이 달아나 버려서 습자지를 덮고 고무줄로 동여맸지. 한 해 전처럼 그림을 그려서 제출할 도화지를 받아 들고 뒷면에 미리 부여받은 내 번호를 적었지. 나는 124번이었어. 잊어버릴 수가 없는 번호야. 그 몇 해 전에 무장간첩들이 남한으로 내려왔는데 무장간첩을 훈련시킨 부대 이름이 124군 부대라서 그런 게 아냐. 하여튼 나는 도화지 뒤 네모난 보랏빛 칸에 검정색으로 번호를 124라고 분명히 적었어.

내 앞에는 언제부터인가 여자아이가 두 명 앉아 있었어. 한 아이는 낯이 익었어. 같은 반을 한 적은 없지만 천수기 선생님하고 같이 가는 걸 몇 번 본 적이 있었지. 자주색 원피스에 검은 에나멜 구두를 신고 있었고 머리에 푸른 구슬 리본을 매고 있는데 무척 얼굴이 희고 예뻤지. 나하고 한반이었다고 해도 나 같은 촌뜨기에게는 말을 걸지도 않았겠지.

그 여자애와 나는 비슷한 점이 하나도 없었어. 크레파스부터 한 번도 쓰지 않은 새것, 한 번만 더 쓰면 더 쓸 수 없도록 닳은 것이라는 차이가 있었어. 처음부터 다른 길에서 출발해서 가다가 우연히 두어 시간 동안 같은 장소에서 비슷한 그림을 그리게 되겠지만 앞으로 영원히 만날 일이 없을 것 같은 사람이야. 그 여자아이도 그걸 의식하고 있는 것 같았어. 나를 한번 힐끗 넘겨다보고는 코를 찡그리더니 더 이상 눈길을 주지 않았어. 자리를 뜰 것 같았는데 계속 그리기는 하더군. 나를 의식하기 전에 밑그림을 그렸던 게 아까웠겠지.

히말라야시다가 쑥색 가지를 늘어뜨리고 있는 화단이 있고 화단 뒤에 나무쪽을 붙인 벽이, 벽 위쪽에 흰 종이가 발린 유리창이 있는 교사가 있었어. 히말라야시다 앞에 키 작은 영산홍이 서 있고, 화단을 따라 발라진 시멘트 길에 햇빛이 하얗게 비치고 있었어.

축구 결승전이 열리고 있을 공설운동장은 꽤 멀었지. 멀지 않다고 해도 나에게는 목표가 있었어. 장원, 그리고 다음 군 사생대회까지 그림을 그릴 수 있는 크레파스와 스케치북. 나는 그림에 집중했지. 내가 생각해도 그림은 잘 되었어.

마감 시간이 다 되어서 나는 그림을 제출했어. 그 여자아이는 진작에 가고 없었어. 그런 아이들이야 재미로 그리는 거니까 쉽게 빠르게 그리고 내버렸을 거라고 생각했지. 할아버지 말이 맞을지도 모르지. 그림 같은 건 돈 많은 사람들이 시간을 주체할 수 없어서 하는 놀이라고. 우리 같은 가난뱅이 농사꾼 무지렁이들이 무슨 예술을 하느니 마느니 개나발을 불다가는 쪽박이나 차기 십상이라는 거지. 있는 쪽박이나 잘 간수하는 게 주제에 맞는다는 거야.

그림을 제출하고 나면 공설운동장에 갈 수 있고 잘하면 축구 결승전 끄트머리를 볼 수 있을지도 모르지만 나는 그럴 생각이 전혀 없었지. 내가 정작 궁금한 건 심사 결과니까 말이야. 축구야 누가 우승하면 어때. 어차피 군민 체전이니까 군민들 중 누군가 이기는 거 아니겠어. 그런 생각을 하게 된 게 내가 일 년 동안 퍽 성숙했다는 증거였어. 그렇게 되는 데 열 살짜리가 열한 살 이상이 참가하는 대회에 나가서 장원을 했다는 게 큰 작용을 한 건 당연하지.

오후부터 3층짜리 신축 교사 2층 교실 한 곳에서 심사위원들이 심사를 했어. 나는 예전에 함께 축구를 하던 아이들과 공을 차면서 시간을 보냈어. 이상하게 축구가 재미가 없었어. 자꾸 눈이 심사를 하고 있을 교실로 향하는 거야. 내가 골을 집어넣을 수도 있는 기회에서 엉뚱한 데 눈을 주니까 아이들이 정신을 어디다 파느냐고 화를 냈지. 나는 미안하다고 했고. 그러면서도 아, 이제 나한테 축구보다 더 중요한 게 생겼구나 하는 생각이 드는 거야. 사실 그건 크레파스나 스케치북 같은 상품이 아니야. 그건 내가 가지고 있는 재능, 아버지에게서 물려받은 천부적인, 천재적인 재능을 명백히 확인받고 싶다는 충동이었어. 내가 아버지의 아들이라는 확신을 가지고 싶었어. 아무리 시골 구석에서 염소나 키우고 구렁이를 잡아다 장날에 내다 파는 사람이라고는 해도 내 아버지니까.

심사하는 데 그렇게 오랜 시간이 걸리는 줄은 몰랐어. 다리가 아프도록 축구를 하고 수도꼭지가 있는 곳으로 가서 몸을 씻고 다 말리도록 심사는 끝나지 않았어. 아이들이 풀빵을 사 먹으러 간다고 학교 밖으로 갈 때까지도. 나는 평소처럼 아이들을 따라가지 않았어. 고픈 배를 부여잡고 교사 앞에 앉아 있었어. 심사 결과를 알 수 있을 거라고 생각한 건 아니야. 그냥 어떤 기미라도, 결과의 부스러기라도 얻고 나서야 갈 수 있을 것 같았어.

아이들이 가버리자 학교는 조용해졌어. 그러고도 한 삼십 분은 있다가 다른 군의 학교에서 온 심사위원들이 걸어 나왔어. 물론 나한테 관심을 가진 사람은 아무도 없었지. 주 선생님이 보였어. 심사를 한 건 아니고 우리 학교의 미술 지도교사로 참관을 하고 있었던 것 같았어.

교문 조금 못 미친 곳에서 심사위원들과 인사를 나눈 주 선생님은 뒤돌아서서 내가 앉아 있는 쪽으로 걸어왔어. 새하얀 시멘트 길에 떨어지던 새하얀 햇빛, 그 위에 또각또각 찍히던 그 발소리를 나는 아직도 잊지 못해. 선생님은 히말라야시다 앞 시멘트 의자에 숨은 듯이 앉은 내게 와서는 불쑥 손을 내밀었지.

"백선규, 축하한다."

나는 못 잊어.

"장원이다."

나는 목이 메어서 아무 말도 할 수 없었어. 그렇게 목이 죄는 듯한 느낌은 평생 다시 없었어. 그 뒤에 수십 번, 이런저런 상을 받고 수상을 통보받았지만.

나는 선생님 앞에서 눈물을 보이고 말았어. 내가 우는 것을 보고 선생님은 무척 놀라고 당황했어. 하지만 곧 내 어깨를 잡고는 내 얼굴을 가슴에 가만히 안아주었어. 그 따뜻하고 기분 좋은 냄새, 못 잊어.

1

나는 한 번도 상 같은 건 받아본 적 없어. 학교 다닐 때 그 흔한 개근상도 못 받았으니까. 상에 욕심을 부려본 적도 없었어. 내게는 모자란 게 없어서 그랬는지도 몰라. 어릴 때는 부유한 집안에서 단 하나밖에 없는 딸로 사랑을 받으며 자랐고 여자대학에서 가정학을 공부하다가 판사인 남편을 중매로 만나서 결혼했지. 내가 권력이나 돈을 손에 쥔 건 아니라도 그런 것 때문에 불편한 적도 없어. 아이들은 예쁘고 별 문제 없이 잘 자라주었지. 큰아이가 중학교부터 미국에 가서 공부할 때는 적응에 힘이 들었지만 결국 학생회장까지 지내서 신문에도 여러 번 났지. 나는 상을 못 받았지만 내가 타고난 행운, 삶 자체가 상이다 싶어.

그렇지만 단 한 번 상을 받을 뻔한 적은 있지. 스스로의 실수 때문에 못 받은 거니까 누구를 원망할 수도 없지만. 그 실수를 인정하고 내가 받을 상이 남에게 간 것을 바로잡을 수 있었을까. 할 수 있었을지도 몰라. 아버지에게 이야기했다면. 아니면 천수기 선생님한테라도.

왜 안 했을까. 그때 나를 스쳐가던 그 아이, 그 아이의 표정 때문인지도 몰라. 땟국물이 흐르던 목덜미, 전신에서 풍겨나던 뭔가 찌든 듯한 그 냄새, 그 너절한 인상이 내 실수와 잘못된 과정을 바로잡는 게 너절하고 귀찮은 일이라는 생각을 갖게 했을 거야. 어쩌면 그 결과 한 아이가 가지게 될지도 모르는 씻지 못할 좌절감이 내게도 약간 느껴졌는지도 모르지. 상관없어. 나는 그런 상하고는 담을 쌓고 살아도 행복해. 그런 스트레스를 받는 것 자체가 싫어. 왜 내가 그렇게 살아야 하는데?

0

나는 사생대회 이틀 후, 월요일 아침 조회에서 전교생이 지켜보는 가운데 교단 앞으로 가서 장원 상을 받았어. 글짓기, 서예, 밴드, 합창, 그림 등 전 분야를 통틀어 우리 학교에서 장원 상을 받은 사람은 오직 나 하나뿐이었어. 게다가 4학년이니까 앞으로 2년간 더 많은 상을 학교에 안겨주게 되겠지. 교장 선생님은 내가 4학년이라는 것, 장원이라는 것을 스무 번도 더 이야기했어.

크레파스 다섯 통, 스케치북 열 권은 혼자 들기에 좀 무거웠어. 글짓기에서 차하 상을 받아서 앞으로 나온 6학년이 크레파스를 대신 들어줬지. 나는 박수 소리가 끊이지 않는 중에 천천히 걸어서 내가 서 있던 자리로 돌아왔어. 조회가 끝나고 교실로 들어갈 때 옆에 있던 아이들이 상품을 대신 들어줬고 나는 상장만 들고 갔어.

부임한 지 얼마 안 되어서 그런지 흥분한 교장 선생님은 전례가 없이 그해 학예대회 입상작을 찾아와서 강당에서 전시회를 가지기로 결정했어. 나는 가보지 않았어.

가서 내 그림을 보는 건 뭔가 창피할 것 같았어. 그런 데 가서 그림과 글짓기, 서예 작품을 보고 배워야 하는 아이들은 입상을 못한 평범한 아이들이야. 창작의 재능이 없고 겨우 감상만 할 수 있는 아이들인 거야. 생각은 그렇게 했지만 일주일 동안 진행된 전시 마지막 날 오후, 나는 강당으로 걸음을 옮겼지. 모르겠어. 왜 갔는지.

강당에는 아무도 없었어. 벽에는 전시 작품들이 걸려 있었어. 글짓기는 원고지 여러 장에 쓰인 작품을 한꺼번에 벽에 압정으로 박아놓고 넘겨가며 읽도록 해놨어. 차하 상을 받은 동시는 아이들이 넘기면서 침을 묻히는 바람에 글씨가 다 지워지고 원고지 앞장 아래쪽은 먹지처럼 까매졌더군.

나는 천천히 그림이 전시된 곳으로 걸어갔지. 내 그림은 맨 안쪽에 걸려 있었어. 입선작 여덟 점을 지나서 특선작 세 점을 지나고 나서 황금색 종이 리본을 매달고 좀 떨어진 곳에, 검정색 붓글씨로 '壯元'이라고 크게 쓰인 종이를 거느리고, 다른 작품보다 세 뼘쯤 더 높이. 초등학교에 다니는 아이들이라면 우러러볼 수밖에 없는 높이에.

그런데, 그런데, 그런데, 그런데 그 그림은 내가 그린 그림이 아니었어. 풍경은 내가 그린 것과 비슷했지만 절대로, 절대로 내가 그린 그림이 아니야. 아버지가 사준 내 오래된 크레파스에는 진작에 떨어지고 없는 회색이 히말라야시다 가지 끝 앞부분에 살짝 칠해져 있는 그림이었어. 나는 가슴이 후들후들 떨려서 두 손으로 가슴을 가렸어. 사방을 둘러봤지만 아무도 없었어. 나는 까치발을 하고 손을 최대한 쳐들어서 그림 뒷면의 번호를 확인했어. 네모진 칸 안에 쓰인 숫자는 분명히 124였어. 124, 북한에서 무장간첩을 훈련시킨 그 124군 부대의 124. 그렇지만 그건 내 글씨가 아니었어.

누가, 왜 제 번호를 쓰지 않고 내 번호를 썼을까. 실수로? 이런 실수를 하고, 제가 받을 상을 다른 사람이 받았다는 걸 알면 가만히 있을까. 그렇지는 않을 거야. 다른 학교에 다니는 아이라서 제 실수를 모르고 있는 거겠지.

아니야. 그 그림은 구도로 봐서 내가 그렸던 바로 그 장소에서 아주 가까운 데서 그린 그림이었어. 그 그림을 그린 아이는 천수기 선생님과 함께 다니던 그 아이인 게 틀림없었어. 그러니까 나와 같은 학교에 다니는 아이라는 거지. 그러면 그 아이는 제가 그린 그림을 봤을 거야. 그런데 왜? 왜 아무 말을 하지 않은 거지? 상품이 필요 없어서? 실수 때문에 처벌을 받을까 봐? 나라면? 나라면 가만히 있었을까?

왜 내가 그린 작품은 입선에도 들지 않았을까? 비슷한 풍경이고 비슷한 구도인데도? 가만히 그 그림을 보고 있자니 정말 잘 그린 그림이라는 느낌이 들기 시작했어. 장원을 받을 수밖에 없는 그림, 같은 장소에 있었던 나로서는 발견할 수 없었던 부분, 벽과 히말라야시다 사이의 빈 공간의 처리는 완벽했어. 나는 모든 걸 그림 속에 우겨넣으려고만 했지 비울 줄은 몰랐어. 그건 나를 뛰어넘는 재능인 게 분명했어.

비슷한 그림에 같은 번호가 써진 걸 보고 심사위원들이 당황했을 거야. 한 사람이 두 작품을 그릴 수는 없으니 누군가 실수를 했다고 단정 짓고는 혼동을 초래할지도 모르니까 둘 중 하나는 아예 시상 대상에서 제외를 하자고 했겠지. 그래서 심사에 오랜 시간이 걸렸던 것이고.

그러니까 내 그림은 번호를 착각한 아이의 그림에 못 미치는 그림으로 버려졌던 거야. 입선에도 들지 못하게 완벽하게. 누구의 생각일까. 주 선생님은 아니었어. 심사위원이 아니니까. 아니, 심사 중에 불려 들어간 것일지도 몰라. 혼란스러워진 심사위원들이 번호를 확인하고 그게 우리 학교 학생의 번호인 줄 알고 미술반 지도 교사를 오라고 했고…… 그래서 그 모든 것이 주 선생님의 조정으로 이루어졌고, 그래서 이례적으로 주 선생님이 그 결과를 미리 알게 된 것이고…… 그런데 나는 주 선생님 품에 안겨서 울었어! 내가 그리지도 않은 그림을 가지고 상을 탔다고 감격해서, 바보같이, 바보!

나는 가슴이 찢어질 것 같은 통증을 느끼면서 강당을 걸어 나왔어. 열 걸음쯤 떼었을 때 강당 문으로 어떤 여자아이가 걸어 들어왔어. 자주색 원피스를 입고 있었어. 검정색 에나멜 구두를 신고 있었지. 나는 그 여자아이를 지나칠 때 눈을 감았어. 눈을 감은 채 열 걸음쯤 걸어가서 다시 눈을 떴어.

내가 주 선생님을 찾아가서 말해야 했을까. 이건 내 그림이 아니라고. 다른 사람이 그린 그림이라고. 나는 그 사람만 한 재능이 없다고. 실수를 바로잡아달라고. 나는 그렇게 하지 못했어. 주 선생님의 품에 안겨 울지만 않았더라도 찾아갈 수 있었어. 가능성이 높지는 않지만. 내 더러운 눈물로 주 선생님의 앞가슴에 늘어뜨려진 흰 레이스를 더럽히지만 않았더라도.

그림의 주인이 선생님을 찾아가서 그 그림이 자기 것이라고 주장한다면 부정할 도리는 없었겠지. 하지만 내가 먼저 선생님을, 주 선생님이든 천 선생님이든, 아버지도 할아버지도, 그 누구도 찾아갈 수 없었어.

그 뒤부터 나는 늘 나를 의심하면서 살았어. 누군가 나보다 뛰어난 재능을 가지고 있고 누군가 나와 똑같은 대상을 두고 훨씬 더 뛰어난 작품을 그렸고, 앞으로도 더 뛰어난 작품을 그릴 수 있다는 생각을 벗어나 본 적이 없어. 그러니까 어떤 작품이라도, 그게 포스터 물감으로 그리는 반공 포스터라도 내가 가진 능력 전부를, 그 이상을 쏟아 부어야 했지. 언제나, 어디서나. 그 결과가 오늘의 나일까. 의심의 결과, 좌절의 결과, 누군가 내 비밀을 알고 있다는 생각의 결과.

나는 화가가 된 후 풍경화를 그린 적은 없어. 나는 그림의 원형, 본질로 돌아갔어. 선과 원, 점, 그리고 바탕이 되는 사물의 원형, 본질을 최대한 추상화하고 이상화한 상태로 만들어갔어. 내 모든 색깔의 원형은, 이상은 그날 그 하얀 시멘트 길과 그 위의 흰 햇빛 이야.

1

어라, 저기 걸어가는 저 사람, 백선규 같네. 저 사람 도대체 무슨 생각을 저렇게 골똘하게 하고 있을까. 인사를 해볼까? 안녕하세요, 라고 해야 하나? 그냥 안녕이라고? 그러고 나서 고향, 연도, 초등학교를 말하면 알아볼까? 아이, 귀찮아. 그런 걸 하면 뭘 해. 우리는 가는 길이 다른데. 나는 그림을 좋아하고 저 사람은 자신의 그림을 열심히 그리면 ㄱ만이지.

점점 멀어지네. 사라졌네. 나는 여기에 있고. 나도 곧 가야 하지만.

너와 함께
오수연

Q시 종합터미널은 훈훈했다. 뺨이 더 따끔거리고, 시큰한 머리통은 부풀어 오르는 것 같았다. 아까 표를 끊어둔 고속버스 막차는 한 시간이나 남았다. 바닷가에서 거닐다 보면 막차 시간에 대기도 빠듯하지 싶었는데, 바닷바람이 해도 너무했다. 전후좌우에서 두드려 팼다. 전속력으로 방파제까지 걸어갔다 오는 데만도 죽는 줄 알았다. 나 혼자였다면 종합터미널 근처에서 멀찍이 거무스레한 Q섬에 눈도장만 찍고 돌아섰을 것이다. 혼자라면 아마 녀석도 그랬을걸? 매점에서 사발면을 사고 뜨거운 물 부어, 녀석과 나는 대합실 의자에 앉았다.

"야!"

나는 발로 녀석의 발을 툭 쳤다. 꿀단지처럼 사발면을 끌어안은 녀석은 조금도 귀여워 보이지가 않고, 솔직히 정반대였다.

"뭐?"

꿈쩍도 하지 않고 녀석은 Q섬이 그려진 벽 앞에 있는 비디오를 보았다. 비디오에도 Q섬이 나왔다. 사람들이 줄지어 Q섬으로 걸어 갔다. 작년 봄 방영된 텔레비전 프로그램을 녹화한 것이라, 사람들의 옷차림은 가볍다. 마찬가지로 Q섬이 그려진 현수막에 적혀 있다. '제5회 기적의 바닷길 체험과 봄맞이 쭈꾸미 축제.' 장난스러운 재연 장면. 옛날 옛적에 할배와 할미가 Q섬에 살았는데 할배가 병이 나서 할미는 약을 구하러 육지로 나오고…… 할미의 기도에 바닷가에서 Q섬까지 바다가 쩍 갈라졌다. 사람들은 그 기적의 길로 걸어가다가 호미로 조개도 캐고, 어린애의 손에 호미를 쥐여주며 해보라고 시키기도 했다. 그리고 어린애의 소감. 참 좋은 것 같아요. 우리도 조금만 일찍 도착했더라면 참 좋았을 텐데. 해 질 녘에 잠깐 드러난다는 저 길은, 우리가 고속버스에서 내리기도 전에 도로 파도에 묻혔다. 생각보다 해가 너무 빨리 졌다. 나는 녀석의 발을 좀 더 세게 쳤다.

"야! 내일부터 날이 풀린다잖아."

"쏠 뻔했잖아."

녀석은 사발면 뚜껑을 열고 채 불지도 않은 면을 나무젓가락으로 풀어헤쳤다. 거의 생라면이 꼬불꼬불 몸부림치며 녀석의 입으로 빨려 들어갔다. 역시 토끼 때문이었다. 정녕 너는 오늘 하루를 토끼로 시작해서 토끼로 끝낼 셈이더냐? 라고 묻고 싶었으나, 나는 꾹 참고 사발면을 먹었다. 다 먹고도 막차 시간이 49분 남았다. 해가 졌건만 남은 오늘 하루는 길었다.

오늘 녀석은 학교 수업 끝난 후 집에 가서 옷 갈아입고, 학원으로 가지 않고 동네 애완동물 가게 앞으로 갔다. 정확히는 애완동물 가게 앞도 아니고 길 건너에서 오락가락했다. 덩달아 나까지 학원 빼먹고 오락가락했다. 평소에도 그 가게 앞에는 구관조며 거북이 같은 애완동물들이 선전용으로 나와 있곤 했는데, 요 며칠은 가장 흔하고 싼 토끼였다. 왜냐하면 겨울 내내 따뜻하다가 마지막으로 추위다운 추위가 닥쳤기 때문에. 바람이 세서 요 며칠 중에서도 체감온도가 가장 낮은 오늘도 역시 가게 앞에는 토끼 두 마리가 엎드려 있었다. 귀 끝부터 꼬리 끝까지 새하얀 토끼와 검고 누런 얼룩무늬 토끼. 하지만 장갑 낀 손으로 얼굴을 가리고 종종걸음을 치기에도 바쁜 행인들은 눈길조차 주지 않았다. 두 마리 토끼는 철제 우리가 너무 비좁아서 서로 착 달라붙어 있는데도 창살 사이로 털과 살집이 비어져 나와, 사각의 털 뭉치처럼 보였다. 녀석은 설날 받은 세뱃돈을 들고 나와서 토끼를 살까 말까 망설이다가 결국 포기했다. 녀석 스스로 타당한 삼백오십팔 가지 이유를 댔다. 엄마가 토끼와 함께 자기까지 베란다에서 던져버릴 것이다, 엄마랑 싸우지만 않았어도 혹시 모르겠는데 오늘 아침에도 싸웠다. 그래놓고도 녀석은 미적거렸다. 나는 한 가지만 물었다. 그럼 이제 우리 피씨방에 가서 죽칠 거냐고. 그랬는데 녀석은 마치 내가 이왕 그렇게 된 김에 녀석의 세뱃돈으로 어디 훌쩍 다녀오자고 꾀기라도 한 것처럼, 세뱃돈이 들어 있는 점퍼 오른쪽 주머니를 두 손으로 화들짝 가렸다.

"옥수수 한 개요."

"삼천 원."

종이배 모양의 모자를 쓴 매점 누나가 가격표를 턱짓으로 가리켰다. 버터구이 옥수수, 2개 3,000원. 물론 우리도 이미 가격표를 봐서 알고, 우리 동네에서는 이천 원이라는 것미져 알았다.

"한 개만요."

돈이 아까워서라기보다, 버터가 줄줄 흐르는 옥수수 한 개가 남으면 귀찮을 것 같았다.

"한 개는 안 팔아."

누나가 다른 손님을 쳐다보았으므로 녀석과 나는 옆으로 물러섰다.

"그냥 두 개 살까?"

"난 두 개나 먹기 싫어. 네가 다 먹을래?"

"나도 한 개면 되는데. 한 개만 팔면 왜 안 되는 거지?"

"유원지잖아. 다른 거 살까?"

"호떡은 네 개에 삼천 원이야."

유리벽 너머에 우리가 타야 할 고속버스가 와서 섰다. 15분이나 남았는데 부지런한 승객들이 줄 서서 올라탔다. 엄마한테 휴대전화를 압수당하지만 않았다면, 나는 몇몇에게 메시지를 보내고 싶었다. '좋은 저녁' 같은 메시지를 받으면 그 아이들이 내가 드디어 이상해진 줄 알겠지만. 내 휴대전화를 압수함으로써 엄마는 자기도 나한테 메시지를 받을 수도 있었던 기회를 놓쳤다. 이를테면, 엄마, 미안해요.

"야!"

녀석이 팔꿈치로 나를 툭 건드렸다.

"뭐?"

"그래도 바람 쐬니까 좋네. 머리도 개운해진 것 같구. 다음에는 해 지기 전에 한번 와보자구."

녀석은 전혀 개운치 않은 표정으로 버터 묻은 손가락을 들여다보다가 혀로 날름 핥았다.

"그렇지? 우리도 한 번은 기적을 체험해줘야겠지?"

나도 옥수수를 덥석 물었다. 그러나 우리가 다시 여기 올 것 같지는 않았다. 다시는. 8분, 5분, 1분, 0.

불이 켜졌다. 일어나 짐을 챙기는 사람들로 벌써 통로가 메워졌다. 평일 밤인데도 길이 막혀 세 시간 반이나 걸렸다. 고속버스는 좁은 승강장에 꽉 끼이듯 들어갔으며, 앞 유리창 한가운데 매달려 뉴스와 뉴스 전후 드라마 두 개를 보여주고 또 뭔가를 시작하던 텔레비전이 꺼졌다. 일이 초간, 침묵. 아니, 자기가 도착했다고 누군가에게 휴대전화로 알리는 몇 명의 목소리. 바닥이 가라앉는 듯한 진동과 함께 파아악, 바람 빠지는 소리를 내며 문이 열렸다. 일단 우리는 화장실로 직행했다.

고속버스 터미널은 한밤중에 대성황이었다. 모든 음식점의 문이 활짝 열렸으며 심야 좌석표를 파는 두 개의 창구 앞은 북적거렸다. 커피숍 앞 탁자에 마주 앉은 사람들, 음료수를 들고 실내 화단가에 나란히 앉은 사람들은 대낮에 데이트라도 하는 것처럼 한가로웠다. 우리처럼 집에 어떻게 갈지 걱정하는 사람은 아무도 없는 듯했다.

유리문을 밀고 나오자 바람이 거칠게 밀어붙였다. 그리고 길 건너 쪽 차선으로 우리 동네 가는 버스가 지나갔다. 어쩌면 막차인지도 몰랐다. 아무리 둘러봐도 건널목은 없고 멀리 왼쪽에 지하철역 입구가 보였다. 터미널하고 지하상가로 연결된 백화점 정문 앞이었다. 우리는 자연스럽게 바람에 도로 밀려 들어와서 에스컬레이터로 향했다. 우리 동네 가는 지하철은 끊어져도 여기서 몇 정거장 더 가는 지하철은 아직 있고, 그 몇 정거장 더 간 사거리에는 우리가 탈 수 있는 버스도 여기보다 많을 터였다. 하지만 에스컬레이터에서 내린 우리는 지하철역과 반대 방향으로 꺾어, 지하상가를 걸으면서 길 맞은편으로 올라가는 계단을 찾았다. 세 시간 반이나 고속버스 안에 꼼짝없이 갇혀 있었는데, 또 양편 선로가 플라스틱 벽으로 막힌 플랫폼에 서서 지하철을 기다리고 싶지는 않았다.

Q시에 다녀온 일이 꿈만 같았다. 오래전에 꾼, 그다지 기억에 남지 않는 꿈. 실제로 보니 Q섬은 바닷가에서 무척 가깝고 겨우 동사무소만 한 데다, 꼭대기의 소나무 두어 그루도 간신히 버티고 있는 것처럼 앙상했다. 그런데 꼭 그럴 줄 내가 너무도 잘 알고 있었던 듯한 기분이 들었다. 단 하나 야릇한 건, 철책이었다. 철책이 없다는 사실. 정신없이 바람에 두드려 맞으며 걸어간 방파제에 철책이 없었다. 그 없는 느낌이 지금도 제일 생생했다. 원래 방파제에는 철책이 없겠지만, 정말 없어도 되는 건가. 막는 게 없어도 되나. '일몰 후 출입 금지'라는 푯말이 걸린 무릎 높이 쇠사슬을 오른발 들어 넘고 엉덩이 살짝 틀어 왼발도 들어 넘겨, 몇 걸음 걷다가 우뚝 서서 나는 좀 어이가 없었다. 이 사람들이 뭘 믿고, 아니 누굴 믿고 이러나, 하는 생각이 들었다. 그 사람들이 누군지는 모르겠고, 그 사람들이 믿는 누구도 누군지는 모르겠지만, 하여튼. 인간이 바닷가를 온통 철책으로 둘러싸기는 불가능하겠지만, 하여튼. 두꺼운 청바지가 다리에 칭칭 감겨 녀석이 날씬해 보일 지경이고, 녀석의 윗니와 아랫니가 대책 없이 맞부딪쳤다. 차 한 대 폭으로 곧게 뻗은 방파제 아무 데서 왼쪽이나 오른쪽으로 한 발짝만 더 내디디면, 내려다보는 동안에도 쑥쑥 올라오는 검은 밀물인데.

또 길 이쪽이었다. 거대한 바둑판 같은 지하상가에는 일정한 간격으로 지상으로 올라가는 계단이 있건만, 계단을 올라와 보면 번번이 길 건너가 아니라 길 이쪽이었다. 우리는 길 건너로 나가는 계단을 찾기 위해 거의 상가 끝까지 걸어갔다. 주변이 어수선해졌다. 기둥마다 퍼런 비닐이 둘둘 감겨 있고 일부는 끄트머리가 풀려 늘어져 있으며, 천장에는 판자가 없어 붉은 관들과 수많은 전선들이 고스란히 보였다. 그리고 임시 칸막이가 나오고 화살표들이 나타났다.

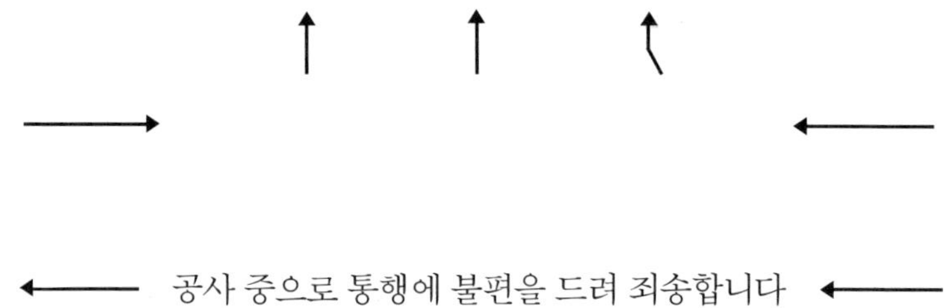

화살표를 따라 텅텅 울리는 임시 철제 계단을 올라갔다가 텅텅 내려와서, 우리는 지하보도를 비로소 발견했다. 딱 길 이쪽에서 저쪽까지의 길이. 직선으로 길을 건너면 딱 이만큼인데 우리는 그 삼백오십팔 배는 돌아온 것 같았다. 지하보도 또한 양쪽 벽이 어느 회사의 로고가 시선으로 찍힌 임시 칸막이로 되어 있는데, 마침내 맞은편 지상으로 나오자 그 회사가 신축 중인 높은 빌딩이 보였다. 바람이 건축 현장을 가린 함석 울타리와 격자형 쇠 파이프를 잡아 흔들고, 쇠 파이프를 덮은 사선 무늬 천들을 다급히 사열하고 옆 건물 사이 좁은 틈으로 소용돌이치며 빠져나갔다. 함석 울타리에 커다랗게 쓰여 있기를 무슨 백화점 공사였다.

"이건 분명히 음모야."

나는 길을 바라보며 손을 들어 공중에 디귿 자를 커다랗게 그렸다. 길 저쪽 고속버스 터미널에서 백화점까지 오른쪽으로 한 획, 백화점 앞 지하철역 입구에서 길 이쪽으로 나 있는 두 번째 지하철역 입구까지 세로로 또 한 획, 그리고 거기서 우리 등 뒤에 신축 중인 백화점을 향해 왼쪽으로 마지막 한 획. 지나가는 자동차 불빛에 내 입김이 제법 멋지게 보였다.

"봐! 이 번화한 거리에 길을 건너는 통로는 단 두 개뿐이야. 저쪽 중간쯤에서 바로 맞은편으로 건너오려는 사람들은 지하상가로 내려가 오른쪽 끝 백화점까지 걸어가서는, 이쪽으로 나와서 다시 왼쪽으로 걸어내려 와야 해."

또 나는 뒤집힌 디귿 자도 그려 보였다. 터미널에서 우리가 통과한 지하보도까지 왼쪽으로 한 획, 지하보도를 따라 길을 가로질러 한 획, 신축 중인 백화점 앞 우리가 서 있는 자리에서 두 번째 지하철역 입구를 향해 오른쪽으로 한 획.

"그게 아니면 우리처럼 지하상가를 왼쪽 끝까지 걸어와서 이쪽 백화점으로 나와, 다시 오른쪽으로 걸어 올라가든지. 물건을 사게 하려고 일부러 상가와 백화점을 지나갈 수밖에 없게끔 만들어놓은 거야. 이런 건 손해배상 청구를 해야 돼!"

"으음!"

목을 잔뜩 움츠린 녀석은 뻣뻣하게 돌아보는 시늉을 했다.

"봐! 저게 말이나 돼?"

"어디?"

"저기, 저기 봐! 오피스텔이 정말 저 화가의 그림처럼 생겼다면 그 안에 사는 사람들은 초공간으로 끌려 들어가 사지가 조각조각 절단 나고 말 거야. 무척 비싼 오피스텔이겠지만 말이야. 손해배상 청구를 해야 된다니까!"

유명한 외국 화가의 이름에 '……텔'을 붙여 벽에 높이 새기고 은은한 조명으로 밝혀놓은 근처 빌딩을, 나는 연거푸 손가락질했다.

"그런데 누구한테?"

녀석이 목을 더욱 움츠리고 코 밑을 훔치면서 쥐어짜는 목소리로 물었다.

"어른들한테!"

"어른 누구?"

"그건 잘 알아봐야지."

그새 얼어서 굳어버린 손을 나는 얼른 호주머니에 쑤셔 넣었다. 기껏 너 죽고 나 죽자는 각오로 한다는 일이 내 휴대전화를 압수하는 것뿐인, 엄마한테는 손해배상을 청구해봤자 소용이 없을 것 같았다. 11시까지는 내가 학원에 갔다 올 줄 알았다가, 11시 15분부터는 여기저기 전화를 돌리고, 지금쯤은 내 휴대전화를 압수한 걸 마구 후회하고 있을 엄마. 내 성적의 수직 하강과 휴대전화 요금의 수직 상승은 아무런 연관이 없다고, 그렇게 설명해도 못 알아듣더니. 거보라니깐!

버스 정류장은 왼쪽으로도 오른쪽으로도 여러 개였다. 우리가 걸어간 정류장에 우리 동네 방면 버스가 서지 않는다는 건 알겠는데, 그럼 어느 쪽으로 가야 할지는 알 수 없었다. 그 옆 정류장도 마찬가지였다. 정류장 표시판에는 각기 그 자리에 서는 버스 번호만 쓰여 있을 뿐, 다른 정류장에 대한 안내나 힌트가 전혀 없었다. 사실 녀석이나 나나 고속버스 터미널에 초등학교 시절 부모님 따라 와보고는 오늘 오랜만에 와봤고, 우리끼리 와보기는 처음이었다. 오후에 Q시로 가려고 터미널에 들르기는 했지만 지하철을 타고 와서 지하상가를 통해 올라갔기 때문에, 버스 정류장에 대해서는 고민해보지 못했다. 버스 정류장에서 이렇게 고민될 줄이야 차마 몰랐다. 우리 같은 초보자들은 익숙한 동네 이름이나 버스 번호가 나올 때까지 무턱대고 정류장을 하나씩 섭렵해봐야 하는 모양이었다. 정 기운이 없으면 왼손 손바닥에 침을 뱉어 오른손 손가락 두 개로 때려보든지. 나는 녀석을 돌아보고 눈살을 찌푸렸다.

"봐!"

물어물어 우리 동네 방면 버스가 서는 정류장을 찾긴 찾았으나, 아무래도 우리 동네까지 바로 가는 버스는 끊어진 듯했다. 발을 구르고 귀를 문지르면서 버스 몇 대를 보내고는 그나마 우리 동네 가까이까지 가는 버스마저 다 끊어질까 봐, 할 수 없이 우리는 그중 먼저 오는 버스에 올라탔다. 버스가 선 다음 정류장이 고속버스 터미널 거의 맞은편이었다. 우리는 길을 건너느라 한 정류장을 거꾸로 온 것이었다. 나는 말은 안 했지만 녀석에게 눈살을 찌푸려 보였다.

'봐!'

전철 두 노선이 겹치는 큰 사거리에서, 이미도 전철 막차를 타고 와서 버스를 기다렸을 사람들이 차도까지 밀려 나왔다. 버스는 문을 연 채로 슬슬 미끄러지고 사람들은 버스를 따라 달렸다. 녀석과 나도 고속버스 터미널에서 전철을 탔다면 지금 저 사람들과 함께 달리고 있을 것이다.

"막차예요?"

띡.

"막차?"

띡. 띠딕.

"막차입니까?"

코가 빨갛게 인 사람들이 찬 바람을 몰고 버스에 올라타면서 저마다 운전사 아저씨한테 물었다. 묻고 교통카드를 찍거나, 카드를 찍고 나서 물었다. 운전사 아저씨는 고승처럼 잔잔히 고개를 끄덕이다가 앞 거울을 올려다보며 외쳤다.

"안으로 들어가 주세요!"

버스는 꽉 찼는데 버스 바깥에는 아직도 버스를 타려는 사람들이 삼백오십팔 명은 됐다. 통로에 선 승객들이 엄하게 노려보기 때문에 녀석과 나는 도리 없이 가위바위보를 했다. 녀석이 져서, 입이 쑥 나온 채 내 무릎 위로 옮겨 앉았다. 윽! 틀림없이 녀석은 전번 주에도 세 번은 자기 전에 라면을 먹었다! 녀석이 앉았던 옆자리에는 술 냄새를 풍기는 아저씨가 휴대전화를 하면서 엉덩이를 내려놓았는데, 곧 그 아저씨도 다른 승객들의 시선을 못 견뎌 자기 무릎에 한 명을 앉혔다. 앉히면서, 앉힌 후에도 아저씨는 휴대전화를 계속했다.

"좀 들어갑시다!"

문에 매달린 사람들은 소리 질렀다. 운전사 아저씨가 버스를 출발시킬 듯 약간 움직이자 문에 매달리지도 못한 사람들은 팔을 허우적댔다. 버스 안 좌석에 앉은 사람들은 모조리 무릎에 한 명씩을 앉혔다. 다리가 길거나 몸집이 커서 남의 무릎 위에 앉기가 불리한 사람들은, 그럼에도 불구하고 자기를 앉혀준 사람 쪽으로 돌아앉아 얼굴을 마주 보며 그 사람을 꼭 끌어안아야 했다.

"내려요, 내려! 차가 못 가잖아요."

이제 운전사 아저씨는 정말 출발하려고 퓨욱, 퍄악 버스 문을 반쯤 닫았다 열었다 하면서 버스를 조금씩 전진시켰다. 버스 계단에 올라선 사람들은 문에 끼이면서도 용감히 버티고 그 뒷사람들은 그들을 두 손으로 밀면서 버스를 따라왔다. 버스 안에서는 서 있는 승객들까지 팔에 한 명씩 안든지 등에 업든지, 어깨에 태웠다. 목도리처럼 상대방의 허리를 목 뒤로 두르고 머리와 다리는 가슴 양쪽으로 늘어뜨리기도 하고, 키가 작아 천장까지 여유가 있는 사람은 자기처럼 몸집이 작은 사람을 머리에 이기도 했다. 머리에 올라앉은 사람은 몸을 밑바닥이 좁은 단지 모양으로 웅크리고 균형을 잡았다. 마침내 버스 문이 닫혔다. 길바닥에 남은 사람들은 허탈한 입김을 내뿜으면서 버스 안에 겹겹이 포개진, 그 와중에도 이미 반쯤은 각자 휴대전화 삼매경에 빠진 승객들을 부럽게 올려다보았다. 막차를 놓쳤으니 그들은 버스비의 삼백오십팔 배도 더 되는 택시비를 지출해야 할 터였다. 택시를 길게 줄 세워놓은 택시 운전사 아저씨들이 벌써 그들에게 접근했다. 그들에게 안녕을 고하듯 창가의 승객들은 유리창에 서린 김을 손바닥으로 문질렀으며, 눈이 마주치면 쑥스럽고도 미안한 표정을 지었다. 버스가 출발했다. 순간 길바닥에 남은 사람들은 하나도 안 부럽다는 듯이 돌아서면서 자기들도 착착 휴대전화를 펴서 귀에 댔다.

"Q버스조합에서 알려드립니다. Q버스에서 Q버스로 갈아타시면 환승 할인이 되오니, 많은 이용 바랍니다. 갈아타실 승객께서는 버스에서 내리실 때마다 카드 단말기에 카드를 접촉시키셔야 하며, 할인 시간은 내리신 후 삼십 분 이내, 할인 가격은 성인은 사백

원, 청소년은 삼백 원, 어린이는 백오십 원입니다. 단, 동일 노선 버스에서는 할인이 적용되지 않습니다."

라디오에서 나오는 누군가의 사연을 제치고 안내 방송이 나왔다.

"가자 가자 Q마트, 뛰어가자 Q마트, 삼오팔공 삼오팔공 Q마트, 실속 있고 다양한 쇼핑의 천국, 신나게 달려라 Q마트로……."

누군가의 기막힌 사연을 제치고 천장에서 광고 음악이 쏟아졌다.

"안경은 무슨 안경원이지? 당연히 Q안경원이지. 전문 안경사의 상담과 저렴한 가격……."

"저희는 편지를 고치지 않고 읽어드립니다. 한 글자도 바꾸지 않고 그대로 읽어드려요. 편지를 쓰신 분의 감정을 그대로 청취자 여러분들께 전달하는 데 저희는 중점을 둡니다……."

라디오에서 디제이가 진지하게 말했다. 그리고 사랑하는 사람이 떠나갔다는 슬픈 노래가 커다랗게 쏟아졌다.

"다음은 Q정류장입니다."

노래를 제치고 안내 방송이 나왔다. 그리고 연달아 안내 방송과 똑같은 여자 목소리로 광고 방송이 나왔다.

"지금 여러분께서는 Q성형외과를 지나고 계십니다. Q공인 첨단 의료장비의 도입으로 안전하고 개성을 살리는 섬세한……."

셔터 내려진 Q마트와 간판 불 꺼진 Q성형외과를 지나, 버스는 역시 간판 불 꺼진 Q안경원 앞에 설 듯하다가 내처 달렸다. 정류장에서 기다리던 사람 몇 명이 목을 빼고 다가섰으나, 꼭 찬 막차에서 내리려는 승객이 없었으므로.

"Q버스조합에서 알려드립니다. Q버스에서 Q버스로 갈아타시면 환승 할인이 되오니……."

그리고 동시에 라디오에서 속삭였다.

"……여러분의 Q방송에서 자정을 알려드립니다."

띠, 띠, 띠, 띠이.

가방을 잡아 빼며 용을 쓰다가, 여러 명이 한꺼번에 문에서 우르르 떨어져 나갔다. 녀석과 나도 휩쓸려 내렸다. 김 시린 유리창에 질퍽하게 녹아 번진 색색의 물감처럼 보이는, 여전히 많은 승객들을 태우고 버스는 갔다. 숨이 턱 막히도록 차가운 공기가 폐로 밀려들었다.

"뛰자!"

녀석과 나는 뛰었다. 우리 동네까지 가는 버스가 있기만 하면 환승 할인을 받겠는데, 있을 것 같지 않았다. 등에 멘 가방이 출렁거렸다. Q시 종합터미널에서 녀석과 내가 먹고 남아 넣어둔 옥수수의 비닐봉지가 풀려 버터가 참고서에 배지 않을지, 버스 안에서 눌려 이미 밴 건 아닌지 걱정이 됐다. 가자, 가자! 버스 안에서 들었던 광고 음악마저 머릿속에서 울렸다. 나는 머리를 흔들었다. 쳇, 가긴 어딜 가? 어떻게 간단 말이야? 신나게 달려라! 고약한 음악은 내 뇌에 달라붙어 떨어지지 않았다. 나는 서서히 속도를 줄이다가 걸었다. 어차피 내가 가방 속 참고서를 다 볼 리는 없겠지만, 계속 뛸 수도 없었다. 우리 동네는 어차피 꽤 멀었다. 앞에 달리던 녀석이 뒤돌아보고는, 엉거주춤 허리를 숙여 허벅지에 두 팔을 짚고 기다렸다.

우리보다 먼저 버스에서 내린 사람들도 뛰다가 지쳐 터덜터덜 걸어갔다. 버스 안에서 무릎에 앉히고, 앉았던 사람들끼리 내려서도 손에 손을 잡고 걸었다. 팔에 안았던 사람은 여전히 그 사람을 팔에 안고 걸었으며, 팔에 안긴 사람은 걷는 사람의 목덜미를 단단히 감싸 안았다. 등에 업었던 사람은 그 사람을 업고 걷고, 업힌 사람은 업은 사람 등에 몸을 최대한 밀착시켰다. 버스 안에서 누군가를 머리에 이고 서 있던 사람은 내려서도 그 사람을 이고 걷고, 머리 위에 얹힌 사람은 엉덩이를 들썩이며 장단을 맞추었다. 어깨에 태우고 서 있던 사람은 그 사람을 무동 태우고 걷고, 무동 탄 사람은 무동답게 양팔을 하느작거렸다. 버스 안에서 얼굴을 맞대고 끌어안았던 사람들은 내린 후에도 서로 꼭 끌어안고, 발 맞춰 옆걸음으로 걸었다. 나는 녀석을 지나치면서 말했다.

"날이 풀릴 거야. 아까 뉴스에서도 그랬잖아. 오늘이 올겨울 마지막으로 추운 날이고, 내일부터 날이 풀린다구. 자정이 넘었으니까 그 내일이 오늘이야."

"그래. 내일부터 날이 풀린다, 아침 일기예보부터 하루 종일 그 얘기밖에 들은 게 없는 것 같아. 할 얘기가 그것밖에 없나 봐."

"그게 오늘이라니까. 올겨울 마지막으로 추운 날은 이제 어제야."

"그래……."

녀석의 대답이 차 소리에 묻혔다. 나는 돌아보았다. 녀석은 여전히 엉거주춤한 자세로 입김을 풀풀 날리면서 뒤를 바라보고 있다. 뒤에서 두 아주머니가 서로 발을 잡고 원이 되어 굴렁쇠처럼 굴러왔다. 두 팔에 걸린 두 핸드백이 번갈아가며 바닥에 부딪쳐 둔탁한 소리를 냈다. 아주머니들의 굴렁쇠는 방향을 제대로 못 잡아서 차도로 굴러갈 뻔하다가, 느닷없이 우리에게 닥쳐왔다. 우리는 재빨리 바로 옆 은행 계단으로 올라섰다. 굴렁쇠는 또 급히 방향을 틀어 주차금지 팻말에 부딪치고, 계단 맨 아래 칸을 아슬아슬하게 스쳤다. 한 아주머니가 우리한테 미안하다는 뜻으로 고개를 까딱했다.

"그럼 된 건가?"

비틀대며 멀어져가는 두 아주머니의 굴렁쇠를 바라보면서 녀석이 중얼거렸다. 역시 토끼 때문이었다. 정녕 너는 오늘 하루를 토끼로 시작하여 토끼로 끝낼 셈이더냐? 라고, 나는 묻지 않았다. 그 오늘은 지났으므로. 대신 나는 말해주었다.

"오늘 그 토끼들이 길바닥에 나와 있어도 어제처럼 춥지는 않을 거야."

"어제는? 어제는 추웠겠지. 아무래도 어제 내가……."

"어쨌든 어제는 지났어. 내년에 어제 그 날짜는 어제처럼 춥지 않을 거야. 내후년은 더 춥지 않을 거야. 지구 온난화로 그 날짜가 어제처럼 추운 일은 다시는 없을 거야. 어제는 역사상 그 날짜가 마지막으로 추웠던 날이야."

"아무래도 내가 어제 그 가게 문을 밀고 들어가서……."

형편없이 구겨진 녀석의 얼굴을 자동차 불빛이 한쪽 뺨부터 다른 뺨으로 어르고 지나갔다. 녀석은 작은 눈을 깜박거렸다. 나는 못을 박았다.

"어제는 지났다니까."

녀석이 고개를 숙였다. 차들이 전조등을 밝히고 쌩쌩 달려갔다. 저만치 손에 손을 잡고 걸어가던 두 형들이 골목으로 꺾어져 들어갔다. 버스에서 내려 걷던 사람들이 쌍쌍이 골목으로 사라져 어느새 길이 휑했다. 바람이 휘몰아쳐 내 두꺼운 청바지가 다리에 칭칭 감기고, 윗니와 아랫니가 대책 없이 맞부딪쳤다.

"토끼들이 감정이 있을까? 춥다는 감각만 느꼈을까, 슬프거나 화난다는 감정도 느꼈을까? 차라리 감정이 없는 게 나을지도 몰라."

녀석이 천천히 고개를 들면서 말했다. 나는 고개를 저었다.

"아마 없을걸? 토끼들은 감정이 있어도 사람 같은 감정은 아닐걸?"

"하지만 나는 그런 감정이 있는데? 토끼는 자기가 슬픈 걸 몰라도 나는 아는데?"

녀석이 두 손을 들어 손가락을 복잡하게 꼬았다. 나는 다시 고개를 저었다.

"그건 어제지."

나는 계단을 내려와 걷기 시작했다. 가자, 가자. 머릿속에서 광고 음악이 또 울렸다. 나는 머리를 흔들었다. 가자, 가자, 가자…… 아홉 걸음쯤 걷자 뒤에서 뛰어오는 발소리가 들렸다. 하아, 하아, 녀석의 숨소리가 귓가에 느껴졌다.

"오늘이 어제보다 나아? 지난주에 텔레비전에서 다큐멘터리를 봤는데, 북극의 빙하가 녹아 북극곰이 먹을 게 없어서 해초를 먹었어. 삼십 년 안에 지구상의 생물 팔십 퍼센트가 멸종한대. 그 곰은 결국 굶어 죽었을 거야. 오늘은 또 역사상 오늘 날짜가 마지막으로 추운 날이야. 오늘 토끼들이 길바닥에 엎드려 있으면, 또 마지막으로 추운 날 그러는 거야. 모든 날짜가 마지막으로 추운 날이고, 마지막으로 추운 날의 마지막까지 토끼들은 길바닥에 엎드려 있는 거야."

녀석이 곁에서 걸으며 삼백오십팔 가지나 횡설수설했다. 나는 한숨을 내쉬고 한 가지만 이야기했다.

"그렇다고 네가 뭐라고 했겠니? 그 가게 주인이 토끼들을 때린 것도 굶긴 것도 아닌데, 네가 문을 밀고 들어가서 무슨 말을 하겠다는 거였어? 우리나라에서 그 토끼들은 그래도 팔자 좋은 편일걸? 네가 뭐라고 하면 가게 주인은 너더러 정신병원에 가보라고 했을 걸? 유치원생도 아니고 말이지. 너 그렇게 쓸데없는 잡념이 많아갖구, 대체 어쩌려구 그래? 내가 아까도 말했지만, 그 토끼들이 절대로 얼어 죽지는 않아. 토끼가 죽으면 가게 주인이 손해니까. 너보다야 사료 값 들인 그 가게 주인이 삼백오십팔 배는 더 토끼를 사랑한다구. 얼어 죽지 않을 만큼만 내놓았다가 들여놓으려고 했을 거야. 네가 그 토끼들을 사면 가게 주인은 다른 토끼들을 선전용으로 길바닥에 내놓았을 거야. 그 사람은 장사를 해야 하니까. 그 사람이 돈을 못 벌면 자식들이 학원을 못 다녀서 나중에 대학 입시에 떨어질지도 모르잖아."

확실히 녀석은 움찔했다. 나는 한 가지만 덧붙였다.

"아까도 내가 말했지만, 어제 같은 날에도 장사를 하는 그 가게 주인은 성실한 국민이야. 아무 일 안 하고도 부동산 때문에 한 해에 몇 억씩 버는 사람들도 수두룩해. 신문에 났잖아. 그런 사람들은 어제처럼 추운 날 토끼를 내놓으러 길바닥에 나왔다 들어갈 필요가 없어. 토끼가 얼어 죽을까 봐 길바닥에 다시 나와서 갖고 들어갈 필요도 없다구."

신호등에 파란 불이 들어왔다. 건널목 건너 24시간 편의점 앞에 있는 흰 플라스틱 의자 하나가 바람에 드르륵 밀려갔다. 남은 의자에 교복 차림의 두 여자애가 나란히 앉아 컵 떡볶이를 먹고, 그 옆흰 플라스틱 탁자에는 두 아저씨가 마주 앉아 팔씨름을 하고 있다.

서로 몸을 엇갈려 기울이며 용을 써보지만 팔 힘이 비슷한지 맞잡은 손은 어느 쪽으로도 기울지 않았다. 파란 불이 다급하게 깜박거렸다. 가자, 가자. 내 머릿속에서 또 음악이 울렸다. 나는 머리를 흔들었다. 길을 건널 사람은 녀석과 나밖에 없는데, 녀석도 나도 건너지 않았다. 파란 불이 꺼지고 빨간 불이 켜졌다. 탁자의 왼쪽 아저씨가 맞잡은 두 손을 훌쩍 끌어당겨 자기 손과 상대방의 손에 공평하게 입김을 호호 불고는, 도로 탁자 가운데로 밀었다. 둘은 다시 몸을 기울이며 용을 쓰다가, 오른쪽 아저씨가 맞잡은 두 손을 훌쩍 끌어당겨 입김을 불고 탁지 가운데로 밀었다. 파란 불이 들어왔다. 24시간 편의점 뒤 언덕에 촘촘히 솟아 있는 아파트 단지는 군데군데 건너뛰며 절반쯤만 불이 켜져, 망가진 하모니카처럼 보였다. 신호등에 빨간 불이 들어왔다.

　나는 두리번거렸다. 보도에 깔린 것이 보도블록이 아니라 푹신한 타이어 재활용품이라서, 집어 들 만한 게 없었다. 상점 앞의 입간판은 쇠사슬에 감겨 있고, 얼어붙은 보라색 양배추 화분은 너무 무거워 보이며, 인도와 차도 사이를 가로막은 스테인리스 난간은 흔들어봤자 소용없을 듯했다. 다시 파란 불이 켜졌다. 녀석도 나도 길을 건너지 않았다. 설령 손에 집어 들 게 있다고 해도 모든 상점이, 교통카드를 파는 가판대를 비롯해서, 철제 셔터로 중무장하여 던질 만한 데도 없었다. 가로등 기둥에 기대어 있는 대용량 쓰레기 봉지를 들어 스테인리스 난간 너머로 던질 수는 있겠지만, 다시 건널목에 빨간 불이 켜져 쌩쌩 달려가는 차에 부딪치면 사고가 날 것 같았다. 두 주먹이 부들부들 떨리다가 온몸이 떨렸다. 파란 불이 켜졌다. 나는 외쳤다.

"막지도 못하면서! 막을 수도 없으면서!"

망가진 하모니카의 불빛 한 칸을 향해. 그 한 칸 불빛 속에서 지금쯤 경찰에 연락해야 한다고 전화기를 들었다 놨다 할 아버지와 보나마나 눈물을 짜고 있을 어머니를 향해.

"……."

그러나 고함은 목구멍에서 막혔다. 목구멍에 방탄벽이라도 쳐진 듯했다. 무시무시하게 벌어졌던 내 입은 몇 번 더 뻐끔거리다가 윗니와 아랫니가 조용히 맞물렸다. 나는 주먹을 불끈 쥐었다. 드디어 눈부신 섬광을 뿜어내며 오른 주먹이 발사되었다.

'오, 오!'

비밀 프로젝트의 연구진들이 한꺼번에 감탄하는 소리가 들리는 듯했다. 잘 알아보면 분명히 밝혀낼 수 있을 담당자 또는 책임자들의 파랗게 질린 얼굴이 눈앞에 어른거렸다. 그 모두를 향해, 세상 끝까지, 내 오른 주먹은 잡념 따위는 일절 없이 전속력으로 날아갔다.

'아, 아……'

비밀 프로젝트의 연구진들이 탄식했다. 언젠가부터 에너지 경고 벨이 쟁쟁 울리고 있다. 과도한 목표물을 산정하느라 무리한 자동 항법 장치가 혼선을 일으키더니, 우웅, 다운되었다. 내 주먹은 가까스로 포물선을 그리며 회항하여 내 가슴에 툭 부딪치고는 힘없이 미끄러져 내렸다. 나는 고개를 숙였다.

인간이 전 세계 바닷가를 철책으로 막기는 불가능하겠지만, 생선회로는 가능할 것이다. Q시 바닷가는 Q섬까지 바다가 열렸을 때 내려가는 불그스레한 철제 계단만 빼고는, 횟집과 횟집 주차장과 주차장 끝 포장마차 들로 세 겹으로 막혀 있다. 아마 여름에는 방파제에도 포장마차가 늘어설 것이다. 그러나 손님보다 손님을 잡으려고 앞을 막아서는 상인이 더 많은 거기에도, 아무도 막지 않고 막을 수도 없는 빈틈이 있다. Q시 비닷가 전체는 물론 지구상 모든 해안선의 길이를 합친 것보다는 폭이 넓은 틈. 그 틈은 Q시에서부터 고속버스로 세 시간 반, 버스로 한 시간 십 분, 도보로 오십 분을 따라와 바로 내 등 뒤에 벌어져 있다. 돌아보지 않고도 나는 보았다. 등 뒤에서 쑥쑥 올라오는 검은 밀물을.

파란 신호등이 켜졌다. 건널목 건너 24시간 편의점 옆으로 언덕 위 아파트 단지까지 이어진, 길고 긴 길을 나는 올려다보았다. 길은 아파트 단지마저 지나 별도 없는 캄캄한 하늘로 이어졌다. 오늘 날짜가 마지막으로 추운 오늘로, 내일 날짜가 마지막으로 추운 내일로, 모레 날짜가 마지막으로 추운 모레로. 어쩌면 마지막에 마지막밖에 없는 마지막 날들로. 가자. 머릿속에서 음악이 울렸다. 나는 머리를 흔들었다. 길이 없다는 걸, 초등학교 때 이미, 아니 엄마 배속에서 나온 직후부터 나는 알았다. 진작 끊어진 길, 아무도 책임

못 진 길, 가려면 한 걸음마다 내가 만들어서 가야 할 길을 나는 가고 싶지 않았다. 혼자 갈 자신이 없었다. 등 뒤에서 검은 파도가 넘실거렸다.

"야!"

녀석이 내 팔꿈치를 툭 쳤다. 녀석의 작은 눈이 깜박거렸다. 마치 나는 내가 슬픈 걸 모를지라도, 자기는 나도 모르는 내 슬픔을 안다는 듯이. 나는 눈을 흘기고 손등으로 코 밑을 문질렀다.

"뭐?"

누가 나와 함께 가주지? 처음부터 끝까지 나랑 같이 가줄 사람은 누구지? 중간에 떠나지도 않고, 마음이 변하지도 않고, 나한테 실망하지도 않고, 나를 오해하지도 않고, 늘 함께 가줄 사람은 누구지? 녀석에게 삼백오십팔 가지는 묻고 싶었지만, 나는 한숨을 내쉬고 한 가지만 물었다.

"왜 이제야 왔어?"

녀석이 내게 물었다.

"왜 이제야 왔어?"

어제 오후에 애완동물 가게 건너편에서 오락가락하다가 딱 만났을 때처럼, 녀석은 오른손을 나는 왼손을 내밀었다. 밤하늘이 우르르 울리고 번개가 번쩍 치더니, 녀석과 나 사이가 일직선으로 쩍 갈라졌다. 녀석은 내게로, 나는 녀석에게로 스르르 미끄러졌다. 우리는 두 손을 맞잡았다. 녀석은 내게로 들어오고 나는 녀석에게로 들

어갔다. 우리는 딱 겹쳐졌다. 심장이 두근두근거렸다. 녀석이 그 근
처에 있는지는 몰라도. 나는 건널목에 혼자 남았다.

오진원

크리스마스트리 꼭대기에 플라스틱 은별을 달아놓은 후, 아빠는 내게 소원을 빌라고 말했다. 산타클로스 할아버지는 노환으로 퀵 서비스 배달을 관둔 지 오래고, 루돌프 사슴의 반짝이던 코는 배터리가 방전된 지 한참이나 지났는데도 아빠는 여전히 크리스마스의 기적을 믿고 있었다. 특별한 날 소원을 빌면 50퍼센트는 먹고 들어간다니까. 아빠 콘센트에 꼬마전구 플러그를 꽂으며 호들갑을 떨었다. 베란다 앞 유리창에 천천히 붉고 노란 불빛이 맺혔다.

아빠, 왜 모든 걸 확률로 따져? 나는 방바닥에 신문지를 깔아놓고 발톱을 깎다가 퉁명스레 쏘아붙였다. 그야, 수는 진실하니까. 아빠는 뜨개질 바구니를 들고 와 소파에 앉았다. 두 달 전부터 아빠 폴에게 줄 목도리를 뜨고 있었다. 감청색과 흰 털실을 섞어 만든 목도리였다. 아빠는 마치 폴이 앞에 있기라도 한 듯 목도리를 걸어주는 시늉을 했다. 생각만 해도 좋은지 뺨까지 발그스름해졌다. 요즘 누가 그런 걸 해? 그냥 하나 사주고 말지. 내 말에 아빠는 기분이 상했는지 나를 힐끗 쳐다보았다. 사랑에는 노력이 필요한 거야. 네가 세상에 쉽게 태어난 줄 알아? 다, 시간과 돈을 쏟아 부어서…….

아빠는 말끝에 아차, 싶었는지 손으로 재빨리 입을 가렸다. 아빤 착하고 여린 사람이지만 성격이 급해서 생각보다 말이 먼저 튀어나오는 경우가 많았다. 말 뱉었으면 미안한 척하지 마. 재섭서. 내 말에 아빤 어색하게 웃었다. 나는 신문을 들여다봤다.

가슴골이 훤히 드러나 보이는 자줏빛 원피스를 입은 여자가 한 손에 '축 처진 당신의 밤을 확실하게 세워드립니다.'란 피켓을 들고 환하게 웃고 있었다. 이 여자는 자기가 비아그라 광고모델이 되리란 걸 상상이나 해본 적이 있을까? 그렇게 될 줄 미리 알았더라면 이 길을 선택했을까? 이 지구 상에서 동성 커플의 자식이 될 확률은 얼마나 되는 걸까?

엄지발톱 하나가 튕겨져 서랍 밑으로 들어갔다. 아빠는 서랍 쪽으로 후다닥 뛰어가더니 방바닥에 얼굴을 바짝 갖다 대고 서랍 밑을 들여다봤다. 또야? 내가 정말 못 살아. 살살 좀 깎으면 안 돼? 발톱을 바퀴벌레들이 얼마나 좋아하는데. 아빤 서랍 밑으로 효자손을 거꾸로 집어넣고 바닥을 쑥 훑어냈다. 한 움큼의 먼지와 머리카락, 머리고무줄, 발톱이 엉겨 나왔다. 걱정 마. 우리 집에 아빠랑 폴 말고 바퀴벌레가 어디 있어? 나는 남은 발톱을 신문지로 싸서 쓰레기통에 던져 넣었다.

창밖에서는 끊임없이 캐럴이 울려 퍼졌다. 음악이 소음과 별반 다를 게 없다고 생각하게 된 건 이 집에 이사 오고 난 뒤부터였다. 집 앞에 상가 건물이 있어 무슨 날만 되면 스피커에서 쩌렁쩌렁 노랫소리가 들렸다. 상점들은 서로 경쟁이라도 하듯 스피커 볼륨을 높였다.

나는 고개를 들어 크리스마스트리를 바라봤다. 플라스틱 은별, 플라스틱 나무, 플라스틱 장식품……. 가짜로 만들어진 크리스마스트리를 보고 있으니 산다는 게 다 가짜가 아닐까 하는 생각이 들었다. 아니라는 걸 뻔히 알면서도 그러는 척 살아가는 게 인생이라면, 진짜 인생은 언제 살게 되는 것일까? 아빤 그러는 척하며 살 수 없게 될 때 진짜 인생이 시작된다고 했다. 남자로 태어났지만 남자로 살아갈 수 없다는 걸 알게 됐을 때, 아빠는 폴을 만났다. 그리고 진짜 인생을 살기 시작했다.

아빠가 내 눈치를 살피며 곁으로 다가왔다. 보린아, 아직도 삐친 거야? 화 풀어. 짜파게티 끓여줄게. 앞치마에 손을 찔러 넣은 채 아빠가 상냥하게 말했다. 내가 입술 각질을 손으로 뜯어내자 아빤 내 손등을 찰싹 내리쳤다. 입술 좀 뜯지 마. 그럼 주름 생긴다니까. 나는 아빠의 검은 눈동자를 똑바로 쳐다봤다. 아빠 소원은 뭐야? 폴이랑 결혼하는 거? 아님, 진짜 여자가 되는 거? 아빠가 내 말을 받아쳤다. 그렇다고 했으면 좋겠니? 나는 뜯던 입술 각질을 마저 뜯었다. 몰라. 그렇기도 하고 아니기도 하고. 내 마음이 어디로 튈지 모르니까 가끔은 두렵기도 하고……. 난 아빠랑 폴이 결혼하는 건 당연하다고 생각했어. 태어나는 순간부터 두 사람과 함께했으니까. 어렸을 때 사람들이 아빠랑 폴이 어떤 사이냐고 물으면 난 사랑하는 사이라고 했어. 근데 열일곱이 된 지금은 뭐라고 하는 줄 알아? 그냥 생까. 나한텐 당연한 일이 사람들에겐 당혹스러운 일이라는 걸 알았거든.

아빤 돌아서서 가스레인지에 냄비를 올려놓았다. 아빠, 웃기지 않아? 자기들은 결혼할 때 나라에다 허락받고 했어? 결혼이 뭐 별거냐고! 그런데 진짜 짜증 나는 건 이렇게 말해봤자 안 되는 건 안 된다는 거야. 아빠가 여자로 변신한다면 몰라도 그 모습으로는 절대 안 돼. 왜냐고? 한국은 밴댕이 소갈딱지니까. 두 사람을 받아들이기엔 이 땅은 너무 좁아. 아빠는 돌아서 나를 바라보다가 이내 무언가 생각하는 얼굴로 발끝을 내려다보았다.

화이트 크리스마스를 기대한 건 아니었지만, 창밖으로 빗줄기가 쏟아져 내리자 나는 크리스마스 선물을 하나도 받지 못한 아이처럼 의기소침해졌다. 빗줄기는 점점 굵어졌다. 빗줄기가 굵어질수

록 파격 세일! 원 플러스 원! 요란하게 떠들어대던 스피커 소리도
점차 줄어들었다.

내 소원은 S라인이 되는 거야.

빗소리가 스피커 소리를 완전히 잠재웠을 때, 아빠가 툭 튀어나
온 배를 어루만지며 심각하게 말했다. 팽팽하던 긴장감이 일순간
흐트러졌다. 아빤 늘 그랬다. 심각함과 웃음이라는 시소를 타면 언
제나 웃음 쪽에 무게가 더 실렸다. 나는 웃음을 비겁함이라고 여겼
지만 아빠를 탓하지는 않았다. 아빠 역시 나의 심각함을 소심함이
라 여겼지만 나를 바꾸려 들진 않았다. 서로의 삶을 탓하지 않는 것.
그것이 우리가 우리의 삶을 평행으로 유지할 수 있는 방법이었다.
　보린아, 뭐가 그렇게 두려워. 마음의 경로를 아는 사람이 얼마나
된다고. 아빠는 앞치마에서 립글로스를 꺼내 내 입술에 발라주었
다. 입술에서 달콤한 딸기향이 났다.

*

인간의 가치는 돈으로 환산할 수 없는 것이라고 하지만, 한 여
자의 자궁 속에 내가 심겼을 때, 내 목숨 값은 칠천만 원이었다고
한다.

아빠는 아이를 갖고 싶어 했다. 정확히 말하자면 엄마가 되고 싶어 했다. 하지만 남자 둘이서 아이를 만들 수는 없는 노릇이었다. 잘 생각해봐, 한민. 아이가, 필요해, 꼭? 힘들어질 거야, 아이가 생기면. 폴이 무겁게 입을 열었을 때 아빤 폴을 노려보며 쏘아붙였다.

……자기는 남자라서 모르는 거야.

아빠의 입에서 남자, 라는 말이 나올 때면 폴은 한쪽 가슴이 아렸을 것이다. 용서해, 당신 마음이 여자라는 길 잊고 있었어. 폴은 아빠의 뺨을 어루만졌다. 흐르는 눈물을 닦아주었다. 그리고 아무 말도 하지 않았다. 어떤 말로도 아빠를 설득하지 못하리라는 걸 알았기에.

두 남자는 종종 리셉션이라는 바에 들러 머리를 맞대고 아이 문제를 의논했다. 아무리 생각해도 뾰족한 방법을 찾을 수 없었다. 역시 무리인가 봐. 아빠가 낮게 중얼거리던 그 순간이었다. 바의 여종업원이 아빠의 어깨를 툭 치며 말을 걸어온 것은.

애가 필요해요?

여자가 배시시 웃었다. 눈 밑에 커다란 점이 있는 여자였다. 나는 그 점이 도대체 얼마나 큰 점일까 상상하곤 했다. 여자의 얼굴을 떠올리면 늘 엄지손톱만 하거나 주먹만 한 점이 떠올랐고, 그래서 나는 여자의 모습을 상상하는 동안 한 번도 울어본 적이 없었다.

여자는 별일도 아닌데 무슨 걱정이냐는 투로 말했다. 까짓거 내가 낳아주죠 뭐. 자본주의 사회에서 돈으로 안 될 일이 어딨어? 칠천만 원만 내요. 단, 카드는 안 돼.

아빠와 폴은 좀 더 깨끗한 여자에게서 아이를 얻을 수 있기를 바랐지만, 그런 여자는 절대 자신들의 아이를 낳아주지 않을 거라는 사실을 누구보다 잘 알고 있었다. 아빠는 불임인 폴을 대신해 자신의 정자를 여자의 몸속에 집어넣었다. 신체 접촉 없이 오직 기계의 힘으로 생명을 만들 수 있다는 게 신기했지만 어쩐지 무언가 빠진 듯한 느낌을 지울 수 없었다. 내 생명의 시작에는 뜨거움이랄까, 감격이랄까, 그런 것이 없었다.

여자는 나날이 불러오는 배를 보며 하루하루를 손꼽아 기다렸다. 너만 태어나면 이 지긋지긋한 땅을 뜰 거야. 냄새나는 술집에서 평생 죽치고 살 순 없잖아. 넌 태어나면 나처럼 살지 마. 그렇게 살거면 차라리 죽어. 여자의 속삭임 끝에는 언제나 작게 울음소리가 들렸다. 여자의 울음은 잠잠하던 자궁 속을 출렁이게 했다. 하루 종일 자궁이 출렁이는 날도 있었다. 그런 날에는 아빠와 폴이 번갈아가며 여자를 위로해주었다. 당신이 울면 아기가 비를 맞는 거예요.

그만 울어요. 이 아기에겐 우산을 씌워줄 수도 없어요. 그렇게 느끼한 말을 아무렇지 않게 할 수 있는 사람은 폴밖에 없었다.

아빠는 여자를 위해서 날마다 음식을 만들어주었다. 딸기를 사러 가고 수박을 사 오고 아기용품을 사 날랐다. 여자가 편히 잠들 수 있게 뒤꿈치를 들고 다녔다. 당신은 축복받았어요. 생명을 품을 수 있으니까. 아빤 여자의 머리 밑에 베개를 받쳐주며 오래도록 그녀의 머리와 배를 쓰다듬어주었다. 아빠의 손길이 닿을 때마다 나는 살아 있음을 느꼈고, 칭찬받는 기분이 들었다.

완전 느끼하고 이상한 새끼들이라고 여자는 중얼거리곤 했다. 남자들이라면 쉽게 혁대를 풀거나 툭하면 주먹질을 하는 게 전부라고 여겼던 여자였다. 버림받는 일이 패스트푸드를 사 먹는 것처럼 익숙했던 여자였다. 하지만 어쩐지 지금은 자매들 곁에 와 있는 것만 같았다. 따뜻하고 아늑한 느낌을 거부할 수 없었다.

두 남자가 배 속 아이를 위해 최선을 다하고 있다는 사실을 느낄 때마다 여자는 죄책감과 불안으로 가슴이 흔들렸다. 시작해선 안 될 일이었다고 후회했지만, 꿈틀거리는 아이의 움직임이 점점 강하게 느껴졌다. 여자는 태어나 처음으로 누군가에게 보호받는 기분이 들었다. 비가 와도 아무도 마중 나오지 않던 자신의 인생에, 누군가 우산을 들고 나와 기다리고 있는 듯한 아련한 마음이었다.

한없이 나른하고 무료한 날에, 여자는 베란다 앞 흔들의자에 앉아 노크를 하듯 자신의 배를 두드리며 말했다. 잘 살고 있냐? 나는 여자의 배를 발로 걸어차며 소리쳤다. 잘도 살겠다. 담배 좀 작작 피워. 목구멍 막혀 죽겠어. 배 속 아기가 목소리를 알아듣는 것 같아서 여자는 자신도 모르게 눈물이 핑 돌았다. 여자는 눈물을 훔쳐 낸 뒤 다시 배를 두드렸다. 난 걸레였어. 좀 더 따뜻한 방에서 널 가졌어야 하는데, 씨발 쪽팔리게. 나는 더 세게 여자의 배를 걸어찼다. 쪽팔릴 거 없어. 당신이 날 품고 있어서 여긴 별로 안 추워. 여자는 내 말을 듣지 못했지만 나는 여자의 목소리를 똑똑히 기억했다. 여자의 목소리는 낮고 허스키했다. 햇살 좋은 날 잠깐 불었다 사라지는 모래 바람 같았다.

나는 여자의 노크 소리를 기다렸다. 그녀가 내게 말을 걸어올 때 내 심장이 얼마나 빠르게 요동치는지 들려주고 싶었다. 그녀의 무뚝뚝함을 내가 고스란히 물려받았다는 것도 알려주고 싶었다. 나는 여자의 모든 것을 느낄 수 있었다. 그녀가 클래식 음악을 싫어하고 트로트를 좋아하는 것, 저문 하늘을 오래도록 올려다보는 것, 바나나를 싫어하고 매운 음식을 좋아하는 것, 조금씩 나를 사랑하고 있다는 것, 그리고 나를 떠날 거라는 사실까지도.

가지 마, 조금만 더 함께 있어줘.

어쩌면 나는 그렇게 말하고 싶었는지도 모른다. 그러나 나는 애원 따위는 하지 않았다. 찌질하게 살 수는 없었다. 내 최초의 언어는 눈물이 아니라 발길질이었으니.

내가 발길질을 할 때면 여자는, 어렴풋하게나마 희망 같은 것에 가까워지는 기분이 들었다. 희망이란 것이 더 이상 멀리서 반짝이는 별빛이나 물빛이 아니라는 생각을 하게 되었다. 눈이 부신데도 자꾸만 태양을 마주 보게 되는 것처럼, 살고 싶다는 욕망이 여자의 가슴에 뜨거운 숨결을 불어넣었다. 지금까진 아무것도 아니었으니 앞으로는 무언가가 되어야만 한다고 그녀는 입술을 지그시 깨물었다. 그때부터였을 것이다. 내 삶이 살아 있음 쪽이 아니라 살아야 겠음 쪽으로 기울게 된 것은.

나는 주먹을 움켜쥐고 온 힘을 다해 모든 것을 빨아들였다. 여자가 햇살을 바라보고 있으면 햇살을 빨아 당겼고, 여자가 숨을 들이마시면 그 숨결 속에서 풀 냄새, 꽃향기를 가려낼 수 있었다. 나는 여자의 발바닥에 닿는 부드러운 흙의 감촉까지 느낄 수 있었다. 물살을 거슬러 올라가는 연어처럼, 눈뜨자마자 바다로 내달리는 바다거북처럼 간절했던 날들이었다.

여자의 심장 소리가 내게로 오는 발자국 소리로 들리기 시작했을 때, 앞마당에 흐드러지게 핀 덩굴장미꽃 향기가 내 살결을 보드랍게 감싸 안았을 때, 나는 여자의 상한 문을 박차고 세상에 태어났다.

나는 생각했던 것보다 세상이 너무 밝다는 생각에 살짝 얼굴을 찌푸렸다. 양쪽 귀에 큐빅 귀걸이를 한 초록빛 눈동자가 나를 바라보며 딸이야, 딸! 이라고 외쳤고 올챙이처럼 볼록 튀어나온 배에 분홍 와이셔츠를 입은 남자가 금방이라도 울 것 같은 얼굴로 내 눈을 들여다보았다. 여긴 너무 밝아, 뜨거워, 제발 불 좀 꺼줘. 나는 분명히 그렇게 말했지만, 내 말은 울음소리로밖에 나오지 않았다.

두 남자는 나를 들어 여자의 배 위에 올려주었다. 한순간 여자의 심장과 내 심장이 포개졌을 때, 나는 어쨌거나 태어난 게 잘한 일이라는 생각을 했다. 세상에 태어났다는 그 사실만으로 나는 충분히, 썩 괜찮은 아이라고 여기게 된 것이다. 내 시작은 싱거웠지만, 적어도 앞으로 심심하지는 않을 거란 생각이 들었다. 내겐 올챙이배와 초록 눈동자가 있으니.

여자는 나를 꼭 끌어안고 잠시 몸을 떨었다. 그녀는 내게 처음이자 마지막으로 자신이 알고 있는 가장 고운 말을 해주고 싶었다. 그러나 그런 말을 써본 지가 하도 오래되어서 적당히 떠오르는 말이 없었다. 한참 만에 여자가 내 귀에 대고 속삭였다. 너를, 내 새끼라고 부를 수 없어서…… 고맙고, 미안하다……. 내가 대답했다. 당신을 내 엄마라고 부를 수 없어서 고맙고, 미안해……. 여자는 낮게 흐느꼈다. 울음소리가 세상에서 가장 아름다운 말이라는 걸 여자는 알지 못했다.

병원 창가에 짙게 노을이 깔렸을 때, 여자는 두 남자에게 나를 건네주었다. 그리고 칠천만 원이 든 빨간 가죽가방을 메고 이 땅을 떠났다. 아직 말랑말랑하기만 한 내 가슴에 거친 입맞춤 자국을 남겨놓고서.

여자가 돈을 가져가서 다행이라고 나는 생각했다. 두고 갔다면, 난 그녀를 별 볼일 없는 인간이라 여겼을 것이다. 어설픈 연민보다는 확실한 이별이 낫고 쓸데없는 기대는 영혼을 좀 슬게 할 뿐이라고 입버릇처럼 말하던 어자였으니 그 밀을 지킬 책임이 있었다.

나는 그녀가 나를 버린 거라 생각지 않았다. 그러니 서운해할 이유도 울 이유도 없었다. 인간의 시작은 버리는 것에서부터 출발한다는 걸 나는 잘 알고 있었다. 쌉싸름한 레몬 향기가 나던 그녀의 방을, 내가, 박차고 나오지 않았던가.

*

보린아. 네가 원한다면 한국에 남아도 좋아. 어쨌든 넌 너의 인생을 살아야 해.

아빠가 혼잣말을 하듯 중얼거렸다. 나는 그 말이 무얼 뜻하는지 알고 있었지만 아무 말도 하지 않았다. 우리는 일주일 뒤에 네덜란드로 떠날 예정이었다. 네덜란드에서는 동성애자들도 부부가 될 수 있다고 했다. 폴이 그 나라 사람이니까 그곳에 가서 결혼도 하고 시민권을 얻으면 우린 법적으로 진짜 가족이 될 수 있다고 했다. 절차야 까다롭겠지만 이곳보다는 낫지 않겠니? 그 말을 할 때 아빠 기쁘기도 하고 쓸쓸하기도 한 표정을 지었다.

아빠 왜 우리를 진짜 가족이라고 생각하지 못하는 거야? 내가 차갑게 대꾸하자 아빠는 뜨개질바늘을 움직이며 내게 말했다. 내가 왜 속옷 디자이너가 된 줄 알아? 나는 창밖으로 고개를 돌렸다. 아빠는 가족이란 말이 나오면 한바탕 이야기를 늘어놓기 때문이었다.

난 말이야. 육체는 바꿀 수 없는 것이라고 해도, 그 피부 위에 가장 먼저 걸쳐지는 것, 그것만은 내 뜻대로 한번 바꿔보고 싶었어. 난 속옷을 옷이라 생각지 않아. 그건 또 다른 피부야. 아빠가 사뭇 격앙된 목소리로 말했다. 너, 내게 여자가 되고 싶냐고 물었지? 사람들이 오해하는 게 뭔 줄 아니? 게이들은 모두 여자가 되고 싶어 한다고 생각하는 거야. 절대 아니거든. 폴이 왜 날 사랑하는 거 같니? 내 몸은 비록 남자이지만 내 안에 여성이 있기 때문인 거야. 난 내 안에 여자를 잉태하고 있어. 그러니 내 몸을 바꾸고 싶은 마음, 추호도 없어. 날 뜯어고치고 싶어 하는 건 내가 아니라 날 보는 사람들의 시선이야.

아빠 벽시계를 바라보았다. 폴은 늦는 모양이었다. 폴이 네덜란드 친구들과 함께 크리스마스이브를 보내고 싶다고 했을 때, 아빠는 흔쾌히 허락해주었다. 타지에서 느낄 외로움을 조금이라도 잊게 해주고 싶어서였다. 하지만 막상 폴이 생각한 것보다 늦자 아빠의 낯빛이 조금씩 어두워졌다. 폴이 힘든가 봐. 영어회화 반에서 유학생 반으로 강의를 바꾸고 난 뒤부터 두세 시간이나 늦게 퇴근하잖니. 이런 날 아니면 언제 스트레스를 풀겠어. 폴이 오면, 우린 크리스마스 파티를 하면 되는 거야. 그러니까 보린아, 너무 서운해 마. 말은 그렇게 해도 사실 서운해하는 쪽은 내가 아니라 아빠였다.

아빠와 폴은 용진빌딩에서 처음 만났다. 두 사람의 만남에 대해서 수백 번은 들었기에 아빠가 폴의 이야기를 들려줄 때면, 나는 언제나 그들 자신이 되어 그들의 과거를 상상했다.

그때 두 사람은 스물 초반이었으니 윤기 나는 말처럼 빛나고 아름다웠을 것이다. 그러나 그들은 어디로도 달리지 못했다. 폴은 영어회화 강사로, 아빠는 그 학원 아래층 중소기업체 속옷 디자이너로 하루 10시간에서 12시간씩 일했다. 두 사람은 오다가다 인사를 하는 사이이긴 했지만, 그 이상도 이하도 아니었다. 아빠는 영어와 친하지 않았기 때문에 폴이 다가오면 바쁜 일이라도 있는 것처럼 후다닥 계단을 뛰어 내려갔다. 화장실 사건만 아니었다면, 두 사람은 절대 가까워지지 못했을 것이다.

석 달이나 심혈을 기울여 만든 아빠의 신제품 속옷 디자인이 타사의 속옷 디자인과 똑같다는 사실을 알게 된 날, 아빠는 복도에서 하루 종일 멍하니 서 있었다. 믿을 수가 없었다. 자신이 만든 가장 아름다운 피부라고 생각했는데, 만 오천 개 속옷 세트가 쓰레기통으로 들어가 버리다니, 누군가 자신의 피부를 도려내는 기분이었다. 살다 보면 그런 더러운 우연도 있는 거야, 남자답게 털어버려. 동료들이 아빠의 어깨를 두드리며 지나갔다.

남자답게……. 아빠에게 그 말은 '끝'이라는 말로 들렸다. 남자답게 털어버릴 수 있는 일이 아니었다. 적어도 아빠는 그렇게 할 수 없었다. 아빠는 화장실로 들어가 문을 걸어 잠갔다. 이렇게 살 순 없어. 나를 속이며 평생 이렇게 살 수는 없어. 난 남자가 아니야. 아빠는 변기에 앉아 참고 참았던 울음을 터뜨렸다. 그 시각, 같은 화장실 안, 그것도 바로 옆 칸에서, 누군가 자신의 울음소리를 듣고 있을 거라는 걸 아빠는 꿈에도 알지 못했다.

옆 칸에 있던 그는 오랫동안 변비로 고생을 하고 있었다. 나흘째 똥을 못 싸서 내일이면 관장이라도 해야겠다고 생각하던 참이었다. 내 인생은 왜 이렇게 번번이 막히는 걸까. 그는 변기에 앉아 무료하게 긴 사투를 벌이고 있었다. 그때, 누군가의 울음소리가 들린 것이다. 그는 숨을 죽이고 그 울음소리에 귀를 기울였다. 남자의 울음소리였다. 울음소리는 점점 커져만 갔다. 한국이라는 곳에서 남자가 저렇게 서럽게 우는 걸 그는 한 번도 본 적이 없었다. 어느 나라든 남자가 우는 건 수치라고 배웠던 그였다. 남자가, 작게 중얼거렸다. 이렇게 사는 건 부끄러운 일이야…… 차라리 죽을까…… 하지만 무엇을 위해 죽어야 하나……. 남자의 울먹임을 따라서 그도 낮게 중얼거렸다. 그래, 이렇게 사는 건 부끄러운 일이야……. 그리고 그 순간 막혔던 구멍에서 씨앗처럼 단단한 것이 쏟아져 나왔다.

뿌두두두두두두두두둑

그 엄청난 소리에 놀라 아빠는 자신도 모르게 울음을 뚝 그쳤다. 곧이어 옆 칸에서 아주 묵고 묵은 냄새가 풍겨 왔다. 누가 있었구나, 하는 생각이 들자 아빠 얼굴이 화끈거렸다. 아빠는 아무도 모르게 도망갈 생각으로 슬그머니 문을 열고 밖으로 나왔다. 그때였다. 누군가 자신의 앞을 가로막았다. 죽지 마세요. 죽는 건 부끄러워요, 더……. 그는 죄를 지은 사람처럼 고개를 푹 숙이고 서툰 한국말로 말하더니 주머니에서 손수건을 꺼내 아빠의 눈물을 닦아주었다.

손수건을 건네주기만 했다면, 아빠는 모른 척 밖으로 나왔을 것이다. 두 번 다신 그와 마주치지 않았을 것이라고 했다. 그러나 그가 손수건으로 자신의 눈물을 닦아주자, 아빠는 그 역시 자신과 같은 사람일지 모른다고 생각했다. 누군가의 눈물을 닦아줄 수 있는 사람은, 눈물을 흘리는 사람보다 더 많이 외롭고 슬펐던 사람일 거라고 아빠는 믿고 있었다.

내가 울었단 거 말하지 마세요. 여자냐고 놀릴 거예요. 아빠가 걱정스럽게 말했다. 그가 대답했다. 여자잖아요, 당신……. 바로 그 말 때문에, 아빠는 다시 울음을 터뜨렸다. 멈췄던 심장에 피가 도는 느낌이었다. 그래요, 그게 바로 나예요……. 아빠는 그 앞에서 오랫동안 울었다. 울면서도 부끄럽다는 생각이 전혀 들지 않았다. 누군가 밖에서 화장실 문을 두드렸을 때, 아빠는 그에게 이름이 뭐냐고 물었다. 그는 수줍게 폴, 이라고 대답했다.

하필이면, 왜 화장실에서 그를 만났을까. 아빠가 나를 보고 씩 웃었다. 보린아, 내가 폴과 살면서 네덜란드로 갈 생각을 하지 않은 건 네가 태어난 이 땅에서 널 키우고 싶었기 때문이야. 부모님께 두 번 다신 자식으로 인정받지 못할 거라는 걸 알면서도 너를 내 호적에 올려놓은 날, 난 세상을 다 얻은 것 같았지. 세상이 나를 외면한다 해도 네 안에 내 피가 흐르고 있다고 생각하면 가슴이 뜨거워졌어. 그런데, 보린아……. 아빤 말을 하다 말고 나를 빤히 쳐다봤다.

너, 손바닥에 그 상처 기억하지? 뜬금없이, 아빠가 말을 제대로 끝맺지도 않은 채 상처 얘기를 꺼냈다. 나는 손바닥을 폈다. 손바닥 중앙에 거무스름한 흉터가 보였다.

이 흉터를 갖게 된 건 일곱 살 무렵이었다. 손바닥 중앙에 좁쌀만

한 것이 생겼는데 나는 그것이 무엇인 줄 몰랐다. 아팠지만 손으로 살살 뜯는 재미, 따끔하게 퍼지는 고통이 왠지 기분 좋았다. 그러다 그것이 엄지손톱만 해졌을 때에는 조금씩 두려움이 몰려왔다.

나는 아빠에게 그것을 보여주었다. 맙소사! 이 괴물이 왜 우리 딸 손바닥에 박힌 거야! 아빤 폴에게 전화를 했다. 자기, 큰일 났어. 우리 딸, 아파 죽게 생겼어! 아빠가 아주 작은 일도 크게 부풀려 말한다는 걸 폴은 알고 있었지만, 내가 죽는다는 말에 그는 평소의 그 차분함을 잃어버린 채 한걸음에 집으로 달려왔다. 그리고 소파에 앉아 있던 나를 둘리업고 냅다 뛰기 시작했다.

폴은 10분 거리에 있는 병원까지 미친 듯이 뛰었다. 나는 폴이 날고 있다고 생각했다. 정말, 그날, 폴은 완전, 폴폴 날아다녔다. 골목을 돌아, 차들 사이를 피해, 뒤돌아보지 않고 달렸다. 그 마른 몸에 어떻게 그런 힘이 있는지 믿을 수 없을 지경이었다. 보린, 한민은 너 없음 안 돼. 나도 그래. 응급실 의자에 나를 내려놓고 폴이 내 머리를 감싸 안으며 말했다. 그의 숨결은 지구를 몇 바퀴 돌아 내 귓가에 닿은 것처럼 뜨거웠다.

티눈인데요.

의사는 내 손바닥의 괴물을 볼펜으로 톡톡 치며 티눈이라고 했다. 고작 티눈인데 참 야단들이라고 생각한 건지 의사는 아빠와 폴을 번갈아 쳐다봤다. 아빠와 폴이 거의 동시에 한숨을 내쉬었다. 요 티눈이란 게 말입니다, 고약해요. 뿌리가 굉장히 강하거든요. 뿌리가 깊으면 핏줄까지 감을 수도 있어요. 이거 레이저로 태워야 해요.

수술은 30분도 채 걸리지 않았다. 하지만 아빠와 폴은 대수술이라도 한 것처럼 호들갑을 떨었다. 아프지, 보린? 폴이 걱정스러운 눈으로 나를 쳐다봤다. 안 아파. 내가 말했다. 업혀. 아빠가 등을 내밀었다. 싫다니까, 별일도 아닌데 정말 왜 그래. 오늘 둘 다 완전 찐따야! 내 말에 아빠와 폴이 눈을 동그랗게 뜨고 내게 물었다. 찐따라는 게 무슨 말이야? 그 말은 덜떨어진 놈, 바보, 멍청이, 병신이라는 뜻이었지만 나는 사실대로 말할 수가 없었다. 폴이 이마에 흐른 땀을 쓱 닦았을 때, 그런 말을 한다는 게 어쩐지 조금 미안했다. 어느 나라 말이니? 꼭 중국어 같네. 아빠가 되물었다. 그것도 몰라? 우리들이 쓰는 말이야. 사랑한다는, 뭐, 그런 말……. 나는 아빠와 폴의 시선을 외면한 채 말했다. 두 남자는 알 듯 말 듯한 웃음을 지으며 내 머리를 쓰다듬었다.

싫다고 아무리 떼를 써도 아빤 기어이 나를 업었다. 보린아, 아프면 숨을 참고 숫자를 거꾸로 세어봐. 그럼 아픈 게 금방 잊혀지더라. 아빤 걷는 동안 내내 같은 말을 했다. 나는 모든 게 귀찮았다. 나는 오월 햇살을 맞으며 아빠 등에 얼굴을 기댔다. 바람에 실려 온 아까시 향기가 졸음을 몰고 왔다.

한민! 당신, 발 좀 봐!

조금 뒤떨어져 따라오던 폴이 불현듯 소리쳤다. 아빠가 제자리에 멈춰 섰다. 나는 졸음에 겨운 눈을 뜨고 아빠의 다리를 내려다봤다. 맨발이었다. 아빤 발가락을 꼼지락거리며 웃어댔다. 그러다 놀란 목소리로 폴에게 소리쳤다. 어머, 자기도 그래! 나는 고개를 돌려 폴의 발을 봤다. 맨발, 이었다.

맨발……. 당신들은 나를 업고 맨발로 뛸 수 있는 사람. 내 아픔과 함께해줄 수 있는 사람. 날 위해 내신 웃어술 수 있는 사람이었다. 나는 발가벗겨지는 기분이 들었다. 사랑받는 것은 발가벗겨지는 일. 실오라기 하나 걸치지 않은 자신을 보여주는 일인지도 모른다고 나는 생각했다. 나는 눈을 감았다. 태양이 눈부셨기에, 나는 태아처럼 움츠러들었다.

……뿌리가 깊으면 핏줄까지 감는다는 그 말 참 무섭더라.

아빠가 쓸쓸하게 웃었다. 난 한 번도 그런 생각 해본 적 없었어. 너에게 내 모든 것을 줘도 아깝지 않다고만 생각했으니까. 내 사랑이 널 묶어서 숨통을 죄어버릴 수도 있겠구나, 지금껏 내가 그렇게 산 건 아닌가, 그런 생각을 하니 앞이 캄캄해졌지. 보린아, 네 말이 맞아. 이 땅에서는 떳떳하게 살 수 없어. 난 널 당돌한 아이로 키웠을 뿐 당당하게는 못 살게 했어. 그래서 떠나는 거야. 더 늦기 전에 널 당당한 어른으로 키우고 싶어. 하지만 보린아. 네가 싫다면 우리와 함께 가지 않아도 돼. 네 말처럼 여기 남아서 공부하다가 유학을 와도 되고 그게 싫으면 오지 않아도 괜찮아. 내가 가끔 한국으로 들어올 테지만 떠나 있는 동안은 파출부 아줌마가 집안일을 도와줄 거야.

아빠는 헛기침을 두어 번 한 후 다시 말했다. 이따 폴이 전화할 거야. 폴에게 네 선택을 말해줘. 갈 건지 남을 건지. 난 심장이 떨려서 직접 못 듣겠어. 한 달이나 시간을 줬잖아. 이젠 결정할 때야. 오늘은 왠지 좋은 말을 들을 수 있을 거 같아. 네가 어떤 선택을 하든 더는 네게 우리 인생을 강요하지 않을 거야. 자유롭게 날 수 있게 해줄게. 그게 내가 너에게 주고 싶은 세상이니까. 떳떳해지고 싶다고 했지? 너의 길을 가. 그게 최선이야…….

아빠가 슬쩍 나를 쳐다보았다. 그러고는 왼쪽 엉덩이를 살짝 들고 미간을 찌푸렸다. 아빠의 펑퍼짐한 엉덩이 밑에서 뿌부붕붕뿌우웅 리듬을 타며 길게 방귀 소리가 났다.

*

창밖에서 사이렌 소리가 들렸다. 오늘 같은 날 불이 난 걸 보니 재수가 없어도 더럽게 없는 사람들이었다. 아빠는 직접 만든 케이크에 생크림을 바르는 중이었다. 폴이 오면 저 케이크에 촛불을 붙이고 클래식 음악을 틀고 와인을 마실 것이다.

창가 블라인드를 내리려는데 비명 소리처럼 전화벨이 울렸다. 전화기에 폴의 핸드폰 번호가 찍혀 있었다. 12시 30분이 다 되어가는 시각이었다. 폴이지? 어서 받아봐! 아빠가 주방에서 소리쳤다. 누군가를 사랑하게 되면 세상의 모든 소리가 자신에게로 오는 발자국 소리로 들리는 것일까. 수화기에서 기타 소리와 드럼 소리, 색소폰 소리가 들렸다. 이 시각에 그런 소리기 들릴 만한 곳은 술십밖에는 없었다. 술집이라니. 왜 아직까지 집으로 오지 않은 걸까.

보린······.

한참 만에 폴이 내 이름을 불렀다. 한없이 고요하고 쓸쓸한 목소리였다. 크리스마스가 되니 고향 생각이 많이 나는 모양이었다. 나는 지금에야 비로소 오랫동안 준비해온 말을 할 때라는 생각이 들었다. 폴, 해주고 싶은 말이 있어. 나는 숨을 가다듬은 뒤 다시 말했다. 내년엔 네덜란드에서 크리스마스를 맞게 될 거야. 나의 대답이 제법 괜찮은 크리스마스 선물이 될 거라고 생각했는데, 뜻밖에도 폴은 내 말에 낮게 한숨을 쉬었다.

나는 가지 않을 거야. 보린.

폴의 울음소리가 들렸다. 나는 잠시 머릿속이 멍해졌다. 폴이, 가지 않는다, 고, 했다. 아니다, 잘못, 들은 거다. 나는 고개를 저었다. 폴이 울먹이는 목소리로 다시 말했다. 가지 않을 거야, 보린. 다신 네덜란드로 가지 않아. 빨리 말 못해 미안해. 보린과 한민, 날 너무 믿어. 그래서 겁났어, 상처 주는 게. 나는 목소리가 떨리고 있다는 걸 들키지 않으려고 최대한 담담히 말했다. 왜 안 가겠다는 거야, 폴?

나의 아들이 있어, 그곳에. 폴이 대답했다. 나는 수화기를 바꿔 들었다. 아들이라고 했어, 지금? 폴이 응, 이라고 낮게 대답했다. 불임이라며, 구라였어? 내가 되물었다. 그곳에 있어, 내 아들. 네덜란드에. 난 리베카라는 여자와 결혼했어. 아주 빨리. 결혼해버리면, 평범한 남자로 살 수 있을 거라 생각했어. 그런데, 아니었어. 아들을 낳았을 때, 겁났어. 그렇게 살 수 없었어, 난, 어디든 멀리, 도망쳐야 했어. 욕먹어도 모르는 사람한테 먹는 게 덜 아파. 여긴 아니잖아, 내 나라가. 폴은 술을 많이 마셨는지 발음이 분명치 않았다.

참을 수 없어 내가 쏘아붙였다. 어쭙잖은 변명으로 당신을 포장하지 마! 사람들이 그러더라. 당신과 아빤 버려진 사람들이래. 누가 뭐라 해도 난 선택받은 거라고 생각했어. 우린 특별한 가족이니까 절대 헤어지지 않을 거라고 생각했다고! 폴이 울먹이며 대답했다. 우린 평범해, 보린. 특별한 게 아냐. 우린 그냥 평범한 인간이야. 약한…… 인간. 그때 한 남자가 폴, 자기, 뭐 해! 라고 하는 소리가 들렸다. 나는 아빠에게 내 말이 들리지 않게 한 손으로 입을 가리고 말했다. 딴 사람 생겼냐? 그래서 요즘 맨날 늦었어? 폴은 아무런 변명도 하지 않았다.

무슨 말이든 해야 했지만 생각이 엉켜 머리가 지끈거렸다. 폴, 언젠가 당신이 그랬지. 별은 빛나는 게 아니라 빛을 내기 위해 잠시 구겨지는 것뿐이라고. 그래서 인생이 쉽지 않은 거라고. 구겨지는 게 인생이라면, 난 마음껏 구겨질 거야. 그래서 마음껏 빛나겠어. 당신처럼 비겁하게 도망치진 않을 거라고! 그래, 어디 도망쳐봐. 그런다고 뭐가 달라질 것 같아! 난 명랑하게, 별일 아니라는 투로 말하려 애썼다. 하지만 그 명랑함이 내겐 그다지 어울리지 않았기에 아빠 옷을 걸친 어린애처럼 어색해 보일지도 몰랐다.

난, 아빠와 함께 가겠어. 혼자 사는 게 나을지도 모른다고 생각한 적도 있었어. 그럼 조금은 쉽게 살 수 있을 것 같았으니까. 하지만 내가 원한 건 쉬운 삶이 아니었어. 당신들과 함께하는 삶이었어. 이 말을 했을 때 나도 모르게 가슴이 울컥 치받쳤다. 나는 수화기를 꼭 움켜잡았다. 한국이든 네덜란드든, 아프리카라고 해도 상관없어. 함께 있을 수 있다면 그걸로 충분해. 누군가 힘들 거라고 말한다면 이렇게 말해주겠어. 우린 1퍼센트의 가능성에 기대 99퍼센트를 걸며 산 사람들이라고. 내가 부끄러운 건 아빠가 아니야. 이 땅에 깊이 뿌리박혀 있어도 우릴 티눈으로밖에 생각하지 않는 세상이야.

보린……. 폴이 암담한 목소리로 날 불렀다. 이제, 난 조금 편안해지고 싶어……. 그 말이 너무 아련하게 들려서 나는 바닥으로 가라앉는 기분이었다. 그래, 당신은 편한 길로 가. 우린 우리가 가야 할 길로 가겠어. 내 말에 폴은 억누르고 있던 울음을 터뜨렸다. 미안해, 미안해, 제발, 이 말만은, 믿어줘, 나는, 정말, 정말……. 폴은 울음을 참고 겨우 말을 이었다.

한민과 보린을 진심으로 찐따했어. 깊이깊이 찐따했어.

나는 수화기를 내려놓았다. 찐따라고? 찐따……. 바보 멍청이 병신, 덜떨어진 놈……. 그래, 당신에겐 우리가 그런 사람이었구나……. 창문을 열자 찬 바람이 뼛속까지 시리게 했다. 아빠가 주방에서 뭐라고 해, 폴이? 하고 물었다. 우리 보고 찐따래! 내가 대답했다. 나도 그렇다고 전해주지 그랬어. 아빠의 경쾌한 목소리 때문에 나도 모르게 눈시울이 뜨거워졌다.

어쩌면 아빠는 더는 울지 않기 위해 웃고 산 것인지도 모른다. 그건 비겁함이 아니라 비곤(憊困)함이라는 걸 나는 왜 지금에야 알게 된 것일까. 사포로 가슴을 문지르는 것처럼 쓰라렸지만 나는 이 순간을 아픔이라 생각지 않았다. 나는 단지, 조금 뜨거워진 것일 뿐.

예쁜 내 딸 메리 크리스마스! 내 등을 툭 치는 듯한 목소리로 아빠가 말했다. 나는 태어나 처음으로 혼자가 아니라서 다행이라는 생각을 했다. 사랑이라 믿었던 얼굴이 상처로 변할 때, 그 얼굴을 보며 울기보다 살짝 윙크를 보낼 수 있는 사람. 그 사람이 곁에 있어줘서 고마웠다. 굿바이, 메리 개리스마스! 나는 고인 침을 뱉어내듯 밤하늘을 향해 소리쳤다. 그리고 깊이 숨을 들이마셨다.

울음이 나를 삼키지 못하게, 나는 천천히 숫자를 거꾸로 세었다.

헤바
HEBA
조은이

내 이름은 이성호. 어느 반에나 한 명은 있는 이름이다. 아무도 내 이름을 특이하게 생각하지 않듯, 날 특이하게 보는 사람은 없다. 공부도 그럭저럭, 친구 관계도 그럭저럭인 나는 평범한 중3이다.

하지만 언젠가 나는 완전히 달라질 것이다. 애벌레가 나비로 변신하듯, 언젠가는. 사람들은 비로소 이성호만의, 이성호가 아니면 안 되는, 것을 알게 되겠지. 그때까지 내 삶은 허물 속에 숨어 있다.

라고 나는 생각하고 있었다. 윤이 누나가 우리 집에 오기 전까지는. 나는 본능적으로 위험을 느꼈다.

윤이 누나는 큰이모의 딸이다. 나는 어릴 때부터 윤이 누나에 대한 소문을 듣고 자랐다. 가출과 정학, 급기야 자퇴로 마감한 학교 생활, 허황된 성품, 복잡한 남자관계……. 그중에서도 주 관심사는 단연 남자 문제였다. 누나를 만난 남자들은 하나같이 누나에게 목을 맨다고 했다. 누나 때문에 자살 소동을 벌인 일류대 대학생 얘기는 지금도 화젯거리였다.

더 놀라운 건 그 연애 행각이 말 그대로 국제적이라는 것이다. 프랑스, 호주, 캄보디아, 아프리카……. 학교를 그만둔 후로 누나는 세계를 누비고 다녔고, 가는 곳마다 '누나를 만난 남자'를 만들었다. 전라도 해남에서 민박집을 하는 이모네 집에 다양한 피부색의 남자가 찾아오는 일은 뉴스기리도 아니라고 했다. 손바닥만 한 시골 동네에서 그 무슨 우세스러운 일이냐며, 친척들은 혀를 찼다.

고모네 형들은 윤이 누나를 '팜므 파탈'이라 불렀다. 백 년에 한 명 날까 말까 한 요부인데 소위 '걸레'나 '날라리'하곤 차원이 다르다는 거였다. 팜므 파탈에 유혹당한 남자는 모두 파멸하고 만다며, 자기들도 한번 윤이 누나를 구경하고 싶다고 했다.

소식을 꿰고 있긴 해도 사실 나는 누나 얼굴도 몰랐다. 어릴 때 몇 번 봤다지만 내가 초등학교 들어가기 전, 그러니까 누나가 학교를 자퇴하기 전의 일이다. 학교를 그만둔 후로 누나는 친척들 모임에 일절 나타나지 않았다. 윤이 누나의 스캔들은 내게 연예인 기사와 다를 바 없었다.

그 윤이 누나가 생뚱맞게 취직을 했다. 그것도 교사로! 비록 정식 학교가 아닌 탈학교 청소년을 위한 센터라지만, 윤이 누나 같은 사람을 교사로 채용하다니 정말 어이없는 일이었다. 하지만 그것 역시 나와 상관없는 일. 문제는 그 센터가 우리 집에서 전철로 10분 거리라는 거였다. 그리고 아빠는 자칭 인정 많은 사람이었다.

"어쩌겠니. 사정이 이런데. 저기, 윤이 소문은 신경 쓰지 마라. 아빠가 알아서 할 테니까."

아빠는 위로인지 변명인지 모를 말로 누나 문제를 통보했다.

그런데 그 말이 불현듯 내 호기심을 자극했다. 아빠는 '중용의 미'를 최고의 가치로 생각했다. 넘치지 않고, 치우치지 않고, 좀 더 착하게 행동해야 하는 중용은 늘 내게만 집중되었다. 하지만 문제 투성이인 윤이 누나가 집에 온다면?

네이버 검색창에 팜므 파탈을 쳐보았다.

인류를 낙원에서 쫓겨나게 한 이브의 후예들, 치명적인 유혹, 역사 속의 팜므 파탈—양귀비, 클레오파트라, 어우동, 황진이……

읍! 나는 침을 삼켰다. 팜므 파탈의 미모에 대해선 왜 미처 생각지 못했을까! 전혜빈, 이효리, 전지현 같은 섹시한 여자 연예인들과, 일본 만화에 나오는 환상적인 여자 캐릭터들이 잇달아 떠올랐다. 대체 누나는 어떻게 생겼을까? 어느새 나는 들뜬 마음으로 누나를 기다리고 있었다.

드디어 윤이 누나가 왔다.

처음엔 누나를 알아보지 못했다. 아파트 우리 동 앞에서 웬 여자가 담배를 피우고 있을 때도, 엘리베이터를 같이 탄 여자가 우리 층을 눌렀을 때도, 나는 정말이지 그 여자가 윤이 누나일 거라고 짐작도 하지 못했다.

"너, 성호지?"

엘리베이터에서 여자가 느닷없이 아는 체를 했을 때도 나는 눈만 끔벅거렸다. 엘리베이터가 우리 층에 이르렀을 때에야 화들짝 놀라 여자를 돌아보았다.

170센티미터는 넘을 것 같은 큰 키에 딱 벌어진 어깨. 툭 튀어나온 광대뼈와 부리부리하게 큰 눈. 쫄티 안에 고스란히 드러난 민가슴과 일자 허리. 주머니기 진뜩 달린 카고바지.

윤이 누나라고? 이 사람이!

여자는 어깨를 으쓱해 보였다.

실망인지 안심인지 종잡을 수 없는 기분으로 내 방에 앉아 있는데 누나가 들어왔다.

"선물이다."

누나가 내민 건 손바닥만 한 지구본이었다. 바다 부분은 미끄럽고 육지는 약간 우둘투둘했다. 장식품이라 하기엔 지도가 꽤 정교했다. 불 쪽으로 비춰보니 각도에 따라 다른 빛이 났다.

"조개껍질과 산호초로 만든 거야. 독일에 갔을 때 벼룩시장에서 샀어. 그 지구본 이름이 뭔지 아냐?"

"?"

"헤바."

나는 픽 웃었다. 지구본에 무슨 이름이야.

"어? 지금 청춘을 비웃었냐?"

누나가 내 가슴을 쿡 찔렀다. 순간 가슴이 저릿했다.

"청춘의 여신이야. 헤바. 그거 판 상인이 직접 만들었대. 그러니까 넌 세상에서 단 한 개인 지구본을 갖고 있는 거야."

나는 지구본을 다시 보았다. 필요한 물건은 아니지만 기분은 좋았다. 문득, 의외로 누나가 괜찮은 사람일지도 모른다는 생각이 들었다.

윤이 누나는 아주 쉽게 우리 집에 적응했다. 더 정확히 말하면 군식구가 마땅히 봐야 할 눈치를 전혀 보지 않았다. 화장실이나 세탁기 사용도 망설임이 없었다. 외려 내가 빨랫줄에 널린 누나 속옷 때문에 베란다 출입을 피했다. 집안일을 거들 때도 자기 식대로 했다. 그 태도가 너무 당당해서 우리 집이 원래 그렇다고 생각될 정도였다.

뜻밖에도 엄마와 윤이 누나는 죽이 잘 맞았다. 누나에게 비즈 목걸이며 팔찌 따위를 만들어주느라 집안일도 뒷전이었다. 아빠와 내게 푸대접을 받던 플라스틱 구슬이 누나가 오자 작품이 되었다. 덕분에 나는 집 안 곳곳을 굴러다니는 구슬을 밟고도 그냥 참아야 했다. 아빠는 누나가 소문과 달라 보이는 것만으로 다행이라는 눈치였다. 물론 누나에게 자전거를 사주는 등 자상한 이모부 역할에도 소홀함이 없었다.

누나가 아빠와 처음으로 부딪친 건 안양 외삼촌 생일 때였다. 친척들과 담쌓고 지냈던 누나를 환영하기 위해 외삼촌이 특별히 마련한 자리였다. 아빠는 누나가 우리 집에서 얼마나 잘 지내는지 보여주고 싶어 했다. 공부 때문에 집안 행사에서 면제였던 나도 이번만큼은 같이 가기로 했다.

그런데 누나는 딱 잘라 거절했다. 그런 모임엔 흥미를 못 느낀다는 거였다.

"흥미? 핏줄은 그 자체로 소중한 거다. 네가 우리 집에 와 있는 것도 그 때문이고."

아빠가 말했다.

"그런가요? 저는 오히려 그 때문에 망설였는데요."

누나가 대답했다. 빈정거림은 느껴지지 않았다. 아빠 얼굴이 굳어졌다. 엄마는 무슨 생각을 하는지 무표정하게 듣고만 있었다.

결국 환영식은 취소됐다. 아빠는 환영식이 취소된 게 자기 탓이라도 되는 듯 끝내 엄마 등을 떠밀어 외삼촌네로 갔다. 화창한 일요일 낮, 누나와 나만 남은 집엔 무거운 공기가 감돌았다.

"우리도 놀러 가자!"

누나가 내 등을 쳤다. 어이없게도 누나는 활짝 웃고 있었다.

누나와 나는 자전거를 타고 중랑천을 달렸다. 집에서 코 닿을 거리였는데도 산책로에 내려온 건 처음이었다. 누나와 앞서거니 뒤서거니 하며 달리는 길가에 빨간 넝쿨장미가 줄지어 피어 있었다.

한참 후, 누나와 나는 자전거를 세웠다. 밖에서 보니 누나 키가 더 커 보였다. 나는 조금 떨어져 섰다. 눈길이 자꾸 누나 왼쪽 허벅지로 갔다. 민망할 정도의 짧은 반바지 아래로 알록달록한 줄무늬 나비 한 마리가 새겨져 있었다. 누나가 움직일 때마다 날개 끝이 바지 속에 들어갔다 나왔다 했다. 저런 얄궂은 위치에 타투를 하고 싶을까.

"누나."

"어?"

"다리 진짜 굵다."

누나가 웃음을 터뜨렸다. 거위가 꺽꺽거리는 것 같은 웃음소리였다.

"이 섹시함이 넌 불편하냐?"

"누나 하나도 안 섹시하거든?"

"이성호 군, 지금 몇이지?"

"157.3센티."

아차, 하는 순간 누나가 다시 꺽꺽거리기 시작했다. 얼굴이 확 달아올랐다.

"중3이 열여섯이지, 누가 그렇게 당연한 걸 묻는 줄 알았어? 아, 그만 좀 웃어!"

"꺽꺽. 미안. 열여섯. 쇠스랑에 찍힌 발바닥 상처를 보는 나이네. 열여섯."

"뭔 소리야?"

누나는 담배를 꺼냈다. 사람들 시선은 전혀 아랑곳하지 않았다.

"신경숙의 『외딴 방』에 보면, 주인공이 발바닥 상처를 바라보며 무언가 순결한 한 가지를 마음속으로 품고 살아가야겠다고 결심하지. 열여섯에. 고1 때 그 책을 읽고 무지 충격 받았는데."

고1이면 누나가 학교를 자퇴한 때였다.

"누나, 왜 학교 그만뒀어?"

"재미없어서."

"학교를 재미로 다니나?"

"난 재밌게 사는 게 인생 목표다."

표정을 보니 장난으로 하는 말 같지가 않았다.

"이모랑 이모부가 가만있었어?"

"왜, 한 달을 맞았다야."

누나가 몸서리를 쳤다.

"우리 집 앞이 바다잖니. 앞에는 바다, 뒤에는 산. 나는 그게 그렇게 지겹더라. 민박 손님들이 왔다가 돌아갈 때면 약이 올랐어. 나도 떠나고 싶어서."

"그만두니까 좋았어?"

"그럼야! 난 내가 하는 건 다 좋아."

기가 막혔다. 대체 누나한테 걱정이나 후회란 게 있기나 한 걸까? 누나는 고1 중퇴 학력만으로도 기가 죽어야 마땅했다. 그런데 누나를 보면 그런 기준이 무색했다. 누나의 저 자신감은 어디서 비롯된 것일까?

"사막 때문이기도 하고."

"사막?"

"응. 달빛에 하얗게 반짝이는 바다가 꼭 모래사장처럼 느껴질 때가 있어. 바다가 다 마르고 모래 바닥이 드러나면 그대로 사막이 되는 거구나 싶지. 짧게 치솟는 파도가 사막여우가 폴짝 뛰는 것처럼 보이고. 이상하게도 사막이 가고 싶더라. 학교 그만두면서 담임한테도 '이제 사막에 갈 거예요.' 그랬다니까. 언젠가 꼭 가야지."

누나는 꿈꾸듯 중얼거렸다.

"안 가봤어?"

"응."

"왜?"

"야, 사막에선 별이 불탄단다. 그 불타는 별들을 보다 심장이 멎을지도 몰라. 그러니까 거긴 같이 죽어도 좋은 사람과, 죽어도 좋을 때에 가야지."

나는 사막을 떠올려보았다. 이글거리는 태양, 바람에 날리는 모래, 끔찍한 갈증……. 그 위로 사막여우와 별과 누나가 덧씌워졌다.

"백양나무에 물이나 주다 죽어도 좋고."

"백양나무?"

못 들었는지 누나는 노래를 흥얼거렸다.

내 두 눈은 밤이면 별이 되지

나의 집은 뒷골목 달과 별이 뜨지요

두 번 다시 생선 가게 털지 않아

서럽게 울던 날들 나는 외톨이라네

이젠 바다로 떠날 거예요 더 자유롭게

거미로 그물 쳐서 물고기 잡으러

나는 낭만 고양이

슬픈 도시를 비춰 춤추는 작은 별빛

나는 낭만 고양이

홀로 떠나가 버린 깊고 슬픈 나의 바다여

어느새 하늘이 붉게 물들고 있었다. 부드러운 6월의 저녁 바람이 팔뚝을 기분 좋게 휘감았다. 나는 붉은 하늘이 비치는 중랑천을 바라보며 누나의 노래를 들었다. 결코 잘 부른다고는 할 수 없는 솜씨였다. 그런데 누나 목소리가 가슴에 쩽 울렸다. 광대뼈가 튀어나온 옆얼굴이 이상하게 예뻐 보였다. 가슴에서 알싸한 통증이 느껴졌다. 문득 주위의 모든 것이 아주 아름답게 느껴졌다.

우리는 저녁으로 라면을 끓여 먹고, 빌려 온 비디오를 보았다. 누나가 고른 「나 없는 내 인생」이란 영화였는데, 시한부 인생을 선고받은 여자가 죽기 전에 해야 할 열 가지 일을 계획하고 실행하는 내용이었다. 그 열 가지 중에는 남편이 아닌 다른 남자랑 자는 것도 있었다. 유치한 신파에다 그렇고 그런 불륜 이야기였다……라고 생각할 뻔한 영화였다. 누나가 감탄하며 던진 한마디가 아니었다면.

"얼마 남지 않은 시간을 저렇게 새롭게 살 수도 있구나. 삶과 죽음을 동시에 제대로 해내고, 저 여자 참 잘 살았다. 그치?"

나는 아무 말도 못했다. 누나를 통하면 뭐든 전혀 다른 것이 되는 게 이상했다. 불륜조차 삶의 의지로 바꿔버리는 누나는, 대체 어떤 사람인가.

"아직 이해하기 힘들 거야. 열여섯은."

누나는 말하다 말고 갑자기 몸을 뒤로 젖혔다.

"157.3센티! 꺽꺽."

그날 이후로 나는 감각이 예민해졌다. 멀리서도 누나를 알아보고, 누나 방에서 들려오는 작은 소리도 들었다. 집에 누나가 있을 때와 없을 때의 공기가 다른 것도 감지했다.

누나랑 있으면 뭘 하든 즐거웠다. 밤에 둘이 라면을 끓여 먹거나 슈퍼를 다녀오는 일들을 위해 하루가 존재하는 것 같았다. 누나에 관한 거라면 뭐든지 알고 싶었다. 그리고 나에 대해서도 뭐든지 알려주고 싶었다. 누나가 내게 던지는 사소한 질문에도 감격했다. 나는 대수롭지 않은 일들을 부풀려 떠벌리곤 했다. 무슨 얘기를 해도 누나하곤 다 통할 것 같았다. 누군가에게 완벽하게 이해받고 있다는 느낌이 날 행복하게 했다.

누나의 얘기를 듣고 있으면 마치 여행을 하는 기분이었다. 누나가 만난 사람들, 누나가 가본 나라들, 센터 아이들 얘기를 들으며 나는 점점 누나의 세계에 빠져 들었다.

인도에서 기차표를 보여주며 좌석의 권리를 주장하다 된통 욕만 먹었던 일(나중에 알고 보니 인도에선 표가 없는 사람이 자리를 공유하는 게 상식이더란다). 미국 동부에서 신기루를 보고 순간적으로 차에서 뛰어내릴 뻔했던 일. 캄보디아의 드넓은 흙강에서 세숫대야를 타고 놀던 팔 없는 아이(캄보디아에는 지뢰에 팔다리가 잘려 나간 사람이 아주 많다고 했다). 자다 보면 머리 위로 박쥐가 날아다니기도 했다는 호주. 교류하던 일본 사람들이 너무 좋아서 국가와 사람을 혼동하지 말자고 다짐했던 일. 술 잘 먹고 춤 잘 추던 특이한 이슬람 청년의 구혼. 치안 문제가 심각한 한편으로 정 많고 친절하던 아프리카 사람들과 케냐의 거대한 분홍 홍학 떼. 여덟 국가의 남녀 여행객들과 한방에서 자며 밤새 연애와 자유를 논한 일……

꿈같은 이야기들을 누나는 일상처럼 범범히 들려주었다.

"무섭지 않아, 누나? 그렇게 사는 거."

"전혀."

"진짜? 조금도?"

"응. 난 무슨 일이든 할 수 있거든. 청소를 하든 때밀이를 하든 먹고살 자신이 있어. 남는 돈이 있으면 모아서 여행 가고. 뭐가 걱정이야?"

"나중에 할머니가 돼서도?"

"넌 할아버지가 돼서 뭘 할까, 그 준비 하며 사냐?"

할 말이 없었다.

"난 지금 하고 싶을 걸 할 뿐이다. 난 그냥 지구인으로 살고 싶어. 여행은 내게 사치가 아니라 삶이고 일상이고 또 학교고 그래."

"그래도 외국 여행은 돈이 많이 들잖아. 영어도 잘해야 하고."

"하나만 생각하니까 그렇지. 길은 얼마든지 있어. 난 편도 비행기 값만 들고 유럽을 다섯 번이나 갔다 왔어. 노천 카페에서 피리만 불어도 한 끼 밥값은 벌어. 유스호스텔 싸지, 대중교통 잘 돼 있지, 유레일패스로 유럽 어느 나라든 갈 수 있지, 공원에서 텐트 치고 자는 배낭족도 많고. 내가 영어를 잘할 거 같냐? 외국인이 떠듬떠듬 말하면 더 열심히 들어줘. 우리도 그러잖아. 호주는 워킹 홀리데이 비자 받아서 에코 빌리지란 생태 마을에서 6개월 있다 왔는데, 하루 다섯 시간만 일하면 먹고 자고 월급도 준다. 다양한 민족들 만나고 파티하고 주변 국가 여행하고, 숲이 워낙 넓으니까 혼자 산책하며 온갖 희귀 동물 보고……. 아, 거긴 흙이 정말 좋더라. 흙 한 줌 뜨면 그 속에서 벌레가 얼마나 많이 나오는지."

누나와 내가 같은 나라에서 사는 게 맞는지 의심스러웠다. 누나가 사는 방식에 비하면, 뒷머리가 목을 덮는지 안 덮는지 따위나 감시하는 학교와 외고에 목숨 건 학원을 전전하는 내 생활이 한없이 시시하게 느껴졌다. 나는 누나처럼 생각하고 누나처럼 행동하고 싶었다. 누나가 준 지구본을 보며 누나를 만난 첫날을 곱씹었다. 너, 성호지? 누나는 한눈에 날 알아보았다. 생각할수록 의미심장한 일이었다.

나도 누나에게 특별한 선물을 하고 싶었다. 고민 끝에 사막 여행기 책을 샀다. 책에 실린 사진들을 보니 누나가 왜 사막에 가고 싶어 하는지 알 것 같았다. 바람 무늬가 새겨진 모래언덕, 모래 바람이 만든 자연 조각상들, 파란 하늘과 백사막 흑사막의 너무나 선명한 색채, 붉디붉은 노을, 귀가 쫑긋 솟은 사막여우들, 그리고 불타는 별들이 있었다.

누나는 내가 기대했던 것보다 훨씬 기뻐했다. 손뼉까지 치며 좋아하는 누나를 보며, 누나가 원한다면 하늘의 별도 따겠다고 결심했다.

우리는 나란히 앉아 책을 보았다.

"와, 사막에 보름달이 뜨면 세상이 소금처럼 하얗게 보인다네. 음, 한 달은 머물러야겠구나. 초승달부터 그믐달까지 봐야지."

누나가 말했다.

그 옆에 내가 있는 상상을 해보았다. 끝없이 펼쳐진 모래벌판에 누나와 나, 단둘이……. 순간 아랫도리가 불끈했다. 나는 당황해서 손으로 그곳을 가렸다.

"그런데 이건 사막의 작은 부분일 거야. 안전하고 아름다운 곳만

다니는 사막 사파리 같은 거. 세상에 아름답기만 한 게 있을까? 진짜 사막은 인간이 모르는 거겠지. 인간에겐 철저히 고립된 땅이잖아. 인터넷도 핸드폰도 허용 안 하고 숱한 사람을 죽게도 하고. 그런 사막을 정복하겠다는 거나 아름답게 미화하는 거나, 다 자기기만일 거야."

후끈거리는 몸 때문에 누나 말이 제대로 들리지 않았다.

"야, 이것 봐봐."

누나가 얼굴을 내 쪽으로 밀었다. 누나 냄새가 확 풍겼다. 누나에게 키스하고 싶은 충동이 일었다. 나는 벌떡 일어나 방으로 갔다.

내가 미쳤지, 생각해도 그 이상야릇한 충동은 점점 더 잦아졌다. 피씨방에 죽치고 앉아 눈이 벌게지도록 야동 싸이트를 뒤졌다. 학원에서 연락이 올까 봐 가슴 졸이면서도 발은 또다시 피씨방을 향했다.

지금까지 나는 이상할 정도로 금기에 호기심을 느껴본 적이 없었다. 하지 말라는 것을 하지 않을 때의 평온함이 좋았다. 그런데 지금은 모든 게 뒤죽박죽이었다. 문득 파멸이란 단어가 떠올랐다. 슬그머니 누나가 두려워졌다.

하지만 그건 생각일 뿐, 누나 얼굴을 보면 나도 모르게 웃음부터 나왔다. 억지로 한 걸음 물러섰다가도 이내 조바심치며 열 걸음을 달려갔다. 누나가 없는 것, 그건 파멸보다 더 구체적인 두려움이었다.

"성호 왜 저렇게 들떠 있어? 공부하는 꼴을 통 못 보겠네."

아빠는 누나가 들을 수 있는 거리에서 엄마에게 한소리를 했다.

"글쎄. 난 밝아 보여서 좋은데?"

다행히도 엄마는 담담했다. 누나도 마찬가지였다. 장하고 든든한 아군들 틈에서 나도 배짱이 두둑해지는 듯했다.

"누나, 결혼 안 해?"

"지금 이대로도 좋은데 뭘 결혼씩이나."

"사귀는 사람 없어?"

"당연히 있지요! 나의 기쁨조들."

"들? 설마 여러 사람하고 만난단 말이야?"

"이성호 군. 연애는 내 삶의 발정기야. 날 꽃피게 하는 사람은 언제든지 환영이다."

"말도 안 돼! 바람둥이냐?"

"무슨 상관이냐. 난 연애가 좋아. 우리 엄마가 연애한다 그래도 좋아."

"미쳤어, 누나?"

나도 모르게 소리를 질렀다.

"이모부는 어쩌고?"

"엄마 인생에 제일 중요한 게 아빠라고 생각 안 해, 난."

「나 없는 내 인생」이란 영화가 생각났다. 그때도 누나는 비슷한 말을 했었다. 하지만.

"아이구, 그만 해. 끔찍하다. 어떻게 자기 부모한테."

"왜, 남이 하는 건 봐줘도 내 가족은 절대 안 된다? 이것도 폭력이지. 핏줄주의의 폭력."

나는 멍하니 누나를 보았다. 뭐 이런 사람이 다 있냐.

순간 엉뚱한 생각이 머리를 스쳤다. 혹시 누나라면, 이렇듯 세상의 상식하고 무관하게 사는 누나라면…… 사촌이란 관계도 넘어서지 않을까?

한번 파고든 그 생각은 빠르게 가지를 뻗어나갔다. 일본 왕족은 형제끼리도 결혼한다잖아. 심지어 동물들은 부모 자식 간에도 짝 짓기를 하고. 따지고 보면 인간도 동물 아냐? 부모 자식도 아니고 형제도 아니고 겨우 사촌지간인데. 그래도 우리나라에선 어렵겠지. 하지만 지구에 대한민국만 있는 건 아니지…….

나는 뜨거운 눈으로 누나를 바라보았다.

"누나, 나 학교 그만두고 누나랑 여행 다니며 살까?"

누나가 웃었다. 나는 눈을 떼지 않았다. 누나 얼굴에서 차츰 웃음기가 가셨다. 잠시 후 누나가 말했다.

"이번 주가 놀토지? 우리 데이트하자."

나는 감격한 나머지 누나를 끌어안을 뻔했다.

목적지는 홍대 앞 '프리마켓'이라는 길거리 시장이었다. 생활예술을 지향하는 이들이 토요일마다 작품을 전시도 하고 팔기도 하는 곳인데, 누나가 다니는 센터 학생들도 결합한다고 했다.

아이디어와 소재가 독특한 생활소품, 의류, 액세서리, 명함 등의 좌판이 쭉 펼쳐져 있었다. 전시된 물건만큼이나 다양한 헤어스타일과 패션을 자랑하는 센터 학생들이 누나를 반겼다.

"누구예요, 유니 쌤?"

귀걸이를 한 남자애가 날 가리키며 물었다.

"이름은 이성호. 내 동거인이야."

"와! 쌤 너무 뻔뻔한 거 아녜요? 미성년자를!"

"오우, 유니, 변태, 변태!"

"센터에 오는 남자는 뭐래요? 대체 애인이 몇인 거래요?"

"오우, 유니, 바람, 둥이!"

센터 학생들이 한바탕 난리를 쳤다. 내게 관심을 둬서가 아니라 순전히 지들끼리 웃고 떠드는 거였다. 누나는 죽는다고 꺽꺽거렸다.

나는 배신감을 느꼈다. 이들은 내 존재에 대해서 전혀 모르고 있었다. 누나가 내 또래의 다른 애들과 나만큼 친밀한 것도 충격이었다. 나는 누나의 사촌 동생임을 밝히고 싶은 걸 겨우 참았다. 아무리 친한 척해도 니들은 남일 뿐이라고, 누나가 싫어하는 핏줄에 기대서라도 내 위치를 확고히 하고 싶었다.

센터 학생들과 헤어지고도 내 기분은 나아지지 않았다. '센터에 오는 남자' 얘기도 영 마음에 걸렸다. 나는 짜증 난 기색을 감추지 않았다. 그런데 누나는 일언반구 반응이 없었다. 그게 더 화가 났다. 우리는 아무 말도 하지 않고 점심을 먹었다. 점심을 먹은 후엔

밴드 연주를 구경했다.

"나 친구 만나기로 했는데 너도 같이 가자."

누나가 말했다. 그 한마디에 마음이 스르르 풀어졌다. 내가 누나의 남자친구로 인정받은 듯한 기분이었다. 나는 고개를 크게 끄덕였다.

그런데, 착각이었다. 누나가 만나기로 한 친구는 바로 '센터에 오는 남자'였다. 누나는 그 남자에겐 날 사촌 동생이라고 소개했다. 조금도 반갑지 않았다.

"아."

남자는 아, 그러냐는 건지, 아, 들은 적이 있다는 건지 모를 억양의 한마디로 인사를 대신했다. 나는 재빨리 남자를 훑어보았다. 키가 큰 거 빼고 외모는 그다지 볼품이 없었다.

"미술 하는 친구야. 나랑 안 지는 오래됐고, 한 6년 됐지?"

누나가 남자를 보았다.

"뭐, 다 합치면."

남자가 말했다.

나는 왜 여기 앉아서 이런 얘기를 듣고 있을까. 당장 일어서고 싶기도 했고 이들의 관계를 남김없이 알고 싶기도 했다.

"꺽꺽. 중간에 여러 번 헤어졌었거든. 작년에 다시 만났어. 군대에서 앨 돌려보낸 덕분에."

누나가 말했다.

“정신과 감정을 받았어.”

남자가 웃으며 덧붙였다.

정신과. 나는 입술을 깨물었다. 누나라면 ‘정신과’도 상관없겠지.

누나가 남자 머리를 쓰다듬었다.

“획일적 문화를 온 정신으로 거부한 널 사랑한다, 현우 군.”

“암튼 너도 정신병자거든요.”

놀고들 있네. 나는 탁자 위에 놓인 누나 담배를 집었다. 떨리는 손으로 불을 켰다. 누나는 가만히 날 바라보고 있었다. 제기랄! 놀라든지 말리든지 해야 할 거 아냐! 눈물이 나오려고 했다. 남자가 내 손에서 담배를 빼냈다. 그러곤 내 손을 토닥거렸다.

나는 밤이고 낮이고 그날 일을 생각했다. 누나는 왜 날 그 자리에 데려갔을까.

날 먼저 알아본 사람은 누나였다. 다른 세상을 꿈꾸게 한 사람도 누나였다. 내가 누나를 좋아한 만큼 누나도 날 좋아했다. 적어도 그렇게 느끼게 했다. 그런데 나 혼자만의 착각이었나.

나는 누나와의 시간들을 몇백 번이고 떠올렸다. 누나가 내게 보낸 눈빛, 웃음, 말……. 생각하고 또 생각해도 그건 착각이 아니었다.

나는 누나에게 겨우 물었다.

“혹시, 지난번 그 남자가 사막에 같이 가고 싶은 사람이야?”

“응.”

망설임 없는 대답이었다.

분노가 치밀었다. 그런 사람이 있으면서도 날 농락했단 말이지.

세포마다 날카로운 가시가 돋아난 것 같았다. 가시들은 일분일초도 쉬지 않고 내 심장과 위와 장을 찔러댔다. 잘 수도 먹을 수도 없었다. 물만 마셔도 설사를 했다. 누나의 웃음, 눈빛, 목소리…… 내가 사랑했던 것들이 모두 증오스러웠다. 저 웃음과 눈빛으로 순진한 남자들을 유혹했겠지. 소문이 괜히 있는 게 아니었다.

뻔뻔하게도 누나는 별로 달라진 게 없었다. 날 피하지도 않았고, 위로하려 들지도 않았다. 마치 내게 무슨 일이 일어났는지 모른다는 태도였다.

"누난 남자가 몇이나 돼? 열 명? 스무 명? 참, 그 정신과 남자는 잘 지내? 군대에서 쫓겨날 정도면 위험한 거 아닌가? 병원에 안 있어도 괜찮나?"

누나는 살짝 한숨을 쉬었다. 겨우 한숨? 나는 이렇게 죽을 것 같은데.

냉장고에 있던 소주를 꺼내 놀이터로 갔다. 소주를 병째 마시기 시작했다. 배 속이 불이 난 듯 화끈거렸다. 인상을 찌푸리며 쳐다보는 사람들은 무섭게 되쏘아주었다. 담배를 물고 머리를 외로 꼬니 다들 슬슬 도망쳤다.

얼마나 지났을까. 누나가 내 쪽으로 오고 있었다. 놀이터 풍경도, 누나도 다 비현실적으로 느껴졌다.

"어쭈! 얼굴색 좋다."

"누나. 누나는, 누나는 정신병자도 만나고 이 남자 저 남자 다 만나고 다녀. 괜찮아. 다 이해할 수 있어. 나 그렇게 쫀쫀한 놈 아니거든?"

꼬부라진 혀에서 생각지도 않은 말들이 제멋대로 튀어나왔다.

"근데 누나…… 나랑 사막에 안 갈래? 난 딱 그거면 되는데. 정말이야. 다른 건 안 바랄게. 우리 사막 책도 같이 봤잖아."

누나는 날 물끄러미 바라보았다. 그리고 죽어서도 잊지 못할 대답을 했다.

"아니."

아니.

이제 모든 게 확실해졌다. 누나는 날 원하지 않았다. 누나에게 난 아무것도 아니었다. 누나의 모든 것이 다 가짜였다…….

나는 학원은 물론, 심지어 학교도 빼먹었다. 겁나지 않았다. 차라리 집에서 쫓겨나거나 죽도록 맞고 싶었다. 아빠에게 말도 못하고 발만 동동 구르는 엄마가 가슴 아팠지만 나도 날 어떻게 할 수가 없었다.

누나가 외박을 하던 날 밤, 나는 새벽빛이 환히 물드는 창문을 보며 쓰린 눈을 비볐다. 밤새 머릿속에 엉키던 생각을 정리했다.

더 살 이유가 없다. 죽어버리자. 별이 불타는 사막에서.

누나는 그 의미를 정확히 이해할 것이다. 아무리 뻔뻔한 누나라 할지라도 죄책감에 몸부림치리라.

내 시체를 찾아 사막을 헤매는 누나 모습이 떠올랐다. 마침내 나를 찾고는 미친 듯이 울부짖겠지. 누나는 그 자리를 떠나지 못할 것이다. 영원히…….

생각만 해도 가슴이 미어져서, 나는 한참이나 흐느껴 울었다.

기말고사 기간 내내 사막에 관해 검색했다. 그러다 백양나무를 발견했다. 중국 내몽고의 모호스 사막. 『나무를 심은 사람』에 나오는 그 백양나무가 있는 곳이었다. 현기증이 일었다. 그곳이 내가 죽을 장소였다.

거기까지 갈 돈이 필요했다. 나는 망설이다 엄마 지갑에서 카드를 빼냈다. 비밀번호가 내 생일인 것은 알고 있었다.

손이 떨려서 은행 인출기 버튼을 몇 번이나 다시 눌러야 했다. 주위 사람들 모두 내가 하는 짓을 알고 있는 것만 같았다.

하느님, 제발 엄마가 카드를 분실한 걸로 알게 해주세요. 자식을 잃게 될 엄마를 위해서…….

그러나 하느님은 내 기도를 들어주지 않았다.

"다 이리 모여봐."

아빠 앞에는 엄마 지갑이 놓여 있었다.

"여기 누군가는 알고 있지?"

아빠가 말했다.

순간, 될 대로 되라는 심정이 되었다. 두렵지도 부끄럽지도 않았다.

“윤이, 뭐 아는 거 있니?”

“아뇨.”

“너는?”

“……”

“이성호?”

“……”

아빠 얼굴이 일그러졌다. 엄마는 못 믿겠다는 듯 고개를 저었다. 누나는 얼굴을 숙이고 있었다.

“너, 너 이 자식!”

눈앞이 하얘졌다. 나는 아빠의 주먹과 발길질을 피하지 않았다. ‘대체 왜?’라는 질문에도 끝까지 입을 다물었다. 누나가 보자기로 덮듯 날 감싸 안았다. 누나 위로 아빠의 주먹이 쏟아졌다.

나는 침대에 누워 아무 생각이나 해보려고 했다. 그러나 머릿속이 텅 비어버렸는지 윙 하는 바람 소리만 났다.

“자니?”

누나였다. 돌아누웠다. 누나가 내 옆에 누웠다.

“나가 줘.”

등을 쓰다듬는 손길. 목구멍에 울컥한 것이 치밀었다.

“내가 우습지?”

“아니. 지금 넌 아주 아름다워.”

누나가 내게 입을 맞추었다. 따뜻했다. 누나가 나간 후, 나는 울기 시작했다. 알몸이 된 기분이었다. 원래의 내 것도, 누나에게 빌려 온 것도 다 사라진 알몸.

　학교와 학원, 내 생활은 변함없이 굴러간다. 누나를 생각하면 아직도 뭔가를 잃은 느낌이다. 하지만 나는 아무렇지도 않은 척 누나를 만나러 센터에 간다. 누나는 여전히 씩씩하고 발랄하다.
　"누나, 팜므 파탈이란 소문이 있는 거 알아?"
　누나는 특유의 꺽꺽 소리로 웃어댔다.
　"팜므 파탈, 좋지! 근데 아쉽게도 난 평범한 사람이야."
　"에에."
　"애 좀 봐. 내가 얼마나 건강 미인인데!"
　나는 웃고 말았다. 누나를 누가 당하랴.
　지금 누나랑 동거 중인 그 미술 하는 남자친구를 만난 적도 있었다. 그 형도 때때로 누나의 '애인들' 때문에 가슴앓이를 한다고 했다. 우리는 누나 흉을 보며 낄낄거렸다.
　"바람둥이 김윤이."
　"마녀 윤이."
　"빨간 불의 유혹."
　형과 나는 마주 보았다. 빨간 불의 유혹. 윤이 누나와 잘 어울렸다.
　센터 아이들도 더러 알게 되었다. 그 아이들은 지금 누나와 필리핀 배낭여행을 준비 중이다. 그런데 여행 날짜가 일 년 후였다.

"왜 그렇게 늦게 가? 이번 겨울에 가지."

"이번 겨울? 장난하냐? 돈을 벌어야 가지. 교통편이나 지리도 알아야 하고. 영어 공부도 좀 해야 할걸? 다 우리가 알아서 해야 되니까. 유니 쌤이야 우리가 굶어 죽어도 모른 척할 게 뻔하고."

애들이 말했다.

나는 가끔 그 모임에 끼기도 했다. 유럽 침략자를 물리친 원주민 추장 라푸라푸와, 세계를 탐험하다 라푸라푸에게 죽은 마젤란에 대한 토론이 흥미로웠다. 마젤란 얘기만 실려 있는 교과서를 구해 온 애도 있었다.

센터 아이들도 장래를 고민하고 인기 연예인 얘기에 열을 올렸다. 유행에 민감한 것도, 주먹 다툼을 벌이는 것도 일반 학교 애들과 비슷했다. 그런데 이 애들은 어딘지 여유로웠다.

나는 센터 아이들과 나의 일 년 후를 생각해보았다. 나는 본격적인 입시 준비에 들어갈 테고, 이 애들은 필리핀을 돌아다니고 있겠지. 십 년 후엔? 나는 취직 준비를 하고 애들은……. 어쩐지 이 아이들은 지금처럼 살 것 같았다.

나는 고개를 흔들었다. 그런 생각이 무슨 소용이랴. 지금 당장의 일도 까마득할 뿐이다.

시린 귀를 비비며 버스를 기다렸다. 불쑥, 까맣게 잊고 있던 지구본이 생각났다. 청춘! 세상에 단 하나밖에 없는 나의 헤바!

가슴이 뛰었다. 어쩌면 나는 처음부터 나비가 아니었을까. 아직은 아니라고 지레 날개를 접고 있었던 건 아닐까. 내일을 위해 오늘을 포기하는 건 얼마나 어리석은가.

순간 눈앞에 모래언덕이 펼쳐졌다. 사막여우 한 마리가 모래언덕을 뛰어올랐다.

최인석

1

초등학교 2학년 때였을 것이다. 선생님이 물었다. 사람의 이는 모두 몇 개일까요? 나는 번쩍 손을 들었다. 선생님이 나를 지명했다. 나는 의자에서 일어나 자신 있게 소리쳤다. 쉰아홉 개요! 선생님이 멍하니 나를 쳐다보았다. 잠깐 정적이 깔리더니, 한두 녀석이 키들키들 웃기 시작하면서 이내 교실은 웃음바다가 되었다. 선생님까지 한참 동안이나 깔깔 웃어댔다.

그날에야 비로소 나는 사람의 이빨은 서른두 개라는 것을 알게 되었다. 선생님은 말했다. 이빨이 쉰아홉 개나 되는 사람이 있다면 그건 괴물일 거야. 우리 아버지는 이빨이 쉰아홉 개예요, 하고 소리 지르고 싶어서 나는 입이 근질근질했다.

나의 아버지는 그러니까 괴물이었다. 적어도 담임선생님이 보기 에는 그랬다.

2

아버지의 이빨은 쉰아홉 개, 위아래로 어금니와 송곳니까지 두 겹 세 겹으로 이빨이 줄지어 나 있었다. 어린 시절, 아버지는 종종 입을 있는 대로 쩍 벌리고 나에게 그 이빨을 세어보라고 권했고, 나 는 상어의 이빨처럼 층층이 이어진 이빨을 세며 몸서리쳤다. 몸서 리치면서도 거기에서 시선을 뗄 수가 없었다. 분명 나와는 달랐으 나 머지않아 나에게도 그렇게 많은 이빨들이 생기게 될 것이라고 믿었다. 나뿐만 아니라 사람은 어른이 되면 모두 그렇게 되는 줄 알 았다. 학교에서 사람의 이빨은 쉰아홉 개라고 자신만만하게 소리 칠 수 있었던 것도 그래서였다.

나이 들어가면서부터 아버지는 더 이상 나에게 이빨을 세어보라 권하지 않았다. 그 무렵 나는 사람의 이빨은 서른두 개다, 하고 확 고하게 믿고 있었다. 쉰아홉 개의 이빨 같은 것은 없다. 아버지는 기형이거나 괴물이었다.

3

아버지는 치은암으로 죽었다. 내가 중1 때였다. 술을 좋아했다고
는 하지만 그는 감기 한번 앓은 적 없이 건강했다. 그런데 돌연 치
은암 진단을 받았다. 걱정하는 어머니와 나에게 아버지는 입을 쩌
억 벌리고 말했다. 걱정 마라. 내가 이빨이 쉰아홉 개다. 이 이빨로
암세포 같은 것 뚝뚝 물어뜯고 일어날 거다. 그러나 암세포가 목과
폐와 뇌로 퍼져나가 그는 일곱 달을 넘기지 못하고 세상을 떠났다.
약간의 퇴직금, 그리고 보험금이 나왔다고는 하지만, 넉넉할 리 없
었다. 어머니는 한동안 보험을 팔러 다녔다. 주로 아버지의 친구들,
친척들이 고객이었다. 보험을 들어줄 만한 사람들이 다 들고 난 뒤
에는 어머니의 영업 실적은 0에 가까워졌고, 더 이상 그것으로는
생계를 유지하기가 힘들었다.

한밤에 화장실에 가기 위해 일어나면 어머니가 안방에서 우는
소리를 들을 수 있었다. 아무 말 없이, 소리 죽여 어머니는 온몸을
쥐어짜듯 고통스럽게 흐느껴 울었다. 그런 밤이면 나는 꿈을 꾸었
다. 꿈속에서 아버지는 죽지 않았다. 죽은 것은 어머니였다. 아버지
는 낯선 여자를 데리고 들어와 어머니라 부르라 강요했고, 나는 배
신감에 몸서리쳤으며, 그 낯선 여자는 아버지가 없을 때면 옷을 다
벗어던지고 나를 유혹했고……

그 꿈에는 몇 가지 변주가 있었다. 어떤 꿈에서는 그 낯선 여자가 한복을 입고 있었고, 어떤 꿈에서는 초미니스커트를 입고 있었다. 어떤 때는 키가 컸고, 어떤 때는 뚱뚱했다. 한번은 입술이 붉었고 한번은 검었다. 그러나 그 꿈의 마지막은 똑같았다. 저 방에 그 여자가 있다. 나를 기다리고 있다. 나는 그 방으로 들어간다. 여자는 없다. 나는 방 안에 앉아 그녀를 기다린다. 방의 양쪽 벽이 점점 다가든다. 방에서 나가려 하지만 문이 열리지 않는다. 이내 벽이 내 몸을 양쪽에서 짓눌러오기 시작한다. 나는 비명을 지르지도 못한 채 벽에 짓눌릴 대로 짓눌리다가…… 마침내 가위가 눌리고, 그 순간 잠에서 깨어난다…….

가위에 눌리면 꼼짝도 할 수 없었다. 눈을 떠보지만 보이는 것이라고는 방 안의 캄캄한 어둠뿐이었다. 겁이 나서 아무리 목청껏 소리를 질러봐도 목소리는 나오지 않았다. 처음에는 귀가 막힌 것이라 생각했으나, 그것이 아니라 내 목구멍이 소리를 만들어내지 못하는 것이었다. 발악을 해봐도 손가락 하나 움직일 수 없었다. 죽음이란 이런 것일까, 절로 그런 생각이 들었다.

4

어머니가 갑자기 교회를 다니기 시작했다. 그녀는 나에게도 교회를 가자고 권했다. 나는 마지못해 한두 번 따라가 보았다. 재미없었다. 예배가 끝나면 목사는 나를 붙들고 뜨거운 햇빛을 눈부시게 반사하는 대머리를 까딱거리며 이런저런 말을 시켰다. 어머니 많이 도와드려라. 공부 열심히 해라. 하나님이 도와주실 거다. 예수님이 다 보고 계신다. 하나 마나 한 소리들이었다. 내가 대답할 말이라고는 네, 뿐이었다.

그래서 갑자기 어머니가 그 목사와 결혼을 하겠다고 했을 때 나는 기겁을 했다. 그 목사는 결혼도 아직 안 했단 말인가? 아니, 한 적이 있었다. 그러나 목사의 아내는 이 년 전 죽었다. 목사에게는 아들이 하나 딸이 하나 있었다. 그럼 그들과 형제가 되어야 하는가? 어머니는 타고난 기독교 신자처럼 턱을 치켜들며 자신 있게 말했다. 우리는 다 하나님의 품 안에서 형제다. 나는 기가 차서 멀뚱멀뚱 어머니를 쳐다보았다. 그러나 어머니는 정말 그렇게 믿는 듯 확신에 찬 눈빛이었다. 그 눈빛이 햇빛을 번들번들 반사하는 목사의 대머리와 너무나 흡사하여 나는 다시 한 번 놀랐다.

중학교 3학년짜리가 반대를 해봐야 아무 소용 없는 일이었다. 그렇게 하여 어머니와 장운서 목사는 결혼을 했다. 의붓아들이라고는 하지만, 졸지에 나는 목사의 자식이 되어버린 셈이었다. 밥을 먹을 때마다 기도를 하고, 일요일마다 꼬박꼬박 교회에 나가 예배를 보는 생활이 시작되었다.

나는 목사를 아버지라 부르지 않았다. 그도 어머니도 아버지라 부르라고 강요하지는 않았다. 그가 아버지가 아니라는 것은 어머니도 그도 잘 아는 일이니까 당연한 일이라고 나는 생각했다. 목사의 아들 이름은 우석, 열아홉 살이었고, 딸 이름은 우연, 열여섯 살이었다. 우석은 대학교 1학년, 우연은 고등학교 1학년, 나보다 한 살이 많고 한 학년이 높았다. 그들은 내 어머니를 천연덕스럽게 어머니라 불렀다. 너무나 정중하게, 어머니, 운동화가 아직 안 말랐어요, 하는 식으로 말하는 그들의 낯짝을 쳐다보면 정말 어처구니가 없었지만, 멋대로 하라지, 하는 심정으로 나는 모르는 체했다. 물론 나는 그들을 형이라고도, 누나라고도 부르지 않았다. 그들 역시 나에게 그렇게 부르라 요구하지 않았다.

식탁 앞에 앉으면 날마다 순서대로 돌아가면서 기도를 해야 했다. 그것이 장 목사가 정한 방식이었다. 그것을 그들은 기도 인도라 불렀다. 목사는 물론이요 우석과 우연도, 어머니까지도 그럴듯하게 기도를 해냈다. 내 차례가 되면 나는 어색하여 입이 잘 벌어지지 않았다. 될 수 있는 한 짧고 간단하게 나는 기도를 인도했다.

"하나님, 오늘도 우리에게 일용할 삼겹살을 주셔서 감사합니다."

하는 식으로. 나머지 사람들은 아멘, 하고 제창했다. 우연은 킥킥 웃어댔다. 장 목사가 숟가락을 들며 말했다. 순근아, 삼겹살이라고까지 할 필요는 없어. 그냥 일용할 양식이라고 하면 돼. 또다시 우연이 웃음을 참지 못하고 킥킥거렸다. 장 목사가 갑자기 버럭 고함을 질렀다. 뭐가 재밌다고 낄낄거려! 밥이나 먹어! 그것이 사실은 장 목사가 나에게 지르고 싶은 고함이었다는 것을 나는 어렵지 않게 짐작할 수 있었다. 나는 내가 그를 그토록 화가 나게 할 수 있다는 것이 놀라웠고 재밌었다. 기회만 생기면 또 그렇게 해보리라, 나는 마음먹었다.

상추에 삼겹살을 싸 넣어 우적우적 씹어 넘기는 장 목사를 쳐다보며 나는 저 사람 입 안에는 이빨이 서른두 개뿐일 것이라고 생각했고, 그러자 아버지와 비교가 되어 하잘것없는 사람으로 보였다. 하기야 나 역시 이빨은 서른두 개뿐이었지만.

5

아버지가 어떤 사람이었는지가 궁금해진 것은 어머니와 장 목사가 결혼을 한 다음이었다. 다른 식구들과 같이 있을 때 그런 것을 물어볼 수는 없었다. 그렇지만 어머니와 단둘이 있을 기회는 좀처럼 찾기 힘들었다. 어머니는 장 목사의 아내 노릇하고 우석과 우연 남매의 어미 노릇하기에 바빴다.

모처럼 시장 같은 데를 따라나서는 길이나 되어야 겨우 단둘이 얘기를 할 수 있었다. 내가 아버지가 어떤 사람이었냐고 묻자 어머니는 처음에 대답을 하지 않으려 했다. 나는 계속 물었다. 니 아버지, 보고 싶냐? 엄만 안 보고 싶어? 어머니는 대답하지 않았다. 니 아버지는 말이다…….

아버지는 고집쟁이였다. 젊은 시절 한때는 성질이 불같았다. 공장에서 처음 아버지를 만났다. 어머니는 플라스틱 사출 공장 경리였고, 아버지는 공장 노동자였다. 키가 훤칠하게 크고 얼굴도 제법 잘생긴 작업반장이 하나 있었는데, 그는 기회만 생기면 여자 노동자들을 집적거렸다. 어머니가 아는 것만으로도 벌써 두 여자가 그 작자 때문에 임신 끝에 공장에서 쫓겨났다. 뿐만 아니라 노동자들이 화장실 가는 시간까지 쫓아다니며 빨리 라인으로 돌아가라고 들들 볶아댔다. 경리실은 작업장이 한눈에 내려다보이는 높은 곳에 자리 잡고 있었으므로 젊은 어머니는 작업반장이 하는 밉살스러운 짓을 다 볼 수 있었다. 여자들 어깨를 주물럭거리고 엉덩이를 슬쩍 쓰다듬다가도 그는 사소한 잘못이라도 발견되면 버럭 고함부터 질러댔다. 이거 봐라, 누구 대가리 깔 일 있냐? 해머를 이런 데 팽개친 놈 누구야? 안 나와?

화장실 가서 오래 있었다는 이유로 그가 나이 어린 여자 노동자를 끈질기게 닦달하고 있었다. 십중팔구 그 여자가 수작을 받아들여 주지 않은 것이리라. 참다못한 여자아이가 소리를 지르며 맞대거리를 했다. 당신이 뭔데 화장실까지 쫓아와서 휴지를 여기 버려라 저기 버려라, 하는 거예요? 근로 규칙에 그런 거 다 있어요? 있으면 좀 보여줘요. 작업반장이 어디서 말대꾸야, 하더니 그녀의 어깨를 밀었고, 그녀는 사출기에 등을 부딪치며 쓰러졌다. 플라스틱 판들이 우르르, 그녀의 얼굴로 쏟아졌다. 여자아이가 일어나기 위해 발버둥치면서 사출판 하나를 동댕이쳤는데, 그것이 작업반장 다리에 맞았다. 작업반장이 이것 봐라, 하면서 여자아이를 붙잡아 따귀를 치려는 순간이었다.

“그때 니 아버지가 어디서 나타났는지 작업반장 팔을 낚아챘어.”

아버지는 작업반장의 두 팔을 붙잡아 꼼짝 못하게 한 다음, 두 눈을 한참 동안이나 쏘아보다가 사출판 위로 밀어버렸다. 요란한 소리와 함께 작업반장의 커다란 덩치가 사출판 속에 묻혀버렸다.

나중에 노동조합을 만들 때 젊은 아버지는 적지 않은 역할을 했다. 아버지 이름은 윤장구, 장구와 북을 잘 쳤다. 농성 때는 장구와 북을 들고 나와 신바람을 일으켰다. 어머니는 경리였기 때문에 어느 누구도 가입하리라 기대하지 않았고, 또 꼭 가입할 필요도 없었으나, 자발적으로 조합에 들어갔다. 그녀가 회사의 스파이니 밀정이니, 온갖 소리들이 다 돌았으나, 그런 때도 아버지는 젊은 어머니의 편이었다. 그렇게 두 사람은 정이 들기 시작했다.

아버지는 사회주의자로 자처했으나, 『자본론』 같은 것은 읽어본 적도 없는 사회주의자였다. 노동조합 때문에 감옥살이를 몇 달 하고 나온 날, 아버지는 어머니에게 입을 쩌억, 벌리더니 이빨을 세어보라고 했다. 그때 아버지의 이빨은 마흔두 개였다.

마흔두 개? 쉰아홉 개가 아니라? 어머니는 그때는 분명히 마흔두 개였다고 단언했다. 그전에는? 그전에? 그걸 내가 어떻게 알겠니? 누가 남자친구 이빨 세어보겠다고 입 벌려보라고 하겠냐?

나중에 제철 공장으로 직장을 옮긴 뒤에 아버지와 어머니는 결혼을 했다. 얼마 지나지 않아 노동조합과 사용자 사이에 큰 싸움이 벌어졌고, 언제나 과격하던 아버지는 천 킬로미터 높이의 공장 굴뚝에 올라가 보름 동안이나 농성을 벌였다. 천 킬로미터라니? 천 미터가 아니고? 아마 세상에는 천 미터 높이의 굴뚝도 존재하지 않을 것이다. 기껏 해봐야 이삼백 미터, 아니, 일이백 미터였겠지. 그러나 어머니는 단호하게 고개를 저었다. 천 킬로미터다. 내가 가봐서 안다. 옷도 갖고 가고, 김밥도 갖고 갔는데, 경찰들이 막아서 전해주지는 못했다. 적어도 나한테는 그렇게 보였다. 그 때문에 아버지는 다시 감옥에 끌려갔다. 그때는 감옥살이를 일 년 육 개월이나 해야 했다. 출감했을 때 그의 이빨은 예순 개, 아니, 쉰아홉 개였다. 하나는 교도관하고 맞붙어 치고받다가 빠졌다는 것이었다.

소련과 동구권 사회주의 국가들이 다 무너져버린 뒤에 그는 오히려 더욱 굳건한 사회주의자가 되었다. 여전히 『자본론』을 읽은 적이 없던 그가 의욕에 차서 『자본론』을 공부하겠다고 비슷한 친구들을 모으고 그 비싸고 두꺼운 책을 사들이고 한 것이 그 무렵이었다.

어머니는 어떤가? 어머니도 사회주의자인가? 그녀는 나를 돌아

보며 웃었다. 그녀는 단순히 용맹스럽고 남자다운 사람을 좋아한
것뿐이었다. 그것이 나에게는 다행이었다. 어머니가 감옥에 끌려
가는 일은 벌어지지 않을 테니까.

"그러던 사람이 그깟 치은암인가 뭔가 하는 것한테 그렇게 허망
하게 고꾸라질 줄이야 누가 알았겠니……."

하다 말고 어머니는 좌판을 가리켰다.

"저거 봐라. 아버지가 저거 좋아하잖니."

좌판에는 취나물이 가득했다. 아버지가? 취나물을? 금시초문이
었다. 아버지는 비리다고 취나물은 입에 대지도 않았다. 어머니는
벌써 좌판 앞으로 다가가고 있었다.

"아니, 목사님 말이야. 아주머니, 이 취나물 어떻게 해요?"

6

장 목사의 간섭은 교회에 다니고 밥 먹을 때 기도를 하는 문제에
그치지 않았다. 고등학교에 입학하자 나는 제2외국어로 프랑스어
를 선택했다. 그러나 장 목사는 고개를 저었다. 무슨 소리냐. 중국
어를 해야지. 중국어라니? 나는 고리타분한 중국어 따위를 배울 생
각은 추호도 없었다.

"중국어를 배워야 곧 중국에 들어가 교역(敎役)을 할 것 아니냐."

장 목사는 내 눈을 들여다보며 태연히 말했다. 나는 어이가 없었다. 나더러 전도사가 되라는 것인가?

"난 그런 거 할 생각 없어요."

이런 식으로 이야기가 시작되면 우석이나 우연이는 언제나 돌연 무표정해졌다. 들리지도 보이지도 않는다는 듯, 가면이라도 쓴 듯, 가장 불편부당(不偏不黨)한 자세란 그런 것이라는 듯.

"여러 소리 할 것 없다. 중국어를 해."

나는 어머니를 돌아보았다. 그녀가 이런 말도 안 되는 간섭을 막아주리라 믿었다. 그러나 그녀는 나를 쳐다보며 고개를 끄덕였다. 복종하라는 뜻이었다. 나는 자리를 박차고 일어나 방으로 들어갔다.

어머니는 나중에 말했다. 니 맘 안다. 하지만 어쩌겠냐. 지금은 목사님 말 들어야 한다. 그분이 가장이니까.

나는 그곳에서 살고 싶지 않았다. 집을 나가고 싶었다. 어머니와 함께 단둘이서 살면 안 되는 이유가 무엇인가? 그러나 서글픈 일이지만, 어머니에게 그런 요구를 해서는 안 된다는 것을 나는 알고 있었다.

어쩔 수 없는 일이었다. 나는 중국어를 선택하는 수밖에 없었다. 장 목사는 완강했고, 그에게 복종하지 않았다가는 어머니가 피해를 입을 것 같았다. 이, 얼, 싼, 쓰 따위, 전혀 관심이 없었으므로 당연히 성적은 바닥이었다.

첫 번째 중간고사 성적이 나온 날, 장 목사는 내 성적표를 들여다보다가 혼잣말처럼 중얼거렸다. 이래가지고 너 의대 가겠냐? 의대? 나는 의대에 갈 생각이란 아예 없었다. 그러나 장 목사는 요지부동이었다. 의대 가. 머리 좋은 놈이 공부해서 가면 가는 거지 왜 못 가겠냐? 난 의대 가고 싶지 않다구요. 가야 한다. 오지(奧地)에 들어가 교역하려면 그 사람들 병도 고쳐줘야 할 거다. 의대가 제일이다. 나는 어이가 없었다. 교역에다가 오지라니? 목사님, 하고 나는 불렀다. 그의 눈썹이 꿈틀거리고 눈에서 푸른 불길이 번득였다. 나는 그치지 않았다. 난 교역이고 의대고 전혀 생각 없어요. 내 인생 좌지우지하려 들지 말아요. 이어 하지 말아야 할 말까지 튀어나오고 말았다. 고등학교만 졸업하면 난 이 집 나갈 겁니다. 어머니가 옆에 있다가 소스라쳤다. 무슨 소리냐, 너? 집 놔두고 나가긴 어딜 나가? 나는 소리 질렀다. 집? 여기가 무슨 집이야? 여기가 우리 집이야? 장 목사가 벌떡 일어나 고함을 질렀다. 너 이놈! 우리 집에서 이런 일은 없다. 어디서 감히 어른에게 큰소리냐, 큰소리가? 알 수 없는 일이었다. 저 사람에게는 이빨이 서른두 개뿐이다. 우리 아버진 이빨이 쉰아홉 개였다. 내가 그때 눈이 시뻘게진 장 목사를 바라보며 한 생각은 그런 것이었다. 무섭지 않다고, 스스로를 격려하고 고무하기 위해서였을까.

장 목사는 다용도실에 들어가 몽둥이를 들고 나왔다. 지름이 오 센티미터쯤 되는 굵기에 손때가 반들반들했다. 우석과 우연의 가면 같은 낯을 만든 것이 바로 그 몽둥이였으리라는 것을 나는 짐작할 수 있었다.

"성서에 기록되어 있다. 초달을 차마 못하는 자는 그 자식을 미워함이라. 자식을 사랑하는 자는 근실히 징계하느니라. 잠언 13장 24절 말씀이다. 이리 와 엎드려."

아버지는 나를 때린 적이 없었다. 기껏 해봐야 뺨을 한두 번 툭툭, 건드리는 정도였다. 나는 그것으로 장 목사가 나의 아비가 아니라는 것을, 결코 나의 아비가 될 수 없다는 것을 다시 한 번 확인할 수 있다고 생각했다. 나는 도전적으로 그의 앞에 다가가 몸뚱이를 내던지듯 엎드렸다. 그가 가차 없이 몽둥이를 휘둘렀다. 엉덩이에 통증이 작열했다. 나는 이를 악물고 참았다. 장 목사가 광신도처럼 부르짖었다.

"채찍과 꾸지람이 지혜를 주거늘 임의로 하게 버려두면 그 자식은 어미를 욕되게 하느니라. 잠언 29장 15절 말씀이다."

나는 신음 소리 한번 내지 않고 버텼다. 신음 소리를 내면 지는 것이라는 생각이 들었다. 어머니가 곧 장 목사를 말려 몽둥이질을 그만두게 할 것이라고 나는 믿었다. 그런 일은 벌어지지 않았다. 어머니는 황급히 방으로 들어가더니 다시는 나오지 않았다. 장 목사의 몽둥이는 멈출 줄 몰랐다. 한바탕 두들기고 난 다음, 그는 다시 말했다.

"네 자식을 징계하라. 그리하면 그가 너를 평안하게 하겠고, 또

네 마음에 기쁨을 주리라. 역시 잠언 29장 17절에 말씀하셨다."

방으로 돌아온 나는 고통 때문이 아니라 분해서 눈물을 쏟았다. 장 목사가 미웠고 어머니가 원망스러웠다. 도대체 어찌하여, 누가 장 목사에게 나를 구타할 권리를 주었을까? 누가 장 목사에게 나보고 교역을 하라거나 의대에 들어가라거나 하는 것을 결정할 요지 부동의 권한을 주었을까? 하나님이? 떠오르는 것은 그뿐이었다.

밤에 우석이 찾아왔다. 웰컴 투 안티 써클Welcome to anti circle. 그는 밑도 끝도 없이 말했다. 이게 뭔 소릴까. 내가 멀뚱멀뚱 쳐다 보자 그는 안티푸라민 연고를 내밀더니 '안티'라는 글자를 톡톡 두들기며 히죽이 웃었다. 안티 써클이란 그러니까 안티푸라민 연고를 사용하는 써클이라는 뜻이었다. 이거 발라. 이게 최고드라. 나는 대꾸하지 않았다. 그는 발라줄까, 하고 물었다. 나는 고개를 저었다. 그는 묵묵히 나를 내려다보았다. 뭔가 하고 싶은 말이 있는 것 같은 태도였다. 그러나 나는 아무 말도 듣고 싶지 않았다. 아무 말도 하고 싶지 않았다. 우석은 머뭇거리다가 말했다. 조용히 살자. 한쪽이 돌덩이가 분명하면 다른 쪽이 피하면 되지 않겠냐. 어머닐 위해서라도. 어머니 몰래 우시더라.

그날 눈물을 흘리며 꼬박 밤을 새우고, 새벽 으스름이 창문으로 다가오는 것을 바라보며 나는 결심했다. 여기에서 살지 않을 것이다.

날이 훤해진 다음에야 설핏 잠에 들었다가 나는 가위에 눌렸다.

꿈에 아버지 어머니는 등장하지 않았다. 장 목사도 보이지 않았다. 못생긴 개 한 마리가 내 다리를 물었다. 그 순간 잠에서 깨어났고, 그와 함께 가위에 눌렸다는 것을 깨달았다. 몇 년 만의 일이었다.

7

2학년이 되자 문과반 아니면 이과반을 선택해야 했다. 나는 역사를 공부하고 싶었다. 따라서 문과반을 택해야 했다. 장 목사는 나에게 이과반으로 가라고 강요했다. 의대를 들어가려면 이과반 공부를 해야 한다는 것이었다. 몇 번, 다툼과 고함질이 있었다. 누가 그에게 나의 삶을 재단할 권리를 주었을까? 나는 준 적이 없었다. 그러나 그는 요지부동이었다. 그와의 다툼이 무의미하다는 것은 분명했다. 어떻게 할 것인가? 궁리 끝에 내가 얻은 결론은 거짓말이었다. 다툼은 끝났다. 나는 양보했다. 그에게 이과반을 가겠다고 말하고 학교에 가서는 문과반으로 들어갔다.

보름쯤이 지나 장 목사에게 발각이 났다. 그의 전화 한 통으로 학교에서는 나를 이과반으로 쫓아냈다. 서울대학교 입학률이 높다는 이유로 학생의 의사나 적성은 전혀 고려하지도 않고, 부모의, 아니, 이 경우는 부모도 아닌 사람의 뜻을 핑계 삼아 무작정 이과반으로 학생을 몰아넣는 학교의 처사 역시 장 목사의 어처구니없는 강요와 별로 달라 보이지 않았다. 목표는 각기 달랐으나, 그들이 택하는 방법은 너무나 흡사했다. 아니, 어쩌면 그들은 목표마저도 비슷했다.

이번에도 나는 방법을 찾아냈다. 어머니에게 학원에 다니겠다고 말하고 돈을 타냈다. 학원에 가서 문과반에 등록했다. 학교에서는 이과 공부를, 학원에서는 문과 공부를 했다. 그러나 이번에도 두 달이 채 지나지 않아 장 목사가 그 사실을 알아냈다. 그는 이과반에 등록하지 않는 한 학원비를 주지 않겠다고 선언했다. 나는 주지 말라고 맞받았다. 그는 의대가 아니면 대학 갈 생각 말라고 위협했다. 나는 의대에 가야 한다면 대학 가지 않겠다고 맞받았다. 그는 자신 있게 말했다. 생각이 바뀔 것이다. 나도 자신 있게 말했다. 바뀌지 않을 것이다. 그는 나의 거짓말을 추궁했다. 나는 그의 무지막지한 강요가 나의 거짓말을 정당화시켜주리라 믿었다고 맞받았다.

나는 장 목사가 몽둥이를 들 것이라고 예상하고 그에 대한 대비책을 마련해두고 있었다. 그가 몽둥이를 들 때 내가 말하는 것이다. 맘껏 때려라. 나는 그길로 경찰서로 가서 엉덩이를 까 보이고 청소년 학대로 당신을 고발할 것이다. 그가 어떤 반응을 나타낼 것인지 자못 궁금했다. 그러나 그는 어째선지 몽둥이를 들지 않았다.

나는 문과반 교과서와 참고서 들을 책상 위에 공공연히 쌓아두었다. 그렇다 하여 공부를 퍽이나 열심히 한 것은 아니었다. 내가 가장 열심히 공부한 것은, 역설적이지만, 성경이었다. 나는 그 무렵

창세기부터 요한계시록까지, 공책에 꼼꼼히 메모를 해가며 읽고 있었다. 아버지의 힘이 쉰아홉 개의 이빨에서 나온 것이라면 장 목사의 저 요지부동의 힘과 의지는 다름 아닌 성경에서 나오는 것이 아닐까. 그렇다면 성경이 도대체 어떤 것인지를 알게 되면 그에게 대처할 길을 찾을 수 있을 것이라고 나는 생각했다. 지피지기백전불태(知彼知己百戰不殆), 중국어 시간에 배운 고사성어였다.

구약이라는 것이 유대 민족의 역사 혹은 전설에 지나지 않는다는 것을 나는 알게 되었다. 신약은 구약과는 전혀 다른 경전이었다. 구약의 신은 무시무시한 분노와 징계의 절대자, 인류가 아니라 유대 민족을 위한 절대자였다. 신약의 신은 사랑과 관용과 이해의 구세주, 유대 민족이 아니라 인류를 위한 구세주였다. 장 목사는 결코 그 구세주의 후계가 아니었다. 차라리 그는 구세주를 처형한 자들의 후계에 가까웠다.

나는 성경을 읽느라, 그는 무덤에 회칠을 하느라 바빴다. 어쩌면 그것이야말로 그와 나 사이의 아슬아슬한 휴전의 유일한 기반이었다. 장 목사는 어마어마한 규모의 교회를 짓고 있었다. 건축비가 부족하여 성금을 부지런히 거둬들여야 했고, 설계를 맡기고, 수정하고, 건설사를 선정해야 했고, 이미 오래전에 사둔 교회터에 농사짓는 사람들, 세 든 사람들을 쫓아내야 했다.

예수는 매력적인 사나이였다. 너희 중에 죄 없는 자 돌을 들어 이 여자를 치라, 같은 말, 너희 가운데 가장 비천한 자에게 한 것이 곧 내게 한 것이니라, 이런 말은 어떤 시보다 더 시적이었다. 그를 통하여 나는, 비록 기독교도가 되지는 않았지만, 장 목사에 대처하는 길과 용기를 찾을 수 있었다.

8

일요일, 내가 기도를 인도할 차례였다. 식구들이 식탁에 둘러앉았다. 장 목사가 나를 쳐다보았다. 나는 말했다. 오늘부터 기도 인도에서 빼주세요. 믿지도 않으면서 누군가의 강제가 두려워 기도를 하는 것은 어리석고 비굴한 짓 같아서요. 그 누군가가 누구인지 장 목사는 알 것이다. 거기에서 그치려다가 나는 용기를 내어 덧붙였다. 죽음이 두려워서 배교하는 짓처럼요. 어머니가 바들바들 떨리는 눈빛으로 나와 장 목사를 번갈아 쳐다보았다. 어머니가 불쌍했다. 양보하고 말까, 복종하고 말까, 저 횡포 아래 노예가 되어버리고 말까, 하는 생각까지 들었다. 우석이 한숨을 내쉬었다. 그가 재빨리 기도를 시작했다. 하나님 아버지, 오늘도 우리에게 일용할 양식을 주서서 감사합니다. 아버지 하나님의 지혜와 사랑으로 오늘을, 이 집안을 축복해주시옵소서. 평화와 인내를 배우게 해주시옵소서. 아멘. 그들이 기도를 하는 동안 나는 눈을 뜨고 그들을 살펴보았다. 우연이 살짝 눈을 떴다가 내 눈과 마주치자 얼른 눈을 감았다. 어머니 역시 눈을 떠 나를 쳐다보며 간곡한 눈빛으로 그러지 말라고 고개를 저었다.

"그 경우는 어리석은 것도 비굴한 것도 아니다. 아버지의 일용할 양식을 취하면서 감사 기도를 바치지 않는 것이 어리석고 비굴한 짓이지. 뻔뻔한 짓이기도 하고."

장 목사는 내가 밥을 먹는 것이 어리석고 비굴하고 뻔뻔한 짓이라는 듯 나를 빤히 쳐다보며 말했다. 아버지의 일용할 양식이라. 이 경우 그 아버지는 누구를 가리키는 말인가. 신인가 장 목사인가. 나는 들었던 숟가락을 놓았다. 어서 먹어라. 어머니가 말했다. 장 목사는 권하지 않았다. 어서 먹으라니까. 어머니가 다시 말했다. 장 목사는 어머니를 흘끗 쳐다보더니 내버려 둬, 하고 짧게 내뱉었다. 그들이 식사를 끝마치기까지 나는 먹지 않고 앉아 있었다. 쇠고기와 된장찌개와 마늘과 더덕과 밥을, 장 목사는 서른두 개의 이빨로 잘도 씹어먹었다. 그가 물로 입을 헹구어 그것까지 꿀꺽 삼키는 것을 보고 나는 방으로 돌아갔다.

밖에서 어머니가 불렀다. 교회 가자, 순근아. 장 목사와 어머니, 우석과 우연이 모두 성장을 하고 차 옆에 서서 기다리고 있었다. 나는 운동복 차림으로 샌들을 질질 끌고 뜰로 나갔다. 비가 찔끔찔끔 내리고 있었다. 장 목사가 나를 쏘아보았다. 너 그런 차림으로 교회 가려고 나오는 거냐? 어머니의 눈이 다시금 바들바들 떨리는 것을 나는 보았다. 나는 말했다. 교회 안 가요. 장 목사의 눈이 순간적으로 시퍼렇게 타올랐다. 나는 묵묵히 그 시선을 맞받았다. 가슴이 방망이질을 했고, 다리가 부들부들 떨렸다. 나도 모르는 사이에 쓰러지게 될 것 같아 나는 어딘가에 기대고 싶었다. 기댈 곳은 없었다. 나는 외로웠다. 빗방울이 머리칼에 이마에 뚝뚝 떨어졌다. 너 이놈, 마귀 같은 놈! 그가 외쳤다. 그는 당장 몽둥이를 찾아 쥐고 날뛸 것 같았다. 각오한 일이었으나 두려웠다. 괜히 시작한 짓일까, 하는 생각도 들었다. 폭력과 공포, 그것은 노예를 낳는 길이 분명했다. 나는 다시금 마음을 가다듬었다. 우석이 손목시계를 내려다보며 말했다. 아버지, 예배 시간이…….

장 목사가 씩씩거리며 차에 올랐다. 그 뒤를 우석과 우연이 따랐다. 어머니가 안절부절, 나에게 같이 가자고 권했다. 어미의 눈이 말하고 있었다. 난 너 이해한다. 하지만 지금은 같이 가자. 나는 고개를 저었다. 장 목사가 차 안에서 소리쳤다. 당신 안 갈 거야? 어미가 마지못해 차에 오르자 차는 집에서 빠져나갔다.

떠나기 위해서는 지금이 가장 적당한 시간이었다. 집은 비었다. 그들은 교회에서 신자들과 점심을 먹을 것이다. 짐을 꾸릴 시간은 넉넉했다. 아니, 그렇지 않았다. 짐을 꾸리기 위해 여러 시간이 필요할 리 없었다. 나의 소유물이 뭐가 그다지 많아 몇 시간이 필요하랴. 떠나기 위해서 나에게 필요한 것은 오직 결심, 그뿐이었다. 떠나버리는 것이 어미를 위해서도 나을지 모른다. 나 때문에 어머니가 장 목사와 갈라서는 일이 벌어져서는 안 된다고 나는 생각했다.

어째서인지는 모르나, 어머니는 장 목사를 사랑하는지도 모른다. 사랑하니까 결혼했을 것 아닌가. 먹고살기 위하여 결혼했을지도 모른다는 생각은 하고 싶지 않았다. 어머니에게 나는 혹에 지나지 않는다.

그날 밤, 장 목사는 다시 몽둥이를 찾아 쥐었다. 내 집에서 살면서 교회를 안 가? 믿지를 않아? 기도를 안 해? 그가 부르짖으며 내 엉덩이를 사탄의 소굴인 양 공격하는 동안 어머니는 보이지 않았다. 우석도 우연도 보이지 않았다. 나는 경찰서로 뛰어가지 않았다. 어머니의 남편을 고발할 수는 없다는 생각이 들었기 때문이었다. 그것은 법의 힘을 빌려 해결할 일이 아니었다. 내가 해결할 일이었다. 그러나 해결이라니…….

한밤, 우석이 내 방으로 들어왔다. 나는 엉덩이를 까 내리고 엎드려 있었다. 엉덩이가 아파 앉을 수도 누울 수도 없었고, 옷이 스칠 때마다 신음 소리가 절로 날 정도로 아파 옷을 입고 있을 수가 없었다. 우석은 나도 알아, 하고 말했다. 그는 내 엉덩이에 안티푸라민을 발라주었다. 나는 거부하지 않았다. 책상 위에 꾸리다 만 배낭이 놓여 있었다. 속옷과 양말이 모서리에 걸쳐 있었다. 우석은 그것을 보고 말했다. 설마 오늘 밤 사이에 떠날 생각은 아니지? 짐을 꾸리기 시작은 했으나 엉덩이 때문에 걸을 수나 있을지 걱정이었다. 그가 주머니에서 뭔가를 부스럭거리며 내밀었다. 영장이었다. 입대 날짜는 바로 다음 날이었다. 집안 식구 아무도 몰라. 우연이만 알

아. 이제 너도.

군대라 할지라도 갈 곳이 있는 그가 부러웠다.

"사람 죽이는 연습을 하러 가는 건데?"

그는 음울한 어조였다. 군대라는 곳을 그렇게 일컬을 수도 있다는 것을 나는 처음으로 깨달았다.

"이놈의 세상 살아낸다는 게 만만한 일이 아니야. 집을 나가면? 여기보다 나을 것 같으냐? 세상엔 우리 아버지 같은 사람 천지야."

그의 말이 옳을지도 모른다. 우석이 중얼거렸다.

"내가 너희를 보내는 것이 양을 이리들 가운데로 보내는 것과 같도다. 그러므로 너희는 뱀같이 지혜롭고 비둘기같이 순결하여라."

형, 내 이빨 세어봐. 나는 그에게 입을 쩍 벌렸다. 그가 다가와 이빨을 세기 시작했다. 어, 어, 어……. 마흔여섯 개! 나는 생각했다. 마흔여섯 개라. 예순 개가 되려면 또 무엇을 어떻게 견뎌내야 할까. 니 이빨이, 이게 도대체 무슨 일이냐? 언제부터 이랬어? 우석은 놀라 얼굴이 시퍼레졌다. 나는 그에게 말해주었다. 우리 아버진 이빨이 쉰아홉 개였어.

9

이튿날 아침 일곱 시, 식탁 앞에 식구들이 둘러앉았다. 나는 엉덩이의 통증을 무릅쓰고 의자에 올라앉았다. 오늘은 어떤 일이 벌어질지, 알 수 없었다. 이곳에서는 밥 먹는 일마저 전쟁 같았다. 기도를 인도할 사람은, 순서대로라면 우석이었다. 그러나 그는 어제 나 대신 기도를 인도했다. 장 목사가 물었다. 누구 차례야? 그 말이 끝나기도 전에 우석이 말했다.

"제 차례예요. 하지만 하지 않겠어요."

장 목사가 잠시 날카로운 눈으로 나와 우석을 넘겨다보았다. 우연이 한숨을 내쉬었다. 그녀는 어느새 다시 가면을 뒤집어쓰고 있었다. 장 목사가 말했다. 지금 여기서 무슨 일이 벌어지고 있는 거냐? 우석이 다시 말했다.

"내 신앙이 강요에 의한 것인지, 자발적인 것인지 생각해봐야겠어요. 그때까지는 기도 인도를 할 수가 없어요."

장 목사가 벌떡 일어섰다. 너 이놈의 자식, 사탄이 니 속에 들어갔구나! 그가 부르짖었다. 다용도실에서 그가 들고 나온 것은 아직 나의 피가 묻어 있는 몽둥이였다. 이리 와 엎드려! 우석은 잠시 장 목사를 넘겨다보다가 그의 앞으로 다가가 엎드렸다. 나를 위해서는 한마디 않던 어머니가 나섰다. 여보, 제발……. 장 목사가 들을 리 없었다. 그의 몽둥이가 우석의 엉덩이를 파고들었다. 그때 우연이 말했다. 아버지, 오빠 오늘 입대해요.

장 목사는 몽둥이를 허공에 든 채 고스란히 얼어붙었다. 뭐라고? 입대? 우연은 울고 있었다. 오늘, 입대하는 날이에요. 어머니가 우석을 일으켜 세웠다. 일어나라, 우석아. 일어나. 장 목사는 어리둥절한 얼굴로 우석을 쳐다보았다. 왜 아직까지 그런 얘기를 안 했냐? 우석은 말없이 방으로 들어가 작은 가방을 들고 나왔다. 다녀오겠습니다, 아버님, 어머님. 그는 장 목사와 어머니 앞에 큰절을 했다. 이놈아, 왜 여태 얘기를 안 해? 장 목사가 물었으나 우석은 이미 그를 등지고 현관을 나서고 있었다. 어머니가 그 뒤를 쫓아 나갔다.

장 목사는 우두커니 서 있다가, 나를 쳐다보았다가, 우연을 돌아보았다. 그러나 현관으로 쫓아 나가지는 않았다. 그를 원하는 사람이 아무도 없다는 것을 그는 처음 깨닫는 것 같았다. 어머니가 돌아와 장 목사에게 말했다. 여보, 어서 좀 나가 봐요. 그러나 장 목사는 움직이지 않았다. 아직 몽둥이를 손에 쥔 채 그는 나를 쏘아보았다. 이 모든 사태의 원인이 나라고 생각하는 것 같았다. 그의 입술이 실룩거렸고 그의 눈에서 시퍼런 불꽃이 이글거렸다. 나직하게 그가 웅얼거렸다. 이…… 사탄의 자식들! 그 말을 남기고 그는 서재로 들어가 버렸다.

나는 내 방으로 돌아왔다. 책상 위에 배낭이 놓여 있었다. 나는 무심코 의자에 앉았다가 신음 소리를 내지르며 다시 일어섰다. 창밖에 비가 내리고 있었다. 어제 시작된 비가 밤사이 오락가락하더니 어느새 본격적으로 거세게 쏟아지기 시작하고 있었다. 창문을 열자 빗방울이 흘러 들어왔다. 나는 얼굴과 손을 창밖에 내밀었다. 금세 얼굴이 비에 젖었다. 바람이 불자 뒷산의 나무들이 휘갈겨 쓴 상형문자들처럼 몸부림쳤다. 비바람에 시달리는 것이 아니라 자유로운 몸짓처럼 보였다. 저 빗줄기 속으로 우석은 걸어 들어갔다. 그러나 어디로? 너희는 뱀같이 지혜롭고 비둘기같이 순결하여라, 하고 그는 말했다.

학교 안 가냐? 방문 밖에서 어머니가 말했다. 나는 빗줄기를, 비에 젖어가는 바깥 풍경을 바라보고 서 있었다. 언제까지라도 그 광경을 바라보고 싶었다. 나무들은 이제는 운명에 복종하듯 빗줄기 속에 고스란히 몸을 맡기고 서 있었다. 다시 바람이 불었으면. 바람이 불면 나무들은 또 미친 상형문자들처럼 춤을 출 것이다. 이번에는 그 상형문자들을 해독할 수 있을지도 모른다. 나는 바람이 불기를 간절히 기다렸다. 근아, 어서 학교 가라. 늦겠다. 어머니가 재촉했다. 내 손에는 책가방이 아니라 양말과 속옷이 쥐어져 있었다. 책가방은 책상 아래 놓여 있었다. 일단 발을 떼어놓기 시작하면 어디를 향하게 될 것인지 나 자신도 아직 알 수 없었다.

나는 거울 앞으로 다가갔다. 거울 속에서 나 자신이 걱정스러운 얼굴로 나를 넘겨다보았다. 나는 그 얼굴을 바라보며 말했다. 아버지, 내 이빨 좀 세어봐요. 나는 입을 벌리고 손가락으로 더듬어가며 이빨을 세기 시작했다.

표명희

로드 무비

앨리스: 안뇽~ 빔.

빔벤더: 하이, 앨리스. 웬일이야, 이렇게 늦게 나타나다니.

앨(리스): 한 달에 한 번 효녀 심청 되는 날. 병원 갔다 왔지.

빔(벤더): 오늘은 의사 샘이 머라서?

앨: 맨날 똑같은 멘트. 약은 잘 챙겨 먹고 있니? 네에.

　식사도 잘 하고? 네에. 밤에 잠은 잘 자? 네에.

　어디 불편한 데는 없고? 네에.

　약 처방해줄 테니 계속 꼬박꼬박 챙겨 먹어. 네에.

그렇게 구라 치면서 병원 놀이 하고 왔지.

의사 샘은 로봇 역할, 난 앵무새 역할.

빔 : 짜고 치는 고스톱이 따로 없네. 다음 달에 또 예약했어?

앨 : 당근.

빔 : 약도 안 먹으면서……. 병원비 아깝지 않아?

앨 : 그래도 엄마 아빠가 좋아하시는걸…….

그마저 안 하면 정신병원에 넣으려고 할지도 몰라.

빔 : 하긴, 그렇게라도 한 번씩 세상에 눈도장 찍고 와야지.

건 그렇고 간만에 바깥 구경한 소감은?

앨 : 모자 푹 눌러쓰고 다녀서리, 본 것도 없어.

버스 맨 뒷좌석에 앉아 병아리처럼 꼬박꼬박 졸기까지 했
걸랑.

빔 : 여기 사람은 다들 외출 때 모자 패션으로 바뀌더라.

앨 : 비 오면 더 좋지. 우산까지 쓸 수 있으니.

근데, 웬 나홀로 방…… 사공은……?

빔 : 아까 배고프다고 나가선 감감무소식. 낮잠 자나 봐.

앨 : 사공은 요즘 싸이버 상담 받으면서 많이 좋아졌나 보네.

전엔 통 식욕도 없고 잠도 안 온다더니.

빔 : 그런 것 같아. 번개하자는 말까지 하는 걸 보면.

앨 : (화들짝) 번개……? 그러다 패로디처럼 사공도 어느 날 갑자
기 보따리 싸 들고 ‘빠이빠이’ 하는 거 아냐?

빔: 그야 축하할 일이지. '세상 속으로'. 그게 우리의 지상 과제잖
  아.
앨: 그래도 우리 둘만 남으면 이 방이 얼마나 썰렁하겠어.
빔: 난 다들 떠나고 혼자 남으면 좋겠다.
앨: 못 말려. 외톨이들끼리 모인 싸이트에서 또 외톨이가 되겠
  다니.
  그나저나 난 아직 외출복도 안 갈아입어서리, 이따 봐~
빔: 그래, 빠이빠이~

앨리스가 '이상한 나라'를 나가자 빔도 그곳을 빠져나온다. '이상
한 나라'는 대인공포증이 있는 외톨박이들의 온라인 동호회 '세상
속으로'에 있는 비공개 채팅방이다. 예전에 '나분열'이라는 회원이
한동안 채팅방에서 행패를 부린 적이 있었다. 채팅 도중 갑자기 붉
은 글자로 '강제 퇴장' 문구가 뜨면서 접속 회원들이 줄줄이 쫓겨
나곤 했던 것이다. 닉네임만 봐도 분열증이 심한 회원 같았다. 앨리
스는 나분열의 횡포를 피해 비공개 채팅방 '이상한 나라'를 따로 만
들어 몇몇 친한 회원들을 초청했다. 처음에는 앨리스와 빔벤더, 사
공, 패러디 네 명이었는데 지금은 셋으로 줄었다. 한동안 병원 치료
를 열심히 받던 패러디가 대공(대인공포증)에서 완전히 벗어나 이
번 학기부터 다시 등교하게 되었기 때문이다.
  패러디 보니까 나도 희망이 샘솟아.

사공도 최근 들어 재활 의지로 불타올랐다. 닉네임에서도 알 수 있듯 그는 사회공포증이 있었다. 얼마 전 8주간의 싸이버 집단 상담 프로그램에 지원하여 열심히 치료받는 중이다. 무료 상담 치유 프로그램이어서 경쟁이 치열했지만 사공은 운 좋게 선정되었다. 그의 집안 형편상 다행한 일이 아닐 수 없었다.

번개 한번 때릴까?

며칠 전에는 사공이 오프라인 모임에 대한 의욕을 보였다. 처음엔 채팅도 꺼릴 만큼 증상이 심했던 그가 놀라운 변화를 보인 것이다.

그들과 달리 빔과 앨리스는 여전히 틀어박힌 생활에 만족하고 있다. 빔이 생각해도 앨리스는 희귀한 경우였다. 특목고에 다니던 모범생이었지만 앨리스는 여전히 학교에 알레르기 반응을 보이고 있었다.

외고에 입학해 첫 시험을 봤는데, 꼴등 했지 뭐야. 죽고 싶었어.

중3 때까지 선두만 달리던 앨리스의 생애 첫 좌절이었다. 그만큼 충격이 컸다. 다음 시험에서도 앨리스의 석차는 뒤꽁무니 부분에 가까웠다. 아침마다 학교 가는 일이, 집으로 되돌아가는 가출 소녀 같은 심정이었다고 했다.

나중에는 선생님도 친구도 무서워지더라고. 눈 마주치기도 힘들었어.

앨리스는 '시선공포증'이라는 진단을 받았고 얼마 안 가 자퇴했다. 학교 문제는 검정고시로 해결할 거라며 엄마 아빠와도 타협을 보았다고 했다.

근데, 참 이상하지? 선두에 있을 때는 보이지 않던 친구란 존재가 맨 끄트머리에 서니까 눈에 들어오더라고.

세상 보는 눈이 바뀌게 된 것. 그것이 앨리스가 꼴등 하면서 얻은 빛나는 경험이었다고 했다. 빔이 보기에 앨리스는 세심하고 사려 깊은 친구였다. 자신이 겪은 아픔에서 반짝이는 의미를 찾아낼 줄 아는 센스가 있었다. 그래서인지 빔은 앨리스의 증상에 대해 크게 걱정하지 않았다. 앨리스라면 지금의 이 은둔형 외톨박이 생활도 분명 값진 경험으로 빚어낼 수 있을 거라는 믿음이 있었다.

시간이 정오를 훌쩍 넘어섰다. 빔은 허기가 져서 자리에서 일어났다.

거실로 나서자 갑작스러운 빛에 눈이 부셨다. 넓은 창으로 대낮의 햇살이 강하게 쏟아져 들어오고 있었다. 이 집으로 이사 오고 가장 불편한 점이 채광 문제였다. 그것만 뺀다면 지하 단칸방이었던 이전 집에 비할 바가 아니다. 세 식구가 각자 자기 방을 가질 수 있게 된 서른 평의 이 빌라는 처음엔 종합운동장만 해 보였다. 이전 집에서 서너 발자국이면 다 해결되던 동선이 엄청나게 길어졌다.

집 안은 여느 날과 마찬가지로 임시 휴교 날의 교실 같다. 고3인 누나와 새 일자리에 적응해 의욕적으로 일하는 엄마 모두에게 집은 휴식을 위해 잠시 머무는 곳이다. 그래서 빔은 온종일 이 조용한 세계를 독차지할 수 있었다. 학교 다니면서 '알바'까지 해야 했던 지난 일들도 이제는 옛 기억이 돼버렸다. 빔은 자신의 에덴동산이나 다름없는 이곳에서 그저 오래 머물 수 있기를 바란다.

예전에 엄마도 이런 심정이었을까……? 엄마는 온종일 침침한 방에 웅크리고 있었다. 방과 후 돌아와 보면 엄마는 방바닥에 끈끈이라도 붙은 듯, 아침에 보았던 그 자리에 똑같은 모습으로 머물러 있었다. 어떤 날은 눈이 벌겋게 충혈되고 눈두덩이 부어 있기도 했는데, 그런 변화라도 있으면 오히려 덜 이상했다.

"우울증이야."

보험설계사 이모가 내린 진단이었다.

지하방 시절, 한번씩 들르는 유일한 손님이 이모였다. 이모는 들어서자마자 바닥에 털썩 주저앉아서 부어오른 종아리를 두드리곤 했다.

"팔자 좋은 사람이 잘 걸리는 병인데……."

엄마는 팔자 좋은 축에 끼지 못했으므로 병자 자격도 없어 보였다.

"암세포 번져가는 죽을병도 아니고, 사지 멀쩡한데 병원은 무슨 병원."

엄마는 이모의 우려를 일축했다.

실제로 엄마는 언제 그런 일이 있었냐는 듯 하루아침에 멀쩡해지곤 했다. 다시 정상으로 돌아오면 엄마는 한동안 활달하고 거침

없는 생활을 했다. 그러다 한번씩 엉뚱한 일을 벌이기도 했다.

"매달 십만 원이 더 필요하게 생겼다. 보험 들었거든."

엄마는 가족의 앞날을 책임져줄 건 보험밖에 없다는 듯 말했다.

엄마, 정신 나갔어? 지금 당장 먹고사는 일도 힘에 부치는 판에 우리가 뒷날 걱정까지 하게 생겼냐고! 라고 따지고 들 만큼 어린 남매는 사리 분별이 있는 것도 아니었고 반항적이지도 않았다. 그들은 두꺼비처럼 두 눈을 끔벅이며 엄마 말을 경청했고 그 말을 따랐다.

그들의 장밋빛 미래를 약속해주는 보험을 위해, 빔은 한 시간 더 일찍 일어나 우유 배달을 해야 했고 누나는 편의점 연장 근무로 한 시간 더 늦게 집에 들어왔다. 엄마도 마음을 다잡고 숙모의 미용실에 나가기 시작했다. 그즈음 어린 빔이 가졌던 풀리지 않는 수수께끼는, 아빠 혼자 일하는 친구네에 비해 온 식구가 일하는 자기 집이 언제나 턱없이 가난하다는 사실이었다.

식탁 위에는 못난이 김밥과 찐 고구마, 오곡 식빵이 가지런히 놓여 있다. 주방 창으로 흘러 들어온 빛이 식탁에 세팅되어 있는 엄마의 정성을 환하게 비추고 있었다. 빔은 도마 두 개를 가져다 창 앞에 가지런히 세워놓았다. 빛이 절반으로 가려지자 마음이 한결 안정되었다.

이사 온 날, 빔이 거실 창에 커튼을 달자고 했을 때 엄마는 눈을 동그랗게 떴다.

"비 오는 날 개구리 뭉개는 소리 하고 앉았네. 침침한 지하방, 생각만 해도 몸서리 나건만."

엄마야말로 올챙이 시절을 까맣게 잊은 듯했다. 집안의 원조 은둔자는 엄마가 아니었던가. 하지만 '그날' 이후로 모든 것이 달라졌다. 사실 빔의 가족에게 닥친 '그날'은 한 번도 아니었다. 첫 번째 '그날'은 아빠가 돌아가셨을 때 찾아왔다. 장례식이 끝나고 엄마는 빔을 앉혀놓고 말했다.

"이제, 우리 집 가장은 너야. 네가 이 엄마와 누나를 책임져야 한다."

엄마의 선언은 초등학교 6학년 아들의 뇌리에 화인(火印)처럼 박혔다.

엄마가 '어른이 되어라.' 하였으므로 빔은 어른이 되었다.

그렇게 선언한 다음 엄마는 삶의 끈을 슬쩍 놓아버린 것 같았다. 릴레이 주자가 다음 주자에게 바통을 건네고 그 자리에 털썩 주저앉아버리듯 말이다. 고치 속의 누에처럼 엄마는 집에 틀어박히기 시작했다. 일주일, 혹은 열흘 내내 집에서 한 발짝도 나가지 않았다. 하루아침에 어른의 위치로 훌쩍 올라선 빔은 우유 보급소에, 누나는 동네 편의점에 각각 일자리를 잡았다. 어린 남매는, 감정의 양극단에서 아슬아슬하게 줄타기를 하는 엄마의 양 날개가 되어야 했다. 그로써 가정은 균형을 유지할 수 있었고 생활은 간신히 굴러갔다.

빔은 김 부스러기와 참깨로 버무려진 못난이 김밥 몇 개를 집어
먹는다. 그래도 끼니가 되려면 라면을 먹어야 했다. 빔은 물 부은
냄비를 가스레인지에 올려놓는다. 싱크대 아래 칸을 열자 온갖 종
류의 라면이 차곡차곡 쌓여 있다. 신라면, 진라면, 너구리, 열라면,
짬뽕면, 마파면, 수타면, 사리곰탕면, 짜파게티, 쇠고기라면, 감자
탕면, 해물탕면, 생생면, 된장라면, 새우탕면, 고추라면, 김치라면,
사발면, 도시락, 왕뚜껑……. 점심을 거의 라면으로 해결하는 아들
을 위해 엄마가 궁여지책으로 마련한 방법이었다. 그날그날 입맛
에 따라 골라 먹으면 같은 메뉴로 돌아오는 데 꼭 한 달이 걸렸다.

빔은 포장지를 벗겨 끓는 물에 면과 스프를 넣었다. 엄마는 영양
보충을 위해 달걀 넣기를 간곡히 권했지만 빔은 듣지 않았다. 라면
의 '순수한 맛'을 위해서라고 했지만 이유는 정작 딴 데 있었다. 세
상으로 나갈 날을 꿈꾸며 캄캄한 껍질 속에서 다소곳이 웅크리고
있을 그 투명하고 노란 생명체를 차마 자기 손으로 깨뜨릴 수는 없
었다. 자고로 알이란 스스로 깨고 나와야 한다는, 생명의 신비로운
의무와 이치를 잘 알고 있었기 때문이다.

빔은 다 끓은 라면을 냄비째 들고 컴퓨터 책상으로 옮겨 간다.

클럽박스에서 다운 받아놓은 영화를 클릭해놓고 그는 라면을 먹
기 시작했다.

인터넷 서핑과 영화 감상, 그것이 빔의 주된 일과였다.

"컴퓨터만 있으면 돼, 엄마."

엄마는 학교에 가지 않겠다고 버티는 아들을 기막혀하며 바라보았다.

"청개구리 흉내 내지 마라. 넌 아직 올챙이야."

하지만 빔은 쉽게 물러서지 않았다. 그는 엄마 앞에서 보란 듯이 익스플로러를 클릭해 인터넷 학습 싸이트에 접속했다. 그런 다음 대한민국의 내로라하는 학원 강사들이 나오는 온라인 동영상 강의를 풀화면으로 보여주었다.

"세상도 참 많이 변했구나."

완강하던 엄마의 태도는 한결 누그러들었다.

빔은 인터넷 동영상 강의와 학교 수업의 차이를, 대형 할인마트와 동네 구멍가게에 빗대어 조목조목 설명했다. 인터넷 학습 싸이트와 동네 학원의 차이를 절묘하게 비교해놓은 신문 기사의 한 대목을 슬쩍 바꿔치기한 내용이었다.

엄마는 고개를 주억거리며 귀 기울여 듣더니 마침내 아들에게 설득당했다.

"네가 알아서 해라."

그때부터 빔은 온종일 자기 방 컴퓨터 앞에 앉아 있을 수 있었다. 정작 그가 컴퓨터 앞에서 하는 건 동영상 강의 시청이 아니라 영화 감상이었다. 그는 매일 네댓 편의 영화를 보았다. 일 년이면 1,500편 정도는 너끈히 볼 수 있을 것 같았다. 모두 5,000편의 영화를 보는 것, 그것이 빔의 1차 목표였다. 당연히 그의 꿈은 영화감독이다.

디리리링 디리리링~ 전화벨 소리가 거실에서 울렸다.

빔은 영화를 보고 있었다. 동성애를 다룬 「로드 무비」라는 우리나라 영화였다.

벨이 계속 울렸지만 그는 받지 않았다. 잘못 걸려온 전화 아니면 부동산 회사나 통신 회사의 판촉용 전화일 게 뻔했다. 가족들도 요즘은 전화를 잘 하지 않는다. 집에서 빔은 있는 듯 없는 듯한 존재로 변신하는 데 성공했다. 반년 만이었다. 처음엔 못 견뎌 하던 누나도 이젠 적응했다. 체념이거나 무관심, 아니 어쩌면 신뢰일지도 모른다고 생각한다. 어느 경우든 빔에겐 그리 중요치 않았다. 방해받지만 않는다면…….

디리리링 디리리링~ 전화벨은 끈질기게 울렸다. 엄마나 누나 전화일지도 모른다는 생각이 얼핏 스쳤다. 텔레마케팅의 경우는 발신음이 보통 열 번을 넘지 않기 때문이다. 전화는 30분 간격으로 계속 걸려왔다. 세 번째 걸려왔을 때는 빔도 받아야 한다고 생각했지만 도저히 불가능한 상황이었다.

영화의 마지막 절정 부분이었기 때문이다.

"나, 너, 사랑해도 되냐?"

죽어가는 주인공의 마지막 대사에 빔은 쭈룩 뜨거운 눈물을 흘렸다.

파리, 텍사스

앨: 뭐 하느라 이렇게 늦었어?

빔: 영화 보느라.

앨: 무슨 영화?

빔: 「로드 무비」, 「섹스, 거짓말, 그리고 비디오테이프」.

앨: 둘 다 미성년자 관람불가 영화 아냐?

빔: 난 성인 정신연령이라 상관없어.

앨: 애늙은이, 넌 나중에 어떤 영화 만들고 싶어?

빔: 난 로드 무비만 찍을 거야, 빔 벤더스처럼…….

앨: 흠, 로드 무비라……. 그럴 거면서 세상과 담쌓고 사니?

빔: 모르는 소리. 위대한 로드 무비는 이런 것까지 담아낼 수 있
  어야 해.

앨: 꿈보다 해몽이네.

빔: 앨리스, 네 꿈은 뭔데?

앨: 나……? 뮤지컬 배우.

빔: 크~ 시선공포증 뮤지컬 배우라…….

앨: 진짜 뭘 모르는 소리……. 바브라 스트라이전드라는 배우 있
  잖아?

빔: 「화니 걸」, 「사랑과 추억」, 「미트 페어런츠 2」에 나온 여배

우지.

앨: 캬, 영화감독 지망생답다.

그 배우, 원래는 가수였는데, 한때 무대공포증을 앓았대.

그래서 배우가 된 거래…….

빔: 영화에서 노래까지 하니 그야말로 꿩 먹고 알 먹고네.

앨: 자신의 콤플렉스를 곱빼기로 활용한 경우야.

빔: 영화에서 배우 역할은 정말 중요해…….

앨: 나중에 나 같은 배우 필요하면 말해. 네 부탁이라면 고려해
볼게.

빔: 난 외모만 번드르르한 여배우는 절대 안 쓸 거야.

앨: 난 외모까지 번드르르한데? ㅎㅎ

빔: 그렇담 고려해보지. ㅋㅋ

앨: 그나저나 사공은 왜 안 보일까?

빔: 요샌 상담 치료 같이 받는 회원들이랑 주로 어울리나 봐.

그 친구들이랑 오프라인 모임도 갖고 하나 보던데.

앨: 어쩐지 코빼기도 안 비친다 했더니…….

빔: 그거 끝나면 사공은 합숙 치료 프로그램에도 참가할 건가 봐.

앨: 크, 점입가경! 건 그렇고 그것도 무료래?

빔: 아니, 이번엔 유료. 참가비도 꽤 되던걸. 숙식 제공까지 받으
니까.

앨: 걔네 형편에 힘들겠다.

빔: 그래도 사공네는 아빠가 계시잖아.

앨: 그리고 보니 너희 집은 엄마 혼자 일하시지.

　　근데, 너희 어머닌 무슨 일 하셔……?

빔: 울 엄마……? 몸 파는 일.

앨: ……?

빔: 지난번엔 내장 하나와 척추와 오른쪽 대퇴골 일부를 팔았지.

앨: 헐~ 불법 장기 밀매……?

빔: 아니. 보험금 왕창 받았어.

앨: 교통사고?

빔: 응. 오토바이 사고였어.

앨: 저런…….

빔: 잠깐만.

빔은 채팅을 중단하고 일어났다. 방문 두드리는 소리가 들렸던 것이다.

"야, 빨리 문 좀 열어!"

누나였다.

"왜 맨날 문을 잠가놓아! 그리고 넌 집에 있으면서 전화도 안 받니?"

문을 열자마자 가시 돋친 음성이 밀려들었다.

"아, 아까 누나가 한 전화였구나."

누나는 어이없다는 표정으로 빔을 머리에서 발끝까지 훑어보더니, 시선을 다시 침침한 방 쪽으로 옮겼다.

"세상에, 이게 정말 사람 사는 꼴이니? 넌 그렇다 치고, 그래, 너희 집안이 요즘 어떻게 돌아가는지 알기나 해?"

빔은 멀뚱한 표정으로 누나를 보았다.

"엄마가 요새 무슨 일 벌이고 다니는지 아냐고?"

빔은 고개만 천천히 가로저었다.

"오토바이 사고 싶단다, 오토바이."

"오토바이?"

"그래. 그게 말이나 되니? 사고 나서 죽을 뻔한 게 얼마나 됐다고……. 오늘 계약했나 봐. 그것도 이번엔 스쿠터도 아니고 아주 폼 나는 외제 오토바이인 모양이더라."

"아니, 차도 있는데 오토바이는 왜……?"

"글쎄 말이다. 나도 내 코가 석 자라, 이제 더 이상은 신경 못 쓰겠다. 제발 너라도 정신 좀 차려라. 어둠침침한 방에만 처박혀 있지 말고!"

누나는 빔의 방 내부를 다시 한 번 둘러보고는 얼굴을 찡그리며 돌아섰다.

빔은 얼떨떨했다. 엄마의 행동을 이해할 수 없었다. 사고의 기억에서 벗어난 지 얼마나 됐다고……. 빔은 그날의 악몽에서 아직도 완전히 풀려나지 못하고 있었다.

“큰일 났다. 빨리 나와 봐. 니네 엄마 사고 났어.”

엄마가 나간 지 10여 분 만에 날아든 사고 소식이었다. 집 근처 사거리에서 엄마가 탄 스쿠터를 뒤에 오던 자가용이 들이받았다는 것이다.

빔은 응급실로 내달렸다. 엄마는 피투성이인 채로 응급실 구석 쪽 침대에 누워 있었다. 차마 눈 뜨고 볼 수 없을 정도였다. 빔이 보호자로 나섰지만, 병원에서는 미성년자를 보호자로 인정하려 들지 않았다. 빔이 아무리 울며 매달려도 병원 측 태도는 완강했다. 응급실 한쪽 구석에서 속수무책으로 누워 있는 엄마를 보자 빔은 피가 거꾸로 솟구쳤다. 단번에 그는 곁에 있는 링거병 금속 지지대를 낚아채고는 고함을 질렀다.

“우리 엄마 살려내, 이 나쁜 놈들아! 우리 엄마 살려내란 말이야!”

응급실은 금세 아수라장이 되었다. 신체 건장한 인턴, 레지던트, 촬영 기사가 빔을 제지하려 했지만 빔은 막무가내였다.

“빨리 수술해, 이 새끼들아. 우리 엄마 살려내란 말이야!”

외과 과장이 부랴부랴 달려왔고, 한참이나 실랑이 끝에 그는 빔에게 곧바로 수술을 약속했다. 수술 결과에 대해 병원 측에 아무런 책임도 묻지 않겠다는 각서를 쓰고 나서였다.

내장 파열에 척추와 대퇴골을 다치는 바람에 엄마는 네 차례에 걸친 수술을 받아야 했다. 반년 동안 병원 신세였던 엄마 곁에서 빔은 꼬박 병수발을 들어야 했다.

"이 정도면 다행이라고 봐야지."

완쾌 후 엄마는 다리를 약간 절게 되었지만 그리 대수롭지 않게 여겼다. 오히려 그 뜻밖의 사고가 가져온 피해 보상에 더 마음이 쏠려 있었다. 그들 형편으로는 잃은 것보다 얻는 게 더 많아 보이는 사고였다. 보험 혜택이 예상 외로 컸다. 고급 외제차가 뒤에서 들이받은 데다, 이런 일을 예견이라도 한 듯 엄마는 보험도 두 개나 든 상태였다. 사고 당시 엄마에게 일자리가 있었다는 점도 유리하게 작용했다.

변화는 피부로 와 닿았다. 그들은 지하 단칸방 신세를 면할 수 있었고 난생처음 자동차도 생겼다. 가장 놀라운 점은, 사고 후 엄마의 우울증이 말끔히 사라졌다는 사실이다. 엄마는 밝고 소탈한 본래 성격을 되찾았고 삶에 대한 의욕과 자신감으로 넘쳤다.

그들 가족에게 찾아온 두 번째 '그날'은 바로 이 사고의 결과였다.

새집으로 옮겨 온 날, 엄마는 확신에 찬 소리로 말했다.

"이제 모든 생활은 엄마가 책임질 거야. 그러니 너희들은 아무 걱정 말고 공부만 해."

그날부터 집안의 가장 역할은 엄마에게로 넘어갔다.

엄마는 새 일자리도 갖게 되었다. 보험설계사였다.

"백문이 불여일견, 나야말로 보험으로 제2의 인생을 맞은 산증인 아니냐. 훌륭한 외판 사원이 되려면 스토리텔러, 즉 이야기꾼이 되어야 하는 거래."

엄마는 신입 사원 교육에서 받은 마케팅의 첨단 이론까지 들려주었다.

보험에 얽힌 사연이 많은 엄마는 절룩거리는 걸음으로 하루도 빼놓지 않고 출근했다. 일이 많을 때는 자정이 넘어서 들어오기도 했다.

"해보니까, 몸 파는 일만큼 짭짤한 수입도 없더라."

엄마는 신체적 결함을 자신만의 능력으로 탈바꿈시키는 데 성공했다. 또한 그것은 업무 실적으로 고스란히 나타났다. 엄마는 입사 3개월 만에 '이달의 보험 여왕'이 되었다. 엄마의 변화를 지켜본, 비슷한 형편의 동네 이웃과 친인척이 비엔나 소시지처럼 줄줄이 고객의 대열에 합류하기 시작한 것이다. 지금껏 그들 가족이 겪어 온 삶의 굴곡이 언젠가 엄마가 말한 마케터의 조건인, 스토리텔러의 자질을 한껏 키워준 셈이었다.

그런 엄마가 다시 오토바이에 관심을 갖다니……. 엄마는 아직도 사고의 환상에 사로잡혀 있는 게 아닐까. 빔은 그런 의구심을 떨치기 힘들었다.

사고 후 엄마의 심리를 빔은 이해할 수 있었다. 간호를 하면서 빔 자신이 직접 겪은 일이기도 했다. 반년 가까운 병수발이 고달프지 않은 건 아니었지만, 한겨울 새벽 칼날 같은 바람을 맞으며 해야 하는 오토바이 배달 일에 비할 바는 아니었다. 병실은 그야말로 온실 같은 곳이었다.

"집에는 모 하러 가누. 여기가 훨 나은데. 겨울엔 따숩고, 여름에
는 을매나 시원한데."

옆 침대 간병인 할머니의 말이 빔의 가슴을 파고들었다. 병원 생
활 내내 빔은 그 할머니와 함께 따뜻한 남쪽 나라에 피난 와 있는
것처럼 지냈다.

병원은 하나의 미니어처 세상이었다. 책갈피에 활자로 찍혀 있
던 것들이 우루루 쏟아져 나와 살아 움직이는 곳이었다. '생로병
사'라는 사자성어가 환자의 비명 소리와 피고름, 소독약 냄새와 악
다구니, 찬송가와 오열로 뒤섞여 나타났다. 환자와 의사, 환자와 간
병인, 의사와 간호사, 환자와 보험 회사, 병원과 제약 회사 등 온갖
관계의 생리도 적나라하게 보였다.

학교로 돌아가진 않을 거야.

담임선생님이 다녀간 어느 날, 빔은 결심했다. 링거병에서 똑똑
이슬처럼 떨어지던 일흔여덟 번째 수액 방울을 보면서였다. 다시
학교에 간다는 건, 밥맛을 알아버린 아기가 다시 이유식으로 돌아
가는 것처럼 싱겁고 김빠지는 일일 것 같았다.

절룩거리는 엄마를 부축해 병원을 나서던 날, 빔은 정규 교육과
정을 속성으로 마친 졸업생이 된 기분이었다.

난 로드 무비를 만들 거야.

우연히 「파리, 텍사스」라는 영화를 보고 빔은 자신의 꿈을 정했

다. 빔 벤더스 같은 영화감독이 되고 싶었다.

 첫 장면부터 빔의 마음을 사로잡은 영화였다. 정오의 따가운 태양이 내리쬐는 메마르고 황량한 사막 한가운데를, 빨간 모자를 쓴 사내가 정처 없이 걷고 있었다. 지치고 목이 마른 사내는 이따금 걸음을 멈추고 하늘을 올려다보았다. 푸석거리는 날개를 접고 앉은 독수리 한 마리가 사내를 주시한다. 사내의 손에 들린 물통에는 한 방울의 물도 남지 않고, 빈 물통은 사막에 버려진다. 그는 지친 걸음으로 다시 터벅터벅 걷기 시작하고…… 마른 바람 같은 전기기타의 황량한 음률이 화면을 적신다.

 핏빛 석양이 깔리는 도시의 어스름, 잃어버린 기억, 모처럼 만났으나 좀체 좁혀 들지 않는 가족 관계…… 그 속에서 주인공은 정처 없이 헤매 다녔다. 걷고 또 걸었다. 그는 늘 어딘가를 향하고 있었지만 도달한 곳 어디에도 뿌리내릴 수 없었다. 사막을 건너고 들판을 가로지르고 도심 거리와 주택가 골목을 거닐었다. 빔 자신이 어느 순간 주인공 사내로 변해 있었다. 꿈을 꾸면 그 역시 사내처럼 어딘가를 향해 걸었다. 가도 가도 모래 더미뿐이었다. 오아시스도, 손바닥만 한 그늘도 찾아볼 수 없는, 독수리 한 마리 날지 않는 모래사막이었다. 타는 듯한 갈증과 외로움으로 새벽에 흐느끼면서 깨어난 적도 있었다.

 지금까지 열일곱 번 본 영화였다. 전기기타의 그 황량한 음색이 듣고 싶어 다시 본 적도 많았다. 볼 때마다 느낌이 달랐다. 사내가 찾아 헤매는 것도 매번 새롭게 읽혔다. 가족 또는 사랑하는 여자를 찾아 헤매는가 싶으면, 어떤 날은 잃어버린 기억 아니면 자신의 꿈을 찾아가는 것처럼 보이기도 했다. 또 어떤 날은 아버지를 찾아 헤매는 것 같기도 했다.

할리데이비슨

앨: 사상 최악의 황사가 온대.

빔: 휴교령에 외출 금지령도 내리겠네.

앨: 거리가 텅 비어버리면 어떡하지?

빔: 우리가 접수해버릴까?

앨: 지구를 점령하는 외계인처럼?

빔: 그렇지.

앨: 그러면 울 엄마 쇼핑 중독은 잠시 중단되겠다.

빔: 쇼핑 중독…… 앨리스 어머니도?

앨: 그럼, 너희 어머니도?

빔: 우리 엄만 중독이라기보단 집착증.

앨: 설마 울 엄마처럼 옷과 보석은 아니겠지?

빔: 오토바이.

앨: 취향 한번 신선하다, 오토바이라니……!

빔: 옷과 보석이 백번 낫지. 사고 염려도 없고.

앨: 그나저나 빔, 넌 오토바이 탈 줄 알아?

빔: 당근이지. 한때 그걸로 '알바'도 했는걸.

앨: 어린 나이에 세상 경험도 많네. 폭주족 경험은 없나?

빔: 쪽팔리게 스쿠터로 폭주는…….

앨: 너희 어머닌 오토바이로 뭘 하시려고?

빔: 글쎄, 폭주족은 분명 아니고…….

앨: 커피나 가스 배달도 아닐 테고…….

빔: 걱정이야. 또 사고 날까 봐.

앨: 철없는 어른들이 왜 이렇게 많담.

빔: 어른 되기를 거부하는, '안티 어른' 카페라도 만들까 봐.

앨: 나한테 좋은 생각이 있어.

빔: 뭔데……?

빔은 창의 커튼을 살짝 들추고 빌라 마당을 내다보았다. 그의 시선은 자전거들이 늘어선 자전거 보관소 한쪽에 놓여 있는 물건에 가 닿았다. 여러 겹의 비닐로 꽁꽁 씌워지고 굵직한 쇠사슬로 양쪽 바퀴가 단단히 감긴 엄마의 오토바이다. 아직도 빔은 오토바이를 보면 코끝으로 칼날 같은 바람이 쌔앵 스쳐가는 것 같다. 거기다 엄마의 사고 기억까지 겹치면 마음은 더 얼어붙었다. 사고 후 흔히 겪는 '외상 후 스트레스 증후군'이 엄마에겐 오히려 역으로 나타나는 것 같았다.

"이왕 사는 거, 최고로 골랐지. 할러데이라든가 뭐라든가……."

엄마는 이름도 제대로 못 외우면서 명품을 샀다는 자부심에 사로잡혀 있었다.

빔도 말로만 듣던, 바이크족이라면 누구나 한 번쯤 꿈꾸는 할리데이비슨이었다. 할리와 데이비슨이 만나 탄생시킨, 파란 많은 100년의 역사를 가진 전설의 오토바이 브랜드, 할리데이비슨.

"히딩크도 쉬는 날에는 이걸 탄다는구나. 폭주족들 오토바이랑은 격이 다르지. 우선 몸체 자체가 무겁고 회전력이 강하고, 넘어져도 45도 각도밖에 안 되기 때문에 다른 것과는 비교가 안 될 만큼 안전하대. 광폭 타이어에다 접지력 우수하고 브레이크 성능도 좋고, 또 과속도 불가능하니 안전 면에서 이걸 따를 오토바이는 없단다. 게다가 디자인까지 세련되고……."

엄마는 마케터 뺨칠 정도로 제품 정보를 줄줄 꿰고 있었다. 보험 대신 오토바이 세일즈 우먼으로 나섰나 싶을 정도였다. 그것 외에는 아무리 상상력을 작동시켜도 엄마와 할리데이비슨의 상관관계를 찾기 힘들었다. 그건 누나도 마찬가지였다.

"엄마, 이거 객기야 불장난이야, 아니면 돈이 남아돌아 주체를 못하는 거야? 사고 나면 이제 진짜 황천길이라는 거 몰라?"

누나의 비난과 목소리 크기는 예상을 초월하는 것이었다.

"그만큼 안전하다고 해서 큰맘 먹고 산 거야……. 사실 나는 그

동안, 자동차가 좀 답답하더라. 창문 열고 다녀도 그렇더라고."

엄마는 누나의 기세에 한풀 꺾인 목소리였다.

"너희들까지 생각해서 산 거야. 예전에 스쿠터 타면서 고생했던 기억 떨쳐버리라고……. 아들, 너도 예전에 할리 타고 싶다고 했잖아?"

엄마는 적당한 핑계거리를 찾았다는 듯 빔에게 말했다.

"그거야, 사고 나기 전이었지."

빔은 엄마의 기대를 보란 듯이 저버렸다.

자식들의 반감이 워낙 거세었던 탓인지, 아니면 엄마도 막상 타려니 겁이 났는지 '할리'는 처음 자리에 그대로 모셔져 있었다. 포장 비닐에 싸여 꽁꽁 묶이고 겹겹의 쇠사슬로 바퀴를 감은 채……. 웬만한 자동차 한 대 값과 맞먹는 명품 오토바이를 공동주택 마당에 한 달 가까이 방치하는 엄마의 여유 혹은 무심함도 놀라웠다.

그 오토바이, 네가 접수하면 되잖아.

앨리스가 떠올린 '좋은 생각'이 그것이었다.

할리데이비슨 아니라 할리데이비슨 할아비라도 그건 싫어.

앨리스의 좋은 생각에 빔은 찬물을 끼얹을 수밖에 없었다.

아무리 되짚어보아도 빔은 오토바이에 얽힌 즐거운 기억을 떠올릴 수 없었다. 여느 십 대처럼 유쾌하고 거침없는 폭주족이 되기에는 지난 일들이 너무 뼈저렸던 것이다.

사공은 앨리스보다 한술 더 떴다.

캬, 할리데이비슨이라……. 그걸 세워두고 흘끔거리기만 하다니 네 대공 증상도 보통 심각한 게 아니구나.

그는 부러움 반 안타까움 반의 어조였다.

빔, 나중에 혹 마음이 바뀌걸랑, 나 할리 뒷자리에 한 번만 오르게 해주라. 꼬옥~

사공은 간곡하게 당부했다.

글쎄, 그런 날을 기다리는 것보다, 네가 돈 모아 사는 게 더 빠를걸.

빔은 사공의 기대에도 찬물을 끼얹을 수밖에 없었다.

마당엔 봄기운이 흘러넘쳤다. 담장 앞에 선 목련나무는 꽃봉오리가 터지기 직전이었다. 하얀 꽃망울들이 가지마다 눈부시게 맺혀 있었다. 인상주의 화가의 붓 터치 같았다. 빔은 한 계절이 다 가도록 집 안에서 꼼짝도 하지 않은 사실을 떠올렸다. 마당에 나른하게 드러누운 봄 햇살이 은근히 사람의 마음을 부추겼다. 한 아이가 자전거를 타고 마당을 빠져나가는 모습이 보였다. 아이의 등 뒤로 봄 햇살이 눈부시게 쏟아졌다.

할리는 오늘도 자전거 보관소 한쪽 자리를 차지하고 꿋꿋이 서 있었다. 빔에게 문득 어떤 아이디어가 스쳤다. 엄마와 할리의 관계를 자연스럽게 끊어놓을 수 있는…….

어느새 빔은 연장통을 들고 마당에 내려섰다. 쏟아지는 빛에 눈이 부셨다. 온몸이 빙 휘둘리는 느낌에 잠시 제자리에 서서 중심을 잡아야 했다. 현기증이 말끔히 사라진 다음 그는 자전거 보관소로 천천히 걸음을 옮겨놓았다. 빔은 들고 있던 연장통을 바닥에 내려놓고 할리를 향해 다가섰다. 그는 할리를 감싸고 있는 겹겹의 비닐을 하나씩 벗겨내기 시작했다. 먼지가 보얗게 쌓인 맨 바깥 비닐을 벗겨내자 깨끗한 속 비닐이 드러났다. 마지막 비닐이 벗겨져 나오면서 할리는 비로소 제 모습을 드러냈다. 신비의 베일을 벗듯 실버 프레임의 눈부신 자태가 빔의 눈앞에 펼쳐졌다. 빔은 먼지 묻은 손으로 자신도 모르게 눈을 비볐다. 앞바퀴와 손잡이에서 시작한 은빛 실루엣이, 안정감 넘치는 엔진과 좌석을 지나 배기구까지 우아하고 날렵하게 흘러내렸다. 할리다운 격이 은은하게 묻어나는 자태였다. 바라보는 사람을 왠지 주눅 들게 하는 품격을 갖춘……

바퀴를 휘감은 여러 겹의 쇠사슬마저 벗겨내자 할리는 완전히 자유의 몸이 되었다. 빔은 해방된 할리데이비슨 위에 올라앉았다. 키를 꽂고 시동을 걸어보았다. 중저음의 엔진 소리와 함께 중후한 몸체의 떨림이 온몸으로 전해졌다. 자르르 전율이 일었다. 지난날의 기억 때문은 아니었다. 할리 그 자체에서 전해오는 감각이 그의 몸과 마음을 강하게 사로잡았던 것이다. 그것은 기계의 떨림이 아니라 생명체의 꿈틀거림이었다. 할리 예찬론자들 말대로 배기음은 심장 소리를 연상시켰다. 사운드와 진동의 마력만으로도 충분히 넋을 빼앗길 만한 오토바이였다. 속도보다 강한 회전력을 꼽는 오토바이지만 이 신형 모델은 스피드까지 느끼게 하는 디자인이었다.

빔은 그 낯설고 신비로운 은빛 생명체의 마력에 흠뻑 젖어 원래 하려고 했던 일 따윈 떠올릴 수조차 없었다. 연장통은 마당 한쪽에 폐기물처럼 놓여 있었다. 애당초 그는 소음기를 떼어내거나 거기에 구멍을 낼 생각이었다. 폭주족들이 달리면서 내는 엄청난 굉음이 바로 그렇게 해서 얻은 효과였다. 엄마가 오토바이 탈 엄두를 내지 못하도록 할 생각이었던 것이다. 하지만 할리에 오르는 순간, 그런 생각은 무대 위의 드라이아이스처럼 사라졌다.

모터싸이클 다이어리

툴툴거리는 낡은 모터싸이클 엔진 소리…… 길이 빠른 물살처럼 달려와 흘러갔다. 들판 한가운데를 가로지르는 황톳길이었다. 그들은 '책으로만 알던 대륙 여행'이라는 것을 시작했다. 길 위에서 서른 번째 생일을 맞는다는 멋진 계획을 세웠다. 진흙이 잔뜩 묻은 오토바이 바퀴는 끊임없이 굴러갔다. 황토 먼지 풀풀 날리는 평지를 구르다가 안데스의 굽이진 산길을 올라야 했으며 어떤 날은 눈 덮인 고갯길을 넘기도 했다. 그들은 번번이 낡은 모터싸이클과 함께 진창에 처박혔다. 추위에 떨며 들판에서 새우잠을 자기도 하고 마구간에서 몸을 뉘기도 하면서 국경을 넘어 내달렸다. 달려오는 풍경만큼이나 다가오는 사람들도 많았다. 길과, 길 위에서 만난 사람들과의 끈끈한 우정을 보여주는 영화였다. 「모터싸이클 다이어리」.

난 더 이상 이전의 내가 아니다.

여행을 끝낸 주인공은 이렇게 고백했다.

빔은 자리에서 일어나 커튼을 들추고 바깥마당을 내다보았다. 할리는 충견(忠犬)처럼 오늘도 묵묵히 제자리를 지키고 있다. 맹인 안내견 같았다. 주인이 움직일 때까지 인내하며 기다릴 줄 아는 덕성과 지혜를 갖춘 개⋯⋯. 하지만 그 우아하고 격조 있는 자태를 물끄러미 바라보고 있노라면 그걸 보는 사람이 충견이 된 것처럼 겸손해지는 느낌이었다. 그래서 엄마도 할리를 택할 수밖에 없었던 것일까.

사상 최악의 황사가 온대.

내몽골과 고비사막에서 시작된 황사가 머지않아 우리나라에 몰려올 것이다. 서울 하늘이 부옇게 흐려 있고 메마르고 건조한 바람이 거리를 점령한 모습이 눈에 선했다. 인터넷에는 황사와 남쪽의 봄꽃 소식이 다투어 올라와 있었다. 사람들이 봄꽃에 마음 설레는 만큼이나 빔도 황사 소식에 마음이 들떴다. 그 메마르고 황량한 바람에서 묻어나는 쓸쓸한 분위기가 왠지 좋았다.

꽃과 황사, 세트 메뉴처럼 잘 어울려.

앨리스도 빔의 생각에 동조했다.

봄꽃이 너무 눈부셔서 그래. 꽃들의 도발을 황사가 살짝 누그러 뜨리는 거야.

4월의 꽃과 황사에 대한 앨리스의 해석은 돋보였다. 우리가 무심히 지나치는 것들을 앨리스는 새롭게 살려내는 비상한 재주가 있었다.

우리, 만날까?

갑작스러운 앨리스의 말에 빔은 당황했다. 그는 두서없는 말만 늘어놓다가 채팅방을 빠져나왔다.

돌이켜 생각하니 왜 그렇게 얼빠진 사람처럼 굴었는지, 스스로 생각해도 한심하기 짝이 없었다. 사공이나 패로디, 그리고 이젠 앨리스조차 자연스럽게 생각하는 오프라인 만남에 그렇게 당혹해하다니…….

빔 역시 그들처럼 대공으로 알려져 있었지만 실제로는 그들과 허물없이 지내기 위한 제스처였다. 엄밀히 말한다면 병적 징후를 보이는 그들과 빔은 다른 경우였다. 빔이 온라인 동호회 '세상 속으로'에 발을 들여놓게 된 건 오래전 엄마의 우울증 때문이었다. 그 증상을 이해하기 위해 가입한 것이, 엄마와 자신의 위치가 바뀌게 되면서 빔이 유일하게 세상과 소통하는 장소가 돼버린 것이다. 자신의 꿈을 이루기 위한 1차 목표만 달성하면 그는 언제든 세상 밖으로 나갈 수 있을 것이라고 자신해왔다. 하지만 그건 착각에 불과한 게 아니었을까? 그렇지 않다면 앨리스의 제안에 그렇게 당혹해

할 수 있었을까……. 그는 갑자기 혼란스러워졌다.

　식탁에는 김밥과 찐 감자와 치킨 몇 조각이 놓여 있었다. 빔의 하루 먹을거리 밥상인 셈이었다. 늦게 들어오고 일찍 나가는 엄마가 어떻게 이 일을 하루도 거르지 않는지 신기했다. 어제도 엄마는 자정이 넘어서 들어왔다. 빔은 주방 냉장고 앞에서 엄마와 마주쳤다. 엄마는 냉수를 벌컥벌컥 들이켜고 있었다. 가까이 다가서자 엄마에게서 술 냄새가 훅 끼쳤다.
　“엄마 술 마셨어?”
　빔은 취기에 젖은 엄마의 얼굴을 자세히 들여다보며 물었다.
　“회식 있어서 맥주 한잔 했다.”
　“그럼, 음주 운전해서 온 거야?”
　빔의 목소리가 좀 더 신랄해졌다.
　“이 엄마가 그렇게 철딱서니 없어 뵈니……? 대리 운전은 뒀다 뭐 해.”
　그제야 빔은 긴장한 표정을 풀었다.
　“착각하지 마, 아들. 이 집의 가장은 이 엄마야. 넌 네 할 일만 신경 쓰면 돼.”
　그러더니 엄마는 갑자기 두 팔을 쭉 뻗어 빔을 안았다. 빔은 못 이기는 척 엄마 품에 몸을 내맡겼다. 술 냄새가 더 짙어졌지만 그리 나쁘지 않았다. 모처럼 느껴지는 엄마의 체온에 가슴이 따뜻해지려는 순간, 등 뒤로 뭔가 뜨거운 게 철썩 들러붙었다.

"목욕 좀 해라, 이놈아!"

엄마는 등짝을 세차게 내리치면서 빔을 밀어냈다.

"으휴, 숨이 다 막힌다. 들짐승도 아니고……."

'들짐승'이라는 한마디에 그는 정신이 번쩍 들었다.

엄마의 손이 그렇게 맵찰 줄이야……. 김밥을 집어 먹으면서 빔은 지난밤 등에 들러붙던 엄마의 손힘을 떠올린다. 엄마는 슈퍼우먼으로 변해 있었다. 그런 변신은 이 식탁에도 잘 나타나 있었다. 취해 늦게 들어온 엄마가 여느 날과 다름없이 아들을 위해 일용할 양식을 풍성하게 마련해놓은 것이다.

치킨 두어 조각을 먹고 나니 국물이 필요했다. 빔은 라면을 끓이기 위해 자리에서 일어났다. 싱크대 아래 칸을 열자, 차곡차곡 쌓인 라면의 현란한 포장이 눈에 들어왔다. 라면을 집어 들다가 그는 손을 멈추었다. 갑자기 라면에 대한 입맛이 뚝 떨어진 것이다. 화학조미료 맛이 혀끝에 맴돌면서 속이 메슥거렸다. 대신 그는 식탁 위의 오렌지 하나를 집어 들었다. 평소 같으면 껍질 까는 게 귀찮아 손도 대지 않던 걸 들고 그는 손끝에 힘을 주어 단단하고 두꺼운 껍질을 벗기기 시작했다. 주황빛 속살이 드러나면서 내뿜는 오렌지 향에 심신이 상쾌해졌다.

우리, 만날까?

앨리스의 한마디가 오렌지 향기처럼 그의 폐부에 파고들었다.

무슨 얘기 끝에 그런 뜬금없는 제안이 나왔더라…… 그는 마지막 채팅 내용을 곰곰 되짚어보았다.

화동이라는 데 가본 적 있니? 섬진강 따라 십리 길에 벚꽃이 활짝 피었대.

꽃 소식에 이어 나온 말인 것 같았다.

화동…… 동네 이름이 꽃처럼 밝고 상큼했다.

빔은 야후 지도에서 화동이라는 곳을 검색했다. 그리고 앨리스가 사는 A도시도 찾아보았다. 서울과 화동의 중간 지점이었다. 빔은 탁상달력을 보았다. 어제 날짜에는 1233이라는 숫자가 적혀 있었다. 지금까지 본 영화의 총 편수였다.

그는 어둑하고 밀폐된 자신의 공간이 갑자기 답답하게 여겨졌다. 창 쪽으로 다가가 두꺼운 커튼을 젖혔다. 그리고 창문을 활짝 열었다. 쏟아져 들어오는 빛에 오랫동안 닫혀 있던 방 내부가 적나라하게 드러났다. 늘 펼쳐진 채로 있는 이부자리, 컴퓨터 옆에 어수선하게 쌓여 있는 DVD와 CD, 물잔, 책, 그리고 책상에 얼룩진 라면 국물…… 테이블에도 키보드에도 먼지가 보얗게 앉아 있었다. 걸음을 디딜 때마다 곳곳의 먼지가 들썩였다. 방 안은 엔트로피 증가 법칙을 보여주는 현장 실습실 같았다.

빔은 청소를 시작했다. 이불을 내다 널고 청소기를 돌리고 걸레로 먼지를 닦아냈다. 방은 한 시간 만에 딴 곳으로 변했다. 꼭 남의 방에 와 있는 것처럼 낯설었다. 그는 한쪽 구석으로 밀려나 있던 전신 거울을 꺼내놓고 그 앞에 섰다. 웬 낯선 사내가 그 속에 들어앉아 있었다. 핼쑥한 얼굴에 무덤가 잡풀처럼 자란 덥수룩한 머리가 어깨를 덮고 있었다. 십 대의 반항아 이미지도 야만적 문명을 거부하는 히피도 아닌, 그야말로 풋내기 노숙자 몰골이었다. 들짐승……처럼도 보였다. 엄마한테 등짝을 얻어맞을 만했다. 손가락으로 머리를 빗어 뒤로 넘기니 간신히 문명의 울타리 속으로 들어선 십 대 모습이다.

빔은 1분 30초짜리 곡인 피아졸라의 「밀롱가 델 포에타」를 반복 재생으로 해놓고 한껏 볼륨을 높였다. 그리고 욕실로 들어갔다. 그는 욕조에 따뜻한 물을 그득 받아놓고 그 속에 오랫동안 들어앉아 있었다. 「모터싸이클 다이어리」의 장면이 회전목마처럼 스쳤다. 주인공이 여자친구에게 자신의 강아지 '컴백'을 맡기는 장면이 떠올랐다. 꼭 돌아오겠다는 약속이 담긴, 또한 그것은 여자친구에게 자기를 기다려줄 것을 당부하는 의미이기도 했다. 그런 다음 주인공은 자신의 선배와 단둘이 여행길에 올랐다. 그런 시대였다. 청년은 험난한 여정에 올라 고난과 역경을 헤치고 무사히 돌아와야 하고, 청년이 사랑하는 여자는 그가 돌아올 때까지 조신하게 집에 머물며 기다려야 하는, 희미한 옛사랑의 그림자와도 같은 혁명의 시대…….

빔이 「밀롱가 델 포에타」를 서른 번쯤 들었을 즈음 목욕이 끝났다. 묵은 시간의 땟국을 완전히 벗은 것처럼 몸이 가벼워졌다. 겨드

랑이 밑에 날개라도 돋친 것 같았다. 욕실 문턱을 사뿐히 넘으면서 빔은 결심했다. 그래, 화동으로 가자.

빔은 엄마의 화장대 앞에서 오랫동안 머물렀다. 긴 머리를 드라이어로 말린 다음 단정하게 뒤로 빗어 넘겨 묶었다. '알코올 프리'라고 쓰인 엄마의 스킨 로션을 먼저 바르고 썬크림을 바른 다음, 향수도 살짝 뿌렸다. 나프탈렌 냄새가 옅게 밴 구제 청바지를 꺼내 입고, 언젠가 남대문 시장 가판대에서 두 장에 만 원 주고 산 체 게바라 얼굴이 박힌 검은 티셔츠를 걸쳤다. 그리고 붉은 손수건을 머리에 둘러맸다. 놀라운 변신이었다. 할리에 올라도 전혀 손색없어 보이는 세련된 바이크족 분위기가 났다. 한쪽 귀에 이어링만 있다면 금상첨화일 테지만, 어떤 일이든 2퍼센트의 아쉬움은 남는 모양이다. 어쩌면 그건 2퍼센트의 여유일 수도 있다.

빔은 거울에 비친 자신의 완성된 모습이 만족스러웠다. 그런 다음 그는 분주히 집 안 곳곳을 들추며 필요한 것들을 챙겼다. 지도, 침낭, MP3, 엄마의 지갑 속에 든 비상금, 김밥과 찐 감자와 오렌지까지……

꼼꼼히 배낭을 챙긴 그는 화장대 위에 놓인 오토바이 열쇠를 집어 들었다. 그리고 엄마에게 짧은 메모를 남겼다.

엄마, 할리는 이제 내가 접수하겠어.
여행이 끝나는 대로 돌아올게.

두 번째 문장에 마침표를 찍으면서 그는 비로소 깨달았다. 엄마가 할리를 구입한 진짜 이유를……. 코끝이 찡했다. 빔은 떨리는 손으로 한 줄 더 덧붙였다.

사랑해 엄마.

접은 메모지를 화장대 위에 올려놓으면서 그는, 아주 오래전부터 이런 날을 꿈꾸어왔음을 깨달았다. 지난 시간이 파노라마처럼 스쳐가고 앞날의 시간이 문 앞에서 빔을 기다리고 있었다.

그는 마지막으로 앨리스에게 메신저를 날렸다.

기다려 앨리스, 너를 만나러 갈게.
우리, 섬진강 꽃길을 함께 달리는 거야.

가슴 깊이 묻어두었던 열망이 스멀거리기 시작했다. 새순 같은 감정의 여린 싹이 두터운 어둠의 층을 뚫고 세상을 향해 움터 올랐다. 그는 설레는 마음으로 '할리'에 올랐다.

열쇠를 꽂고 시동을 걸었다.

부릉부릉~ 할리의 심장 소리가 힘 있고 듬직하게 울려 나왔다.

문학, 주류 밖에서 만들어지는 불온한 산소

원종찬

'어린이'라는 말을 어린이들이 가장 듣기 싫어한다던데, '청소년' 또한 이 땅의 십 대들이 가장 기피하는 말이 아닐까 싶다. 어린이나 청소년이라는 꼬리표가 붙으면 이른바 '18금(禁)'을 통과할 수 없는 데서 비롯한 현상일 게다. 정상적인 십 대라면 "애들은 가라."고 장막 쳐놓은 어른의 세상으로 하루 빨리 들어서고픈 성장의 욕구가 용솟음치고 있어야 마땅하다. 과연 아이의 세상과 어른의 세상이란 게 현실에 따로 존재하기나 하는 것일까. 그렇다고 둘을 구분 짓는 경계가 없다고는 말할 수 없다. 아이와 어른은 제가끔 자기 영역 속에 있을 때 자기 본색이 최대한으로 살아나게끔 되어 있다. 물론 일종의 사회적 장치인 그 경계는 구성원의 자유의사에 따라 바뀔 수 있는 유동성을 지닌다. 경계를 둘러싼 세대 갈등은 그 때문에 벌어지는 것일 테다.

그런데 청소년은 야누스(Janus)적인 존재성 자체에서 말미암은 안팎의 갈등을 피할 도리가 없다. 너무나 많이 들어서 신물이 날 지경이겠지만, 청년과 소년의 합성어로밖에 자신을 지칭하는 말을 가지지 못한 청소년은 아이와 어른의 경계 지점, 바로 그곳에 존재한다. 종국엔 그 이전과 이후가 확연히 갈리게 될 것이므로, 청소년이 거쳐야만 하는 경계 지점은 하나의 갈림길에 해당한다. 훗날 이 시기를 돌아보며 전율할 사람도 많으리라. 그때 그 일이 아니었다면 내 인생은 어떻게 달라졌을까, 하고. 아무리 빈말처럼 들릴지 몰라도 청소년은 인생의 가장 중요한 선택과 마주선 존재임에 틀림없는 것이다.

십 대 청소년을 위해 마련한 이 작품집은 동화를 발표해온 작가들과 소설을 발표해온 작가들이 함께 이룬 결과물이다. 이른바 청소년문학 작가군(群)이 형성되어 있지 않아서 이런 식으로 구성되었지만, 청소년 대상의 단편소설을 개척한다는 적극적인 의지의 산물이기도 하다. 청소년문학은 청소년의 존재성만큼이나 장르의 경계와 정체성이 뚜렷하지 못하다. 자기 분야에서 일가를 이룬 작가들과 유망한 신진 역량이 다양한 빛깔의 작품들을 선보이고 있는바, 동화작가든 소설작가든 십 대 청소년을 의식하고 작품을 쓴다고 했을 때 공통의 테마로 다가온 것은 '선택'이었다. 어린 시절의 무한 가능성이 십 대를 거치는 동안 어떤 임계점에 도달하게 되면 어디로든 최초의 발걸음을 떼야 하리라. 하지만 처음 겪는 일은 서툴게 마련이다. 서툴기 때문에 멋있을 수 있는 나이, 예전엔 '사춘기'라는 말을 많이 썼는데 그 연령이 초등학생까지 내려간 오늘날 중고생 나이의 십 대 청소년에겐 '청춘'이라는 말이 더 잘 어울린다. 세상 모든 사람들이 부러워하는 십 대 청춘을 바라보며 우리 작가들은 무엇을 떠올렸을까?

공선옥은 역사에 짓밟힌 청춘, 그래서 못 다 핀 청춘이 있었음을 아프게 들여다본다. 「라일락 피면」은 80년 5월 광주민주항쟁을 배경으로 하는 작품이다. 고등학생 석진은 넉넉지 못한 형편에서 항용 겪게 마련인 식구들과의 부대낌 속에서도 나름대로 집안을 책임지겠다는 야무진 꿈을 지녔고, 건넌방 자취생 윤희는 석진의 어머니처럼 생활력 강한 시골내기지만 흥얼거리는 노랫가락만으로도 석진의 마음을 사로잡는 청순함을 지녔다. 이들의 일상은 비록 남루할지라도 따사로운 봄볕의 기운을 담고 있다. 더욱이 풋풋한 연애 감정이 가슴 한편에서 일고 있음에랴. 그러나 그해 봄날 광주에서는 무슨 일이 일어났던가. 총칼로 무장한 군인들이 죄 없는 시민을 잡아 족치는 광경이 눈앞에 펼쳐지고 옆집 우식이가 데모대를 따라다니는가 하면 윤희는 다친 사람 천지인 병원으로 간호하러 다니기에 분주하다. 광주를 희생양 삼아 정권 장악을 노리는 전두환의 정체를 알 리 없는 석진은 모든 게 혼란스럽다. 결국 석진은 사랑하는 이의 죽음과 마주하고서 어찌할 바를 모르고 헤매다가 시민군의 최후 거점인 도청을 향해 발걸음을 뗀다. 윤희는 왜 죽어야 했을까? 사람들은 왜 총을 들어야 했을까? 큰형도 우식이도 시민군이 된 마당에 더 이상 철부지로 남을 수 없었던 석진을 움직이게 한 것은 한 조각 부끄러움이었다. 청춘은 여린 새순 같아 보여도 불의에 눈감지 않는 양심이었으니 청순함과 강인함은 그 안에서 하나였다. 라일락 꽃향기 흐드러진 봄날이 잔인한 정치의 계절과 겹침으로써 비극성이 고조되는 작품이다.

　방미진은 혈액형을 가지고 왈가왈부하는 중학교 교실 풍경에 눈길을 주었다. 호기심 가득한 아이들을 가둬두기엔 비좁기 짝이 없는 교실이지만, 지루한 학교 수업을 견뎌야 하는 아이들은 수다로 교실 공기를 풍선처럼 띄워 올린다. 여기 딱 들어맞는 경쾌한 문체 덕분에 「영희가 O형을 선택한 이유」는 비교적 가볍게 읽을 수 있다. 줄거리랄 것도 없이 영희의 혈액형을 궁금해하는 급우들의 집요한 말장난을 뒤쫓는 내용이고, 농담 따먹기처럼 전개되는 말들의 잔치다. 깜찍 지민, 청순 소연, 신비 보라, 무난 영희…… 비단 등장인물뿐 아니라 혈액형과 더불어 쏟아지는 수다들이 인간 성격의 전시장을 펼쳐놓은 듯 흥미진진하다. 혈액형과 연관되어 입양 문제라든지 혈통, 인종, 국적 문제 등이 풍자되기도 한다. 선택의 여지를 남기지 않는 어떤 편리한 틀로 인간을 재단하는 편견이나 고정관념의 폭력성에 대해 비판하려는 속셈이다. 수억의 먼지처럼 날리는 눈송이도 똑같은 눈송이는 하나도 없다는 상식적인 마무리를 지녔지만, 수다스러운 농담 속에 상식의 허를 찌르는 예리함이 번뜩이고 있다.

성석제는 두 인물의 교차 시점을 통해서 아이러니한 인생의 속살을 신랄하게 헤집는다. 「내가 그린 히말라야시다 그림」은 죄의식과 더불어 쌓아 올린 명성의 견고함과 유약함 사이를 들여다보는 작품이다. 화가로 성공한 백선규는 그림 도구조차 마련하기 힘겨웠던 가난한 초등학교 시절을 돌아보며 "내가 말할 수 있었지만 말하지 않은 그 일 때문에 내 삶이 달라졌다."고 진술하는데, 그 일은 우연 또는 누군가의 실수에서 비롯된 것이다. 그림 감상을 좋아하는 또 다른 진술자는 백선규와 초등학교 동창이고 무엇이든 원대로 할 수 있는 부잣집 마나님이다. 그림에 숨은 재주도 있다. 그런데 두 사람의 운명은 사생대회에 낸 그림의 주인이 뒤바뀌면서 엇갈리는 쪽으로 나아간다. 그림이 바뀐 것을 알고도 숨긴 그 죄의식이 이후 화가로 성공하게 한 추진력이 되기까지 했으니, 전화위복일 것인가. 이쯤 되면 삶에서 선택이란 과연 무엇일까 하는 생각이 아니 들 수 없다. 뜻하지 않은 우연으로 인생이 백팔십 도 바뀌는 것이라면, 선택은 무의미하고 삶은 부조리한 게 아닌가. 하지만 인생은 그런 맛이 있어 더 살 만한 것인지도 모른다. 인과응보의 진실을 단선적으로 파악하면서 뭐든지 쉽게 믿어버리고 마는 성공

신화에 대한 비판적 거리 두기로 읽을 수 있다. 요컨대 무의미의 여지를 두어 의미를, 부조리의 여지를 두어 조리를 질문하는 방식이라 하겠다.

오수연은 바닷가 여행길을 사진 찍듯 따라다니지만 안으로 더욱 파고들면서 위태로운 십 대의 내면세계를 펼쳐 보인다. 제목과는 달리 「너와 함께」는 소년이 혼자 고투를 벌이는 이야기다. 소년은 기적의 바닷길을 체험하는 축제에 갔다가 늦어서 기적을 보지 못하고 돌아오는 중이다. 추운 날 애완동물 가게 앞에 전시된 철제 우리에 갇힌 토끼 생각을 줄곧 떨치지 못하는데, 집에서 엄마와 다툰 게 실마리였다. 아들의 휴대전화를 빼앗은 엄마는 그것이 아들을 세상과 차단시킨 꼴이라는 사실을 알지 못한다. 반항심에 학원을 빼먹고 일탈한 소년이 자기 상황에 대해 성찰하기 시작하면서 주변 풍경도 새롭게 다가온다. 종합터미널 앞 풍경이나 버스승강장 풍경, 버스를 오르내리는 사람들과 승객들 모습이 세밀하게 묘사되고 있는데, 이는 툭 건드리면 찢겨나갈 것처럼 예민해진 자의식의 반영일 테다. 하루 종일 토끼 생각에 지펴 있는 이유도 거기서 자기 모습을 보았기 때문이다. 소년은 철제 우리 속의 토끼는 차라리 감정이 없는 게 나을 것이며 그럴지도 모른다고 여기지만, 자기는 그럴 수 없다고 항변한다. 어느 순간 기묘한 판타지가 펼쳐지는데, 기실 애초의 끊임없는 대화도 둘이 아닌 혼자만의 연극이었다. 일렁이는 자의식이 만들어낸 그로테스크한 풍경들인 셈이다. 죄의 발견이 성장의 계기가 되는 것처럼, 내면의 발견도 성장의 한 계기라 할 수 있다. 자기 안의 터널을 지나고 나면 소년도 부쩍 컸다는 느낌에 뿌듯해하지 않을까?

오진원은 그리 흔치 않은 가족 이야기를 들려준다. 「굿바이, 메리 개리스마스」의 서술자 보린이는 동성 커플의 자식이다. 속옷 디자이너로서 여성적 자아를 지닌 아빠는 외국어학원 강사로 일하는 남자 폴과 동거하는 중이다. 크리스마스 선물로 폴의 목도리를 만드느라 뜨개질하는 아빠의 모습이 이채롭지만 자연스럽게 그려져 있다. 그러는 척하며 살 수 없게 될 때 진짜 인생이 시작된다고 여기는 아빠는 폴과 가정을 이루면서 진짜 인생을 시작했다. 그런 아빠가 아이를 갖고 엄마가 되고 싶어서 술집 여종업원의 몸을 빌려 낳은 자식이 보린이다. 이 작품도 수법이 자유롭다. 보린이는 배 속의 태아일 적부터 엄마를 느끼고 아빠와의 대화를 엿듣는다. 탄생과 동시에 엄마와 이별하는 장면이 '쿨'한 것 같으면서도 절절하게 그려지는데, 생을 긍정하는 작가의 태도를 엿볼 수 있다. 그렇지만 소수자에 대한 편견이 극심한 나라에서 보린이가 당당한 어른으로 살 수 있을지는 의문이다. 아빠와 폴의 사랑을 받으며 당돌한 아이로 클 수는 있었지만 말이다. 아빠는 동성애자 부부도 인정받는다는 네덜란드 이민을 꿈꾼다. 그러나 매번 도피를 선택하는 폴의 배신으로 단란한 가족에 대한 꿈은 산산조각 난다. 네덜란드에 또 다른 가족을 두고 도망쳐 나온 폴이 다시 바람을 피우기 시작한 것이다. 동성애자의 연애는 서로 상처를 주고받는 것까지도 이성애자의 그것과 크게 다를 바 없다. 보린이는 폴이야 떠나든 말든 당당하게 아빠의 손을 잡고 이 불편한 시선 가득한 세상과 맞짱 뜰 각오가 되어 있는 것 같다.

조은이는 친척 누나에게 쏠리는 연정 때문에 홍역을 치루는 중학생 소년을 그려 보인다. 청춘의 여신을 가리키는 제목 '헤바(HEBA)'는 누나가 선물한 지구본의 이름이기도 하다. 인생은 순간순간이 모두 유일한 가치를 지니고 있다는 사실, 그래서 삶은 영원히 새로울 수 있다는 청춘의 의미를 내게 심어준 사람이 바로 누나였다. 따라서 작품의 초점은 누나를 겪으면서 이전에 몰랐던 새로운 세상에 눈뜨고 평균치를 벗어난 또 다른 삶의 가치를 발견하는 과정에 놓여 있다. 이성호는 평범한 중학교 3학년 남자아이로 모범생처럼 살아왔다. 그런데 큰이모의 딸 윤이 누나가 집에 들어오고부터 모든 게 바뀌어버린다. '팜므 파탈'(치명적인 운명의 여인)이라는 별명과 소문에 둘러싸인 윤이 누나는 남의 시선을 아랑곳하지 않는 그네의 자유로운 삶의 방식과 함께 내 안으로 들어온다. 재있게 사는 게 인생의 목표라고 당당하게 말하는 윤이 누나, 지구 곳곳을 돌아다니는 여행이 삶이고 일상이고 학교라고 여기는 윤이 누나는 뚜렷한 주관과 남다른 사회의식의 소유자일 뿐이지 소문처럼 윤리적으로 문제가 되는 위험인물은 아니다. 하지만 그런 모습에 매혹되어 환상으로 치닫는 내게 누나는 역시 치명적인 존재다.

그 시작은 달콤했으나 급기야 걷잡을 수 없는 감정의 소용돌이에 휘말리며 열병을 앓게 된다. 사랑의 홍역은 남이 보기엔 웃음거리일지 몰라도 당사자는 매순간 우주와 맞먹는 번민의 무게를 감당해야 하는 법이다. 극단으로 치닫는 감정을 통제하지 못하고 천당과 지옥 사이를 수없이 오갈 즈음, 누나는 내게 다시 구원자로 다가온다. "내가 우습지?"라는 말에 "아니, 지금 넌 아주 아름다워." 하고 답하는 누나가 있어 성호는 위기를 넘기고 상처에 새살이 돋듯 단단히 여물어간다. 지구에 발붙이고 또 다른 세상을 꿈꾸게 하는 영원한 청춘의 징표로서 윤이 누나의 선물을 받아들이는 중학생 소년의 서툰 발걸음에 작가는 등을 다독이고 싶은 심정이었을 게다.

최인석은 가부장적 폭력에 맞서 자신의 길을 찾아가는 뚝심 있는 중학생 소년에게 눈길을 돌린다. 「쉰아홉 개의 이빨」은 일종의 알레고리 기법으로 소년의 성장을 그려낸 작품이다. '이빨'은 그 성장의 상징물이라 할 수 있다. 옛날에 '잇금'(이빨자국)으로 임금을 정했다는 기록에서 알 수 있듯이 이빨 수는 세상을 다스릴 수 있는 힘과 지혜에 비례하는 것이다. 주인공 소년은 쉰아홉 개의 이빨을 가진 아버지를 보통 사람과는 다른 괴물이라 여겼으면서도 어머니에게서 들은 젊었을 적 아버지의 사회적 활동상을 통해 그처럼 올바른 힘을 행사할 수 있는 성장을 욕망한다. 그런데 아버지가 돌아가신 뒤 엄마가 재혼을 해서 들어간 새아버지네 집에서 소년은 부당한 폭력에 짓눌린다. 교회 목사인 새아버지는 하느님의 말씀을 세상에 전한다는 구실로 힘없는 사람 위에 군림하는 위선자다. 제 뜻에 따르지 않으면 자녀에게도 완력을 행사한다. 그렇지만 소년이 생각하기에 서른두 개의 이빨을 가진 새아버지는 쉰아홉 개의 이빨을 가졌던 아버지에 비해 하잘것없는 사람일 뿐이다. 소년은 새아버지의 폭력에 굴복하지 않고 독립하기로 결심하는데, 고통을 이겨낼 때마다 자기 이빨도 아버지를 닮아 보통 사람 이상으로 늘어나는 것에 자부심을 느낀다. 짐을 꾸리고 떠날 채비를 끝낸 소년의 고독한 선택이 아프게 새겨지는 작품이다.

표명희는 자기 안에 숨어 사는 고등학생이 세상으로 나서는 과정을 보여준다. 「널 위해 준비했어」는 현대적인 감각이 빼어나다. 빔벤더와 앨리스라는 닉네임을 가진 두 남녀의 컴퓨터 채팅 장면과 주인공 빔벤더의 집안 풍경을 오가며 줄거리가 전개되는데, 영화감독 빔 벤더스에게서 닉네임을 따올 만큼 영화에 관심이 많은 주인공이 떠올리는 영화 내용을 보조 축으로 해서 주제가 심화되고 있다. 빔벤더와 앨리스는 대인공포증이 있는 외톨박이들의 온라인 동호회 회원이다. 세심하고 사려 깊은 앨리스가 특목고의 살인적인 경쟁을 견디지 못하고 자퇴한 데서 드러나듯이 오로지 앞만 보고 달릴 것을 종용하는 이 세상은 전쟁터나 다름없다. 맨얼굴이 두려운 존재에게 인터넷 환경은 안성맞춤이었으니, 칩거 생활이 더 편안한 빔벤더와 앨리스도 이른바 '폐인' 종족처럼 살고 있다. 하지만 두 사람은 스스로 병적인 징후를 자각하리만큼 자기의식이 뚜렷해서 나름대로 세상을 향한 꿈을 키워가는 중이다. 이 작품은 몇 개의 포석이 앞뒤로 잘 맞아떨어지는 멋진 반전을 보인다. 우울증 때문에 한때 아들의 도움이 필요했던 엄마가 이번엔 자리를 바꾼 아들에게 보이지 않는 손길을 내밀어 빔벤더와 앨리스가 함께 산뜻하게 세상으로 나가게 되는 것이다. 기분 좋은 반전이요 흐뭇한 결말인데, 영화 '모터싸이클 다이어리'와 더불어 결정적으로 전환이 이뤄지는 것은 의미심장하다. 쿠바 혁명의 지도자 체 게바라의 청년시절을 그린 이 영화에서 여행을 끝낸 주인공은 말한다. "난 더 이상 이전의 내가 아니다." 모터싸이클 여행을 약속한 두 청춘남녀도 길 위에서 새로운 인생을 시작할 수 있으리라고 암시되는 것이다.

십 대 청춘들에게 삶의 선택이란 그리 호락호락한 일이 아니다. 누가 일러주는 대로 살 수 있다면 무슨 고민이 있겠냐만, 세상은 교과서에서 배운 대로 통하지 않는다. 말하자면 동화의 세계에서 소설의 세계로 들어서는 데 따른 혼란을 겪지 않을 수 없다. 세상은 동화처럼 선과 악으로 확연히 구별되어 있지도 않고, 선한 자에게 반드시 우호적인 것만도 아니다. 세상의 모순이 다름 아닌 자기 내부의 모순과 상응한다는 뼈아픈 자각에 몸서리칠 때도 없지 않다. 이면의 진실에 눈뜨면서 좌절을 겪기도, 위안을 얻기도 한다. 분명 세상에는 자로 잴 수 없는 것이 존재한다. 어디로 튈지 모르는 사람의 심연을 들여다볼 용기가 있는 자만이 소설의 세계로 들어갈 수 있다. 동화의 주인공으로 남을 것인지 소설의 주인공으로 거듭날 것인지에 대한 고민과 회의가 곧 어린아이와 결별하는 의식이다. 좋든 싫든 누구나 그렇게 어른이 되는 것이다.

지금까지 살펴본 이 작품집의 이런저런 '선택'들은 슬픔이거나 아름다움이거나 모두 '성장'의 길로 이어지고 있다. 우리 작가들은 예외 없이 십 대 청소년에게서 '통과의례의 부딪침'을 떠올렸다. 세상의 주류를 뒤쫓기보다는 삐딱한 문제아적 주인공을 응원하는 점에서도 한결같다. 그러고 보면 문학은 세상과 불화하면서 세상을 구원하는 불온한 산소다. 이 작품집이 자신들의 이야기에 목말라하는 십 대 청소년에게 자기 모습과 세상을 비추는 거울이 되었으면 좋겠다.

'창비청소년문학'을 펴내면서

우리에게는 10대 청소년의 세계를 다룬 본격적인 문학작품이 드뭅니다. 그래서 청소년이 읽는 문학작품은 어른들이 읽는 것과 별다른 차이를 보이지 않습니다. 출판사에서 청소년에게 읽히고자 펴낸 문학작품 중에는 이른바 대표작가의 대표명작을 모은 선집들이 무척 많습니다. 인류의 문화유산으로서 전수되는 뛰어난 고전과 현대의 창작물을 청소년이 자기 것으로 만드는 일은 자연스럽고 또 바람직합니다. 문제는 그것들이 대개 입시를 겨냥한 수업의 연장선상에서 읽힌다는 점입니다. 더욱이 초등학교 시절에 동화책을 읽던 아이들이 그다음 단계에서 성인문학의 세계로 곧장 비약하게 됨에 따라 놓치는 것이 적지 않습니다. 청소년 고유의 감수성이라든지 청소년기에 직면하는 문제 등 작품과 대화를 나눌 수 있는 요소가 많지 않다면, 문학작품을 읽는 일은 점점 자기 삶과 무관한 요식행위처럼 되기 쉽습니다. 동화책에 푹 빠져서 책 읽기를 좋아하던 아이들이 나이를 먹어가면서 문학의 매력을 느끼지 못하고 즐거운 책 읽기에서 멀어지는 까닭 중 하나가 여기에 있다고 봅니다.

이런 사정을 염두에 두고 우리는 '창비청소년문학'을 새롭게 시작하려고 합니다. 그 핵심은 세상에 대한 자각을 높이고 성장의 의미를 함축한 뛰어난 문학작품입니다. '지금 여기'의 청소년과 공감대를 넓힐 수 있는 새로운 감수성과 문제의식을 충실하게 담아 즐겁고도 의미 있는 책 읽기가 되도록 힘쓸 생각입니다. 최근 청소년문학의 중요성이 새롭게 인식되면서 의욕을 보이는 작가들이 속속 모습을 드러내고 있습니다만, 양적으로나 질적으로나 아직 충분치 않을뿐더러 마땅한 청소년문학의 모범이 없어 작가들도 어려움을 겪는다고 합니다. 청소년문학이 아동문학과 성인문학 양쪽에서 소외되어 자기 정체성을 확립하지 못한 채 표류하는 현상은 마치 경계의 존재라 하여 주변부로 밀려난 청소년의 현재 모습을 떠올려주는 것이겠습니다. 우리는 '지금 여기'의 청소년을 뚜렷이 의식하되 현대 세계문학의 다양한 흐름을 적극적으로 받아 안으면서 새로운 도전에 나서고자 합니다. 장르와 영역을 넓히는 국내 창작물과 외국작품의 소개는 물론이고, 참신한 시각으로 재구성한 숨은 작품들과 창의적인 기획물의 모색 등이 여기에 포함될 것입니다. 새 길을 여는 '창비청소년문학'에 많은 관심을 부탁드립니다.

2007년 5월
창비청소년문학 기획편집위원회

창비청소년문학 4

라일락 피면
10대의 선택에 관한 여덟 편의 이야기

초판 1쇄 발행 • 2007년 10월 15일
초판 23쇄 발행 • 2025년 8월 11일

지은이 • 공선옥 방미진 성석제 오수연 오진원 조은이 최인석 표명희
엮은이 • 원종찬
펴낸이 • 염종선
책임편집 • 박숙경
펴낸곳 • (주)창비
등록 • 1986년 8월 5일 제85호
주소 • 10881 경기도 파주시 회동길 184
전화 • 031-955-3333
팩시밀리 • 영업 031-955-3399 편집 031-955-3400
홈페이지 • www.changbi.com
전자우편 • ya@changbi.com

ⓒ 공선옥 외 7인 2007
ISBN 978-89-364-5604-7 43810